혈비도무랑

혈비도 무랑 3

김종휘 新무협 판타지 소설

초판 1쇄 찍은 날 § 2003년 9월 10일
초판 1쇄 펴낸 날 § 2003년 9월 20일

지은이 § 김종휘
펴낸이 § 서경석

편집장 § 문혜영
편집책임 § 유경화
편집 § 장상수 · 권민정
마케팅 § 정필 · 강양원 · 이선구 · 김규진 · 홍현경

펴낸곳 § 도서출판 청어람
등록번호 § 제1081-1-89호
등록일자 § 1999. 5. 31
어람번호 § 제2-0253호

주소 § 경기도 부천시 원미구 심곡1동 350-1 남성B/D 3F (우) 420-011
전화 § 032-656-4452 팩스 § 032-656-4453
http://www.chungeoram.com
E-mail § eoram99@chollian.net

값 8,000원

ISBN 89-5505-777-6 04810
ISBN 89-5505-774-1 (SET)

혈미르무랑

김종휘 新 무협 판타지 소설

3

중원 기행

도서출판
청어람

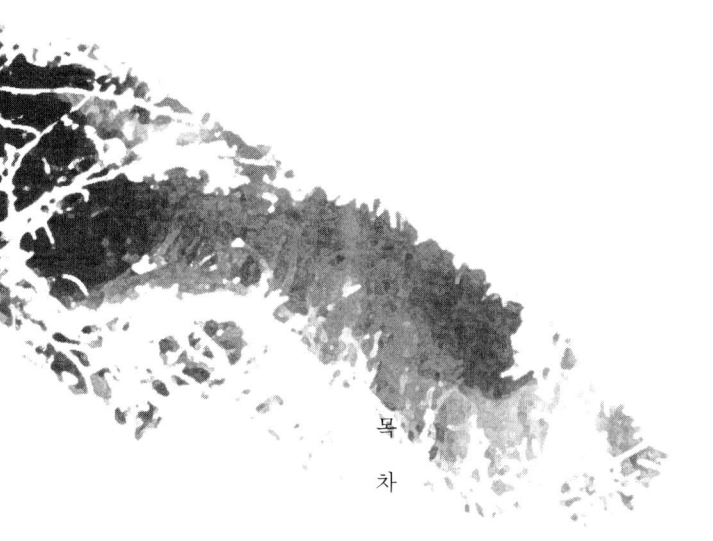

목

차

제5장
정파의 거짓된 모습(2)

좌초된 화룡패선을 끌어내기 위해 오십여 마리의 말과 무사들이 낑낑거리고 있었지만 배는 꿈쩍도 안 했고 장천은 화룡패선으로 장강을 내려가는 것이 어렵다 생각했다.

좋은 배 탈 복은 없는 듯해 장천은 할 수 없이 다른 배를 이용하기로 결정했고, 다행히 가까운 부두에서 장강 관광을 위한 누선(樓船)을 하나 찾아 그곳에 오를 수 있었다.

"휴······."

"뭔 한숨을 그렇게 쉬어?"

"화룡패선을 타고 조금 뽐내고 싶었는데······."

영영은 화룡패선을 타지 못한 것에 크게 실망한 듯했다.

"요즘 명문가 자제들의 가장 큰 문제점은 부모의 후광을 믿어 화려한 것에만 눈독을 들인다는 것이야. 너도 생각이 있다면 네 힘으로 번

돈으로 살아갈 궁리를 하라고. 무림인이라고 하는 것이… 쯧쯧. 그런 정신 상태로 어떻게 살아가겠나."

허튼소리를 하는 영영에게 한마디 쏘아붙여 준 장천은 고개를 내저으며 갑판으로 향했다.

장강을 유람하는 누선인 때문인지 젊은 남녀가 쌍쌍이 있는 모습이 간간이 눈에 띄었다. 이들의 복색을 보아하니 대부분이 부호의 자식들 같았다.

"휴… 안이나 밖이나 문제군, 문제야."

중간중간 정파의 무사들로 보이는 자들도 있었기에 경계를 늦추지 않은 장천은 갑판의 한구석에서 강가를 바라보고 있는 소년을 발견할 수 있었다.

열서너 살의 소년은 흔들리는 배 위에서도 안정감있는 모습을 보여 상당한 수련을 쌓았음을 알 수 있게 했다. 단정하게 청의를 입은 모습을 보며 장천으로선 조금 호감이 들었기에 그가 있는 곳으로 걸음을 옮겼다. 소년의 시선을 따라가 보니, 노을이 붉게 물드는 강가의 모습이 보였고, 그제야 상대가 노을을 감상하고 있음을 알 수 있었다.

"저녁놀 지는 모습이 참으로 아름답군."

"아!"

장천의 말에 소년 무사는 조금 놀라는 표정을 지으며 돌아보았다.

단정한 이목구비를 가진 소년은 두 눈에서 정광이 흘러나오고 있는 듯해 한눈에 명문정파의 제자임을 알 수 있었다.

소년에게 가볍게 포권지례를 하며 장천은 자신의 소개를 했다.

"낙양에서 온 두형이라 합니다."

"아… 곤륜에서 온 수경(秀敬)이라 합니다."

수경이란 소년은 낯선 미공자가 말을 걸어오자 놀란 표정으로 자신의 이름을 밝혔는데, 조금 얼굴이 붉어지는 모습이 장천으로 하여금 상당히 귀엽다는 생각이 들게 했다.

"소협이 곤륜에서 왔다 하니 곤륜파의 제자가 아닐까 생각됩니다만."

"예. 사부님의 명으로 사천에 들른 후 잠시 고향 집으로 향하는 중입니다."

"고향이라면?"

"항주입니다."

"항주라… 좋은 곳이지요."

물론 장천은 항주라면 구경한 적도 없지만 소년과의 대화를 끊고 싶지 않아 조금 아는 척을 했는데, 그 말에 소년의 얼굴을 조금 어두워지고 있었다.

"그, 그런가요."

"……."

소년의 말에 자신이 무슨 실수를 한 것이 아닐까 곰곰이 생각해 보는 장천이었지만, 역시나 그다지 실수한 것은 없었다.

'아무래도 고향인 항주에서 무슨 안 좋은 일이 있었나보군.'

어차피 항주에 관해선 아는 것도 없는지라 이렇게 되면 더 더욱 항주 이야기를 꺼내지 말아야겠다는 생각을 한 장천은 미소를 지으며 말했다.

"이것도 인연인데, 한잔 술을 나눔이 어떻겠습니까?"

"아! 예."

조금 유약한 성격인지 장천의 제안에 거부도 못하며 고개를 끄덕이는 수경이었다. 장천은 무산삼협으로 가는 뱃길이 그리 재미없지만은 않겠다는 생각을 하며 그의 손을 잡고는 선실 안으로 들어갔다.

요금이 비싼 유람선 값을 하는지 누선 안에는 작은 주점과 비슷한 것이 만들어져 있었다. 소년은 주점에 앉아도 침울한 모습이 사라지지 않고 있었다.

수경의 앞에 놓인 잔에 가득 소홍주를 따른 장천은 미소 지으며 말했다.

"소협의 얼굴에 수심이 가득하군요."

"아, 그렇습니까."

장천의 말에 수경은 얼굴 표정을 바꾸려 했지만 마음의 근심 탓인지 쉽게 바뀌지 않았다. 오히려 답답할 정도의 거북스러운 표정이 되어버려 장천은 할 수 없다는 듯이 고개를 젓고는 술잔을 들고 한 수의 시를 읊었다.

양인대작하월명(兩人對酌的河月明)
일일배부일배(一盃一盃復一盃)
아취욕안군차거(我醉欲眠君且去)
명조유의포금래(明朝有意抱琴來)
두 사람이 술을 마시니 강가의 달은 밝기만 하구나.
한 잔, 한 잔, 또 한 잔
내가 취해 눈 감으려 하니 그대 또한 떠나가는구나.
날이 밝아 뜻이 있으면 가문고를 안고 찾아오라.

"……?"

"하중대작이라 하여 본인이 잠시 이태백 어른의 시를 빌렸습니다."

"그렇군요. 하하하."

장천이 읊은 시는 이태백의 시인 산중대작이란 시였는데, 장천이 교묘하게 산화개(山花開)란 단어를 하월명(河月明)으로 바꾸어 분위기에 맞게 읊었기에 수경은 웃음이 나왔다.

"무슨 근심이 있는지는 모르겠지만, 이런 때에 세상일은 잠시 잊는 것도 나쁘지 않을 것입니다."

"……."

장천의 말에 수경은 깨닫는 바가 있었던지 고개를 끄덕이며 말했다.

"두 소협의 말을 명심하도록 하겠습니다."

"자, 우리 장강의 달을 안주 삼아 거나하게 취해보도록 합시다."

"예."

오랜 시간을 어린 모습으로 살아왔던 장천인지라 과거 자신의 겉보기 나이와 비슷한 수경과 쉽게 친해질 수 있었다.

두 사람이 서로의 마음을 나누며 술잔을 나누고 있을 때 두 여인이 그들의 곁으로 다가왔다. 수경은 두 여인이 상당한 미모를 가진 여인들인지라 놀라지 않을 수 없었다.

"왜 그러십니까?"

수경의 표정이 이상해지자 장천은 이상한 생각에 고개를 돌려보았다. 한데 일행의 가장 큰 문젯거리라 할 수 있는 영영과 능예가 자신을 노려보고 있음에 한숨이 나왔다.

"어디서 뭐 하나 했더니 술이나 퍼마시고 앉아 있었군."

"영영이 너도 이런 녀석을 좋다고 따라다니다니 나중에 고생길이 훤하구나."

"……."

두 여인의 말에 장천은 니들이 내 마누라라도 되느냐 하고 소리치고 싶었지만 앞에 수경이 있는지라 차마 말을 뱉지 못했다.

뻔뻔스러운 두 여인은 허락도 없이 장천의 양 옆에 자리를 잡더니 장천과 수경을 아랑곳하지 않고 수다를 떨기 시작했다.

"정말 기생오라비 같은 녀석, 마음에 들지 않는다니까."

"우리 같은 미모의 여인을 버려두고 술이나 마시고 있다니 정말 멋도 없는 남자야."

"강호의 남자라면 당연히 여인을 아낄 줄도 알아야 되는데 말이야. 안 그러니?"

"당연하지. 여인을 아낄 줄 모르는 남자는 삼류잡배도 못 되는 녀석이라니까."

두 여인의 수다 사이에 갇힌 장천은 얼굴을 빨갛게 변할 수밖에 없었다. 예상은 하고 있지만 설마 새로 사귄 친구 앞에서 이렇게 모욕을 줄지는 몰랐던 것이다.

두 여인의 수다에 당황하는 장천을 보며 수경은 자신도 모르게 웃음이 나왔다. 어느 사이 근심은 사라진 듯했다.

장천을 어느 정도 괴롭힌 두 여인은 수경과 통성명을 나누었고 네 사람은 새벽까지 술잔을 나누며 친목을 돈독히 할 수 있었다.

다음날 아침 쓰린 속을 달래며 장천은 흔들거리는 몸으로 갑판으로 나섰는데, 역시나 어제저녁과 같은 자리에서 수경이 멍하니 강가를 바라보고 있는 모습을 볼 수 있었다.

"아! 수 소협, 기침하셨습니까."

"두 소협, 편안히 주무셨는지요."

"……."

수경의 얼굴에선 숙취의 흔적이 전혀 없었으니 장천은 어리게만 보였던 수경의 주량에 크게 감탄할 수밖에 없었다.

"대단한 주량이로군요. 어제 그렇게 마셨는데도 멀쩡하다니 말입니다."

"태생이 그런 때문이지요."

"응? 태생?"

어떤 태생을 가져야 주량이 셀 수 있을 것인가란 생각에 장천은 잠시 혼란에 빠졌는데, 그 이야기를 하며 수경의 얼굴이 다시 침울해지자 고향에 관한 일이 태생과 연관이 있다는 것을 알 수 있었다.

'항주는 색향의 도시라고 했겠다.'

그런 생각을 하자 금세 수경의 태생을 이해할 수 있는 장천이었다.

"수 소협께서는 모친께서 혹시 기녀가 아닙니까?"

예의의 어긋날 정도의 단도직입적인 말에 그의 몸이 흠칫 흔들렸는데, 장천은 자신의 생각이 틀리지 않음을 알 수 있었다.

'고생 좀 했겠군.'

기녀의 자식이라면 호로자식이라는 욕을 먹으며 천대받는 것은 흔한 일이었고, 거기에다 곤륜이라는 명문정파에서 생활했다면 태생 때문에 많은 따돌림을 받았을 것은 당연한 일이었다.

그런 그가 어머니를 만나기 위해 항주로 간다는 것은 잊고 싶었던 기억을 다시 상기시키는 일이었기 때문에 이렇듯 수심에 잠김은 당연한 일일 수 있었다.

수경이 기녀의 자식이란 말에 크게 기가 꺾인 듯 고개를 숙이고 있었기에 조금 화가 났다.

"이런 답답한 놈!"

어두운 분위기가 마음에 들지 않은 장천이 그대로 수경의 뒤통수를 후려갈기자 난데없는 봉변에 수경은 크게 당황하며 소리쳤다.

"큭! 왜 때려요!"

역시 아직 소년인 수경인지라 갑작스럽게 한 대 맞자 어린 치기가 그대로 드러났다. 그런 수경의 모습을 본 장천은 미소 지으며 어린 꼬마에게 이야기하는 것처럼 그를 대하며 말했다.

"아프냐?"

"당연하잖아요!"

"그럼 참지 말고 덤벼!"

"……."

"기녀의 자식으로 태어난 것을 수치스럽게 생각하는 것으로 보아 그동안 받은 모욕은 방금 전 내가 때린 것보다 더 클 것이 분명한데 왜 참고만 있는 거지?"

"그건……."

"그깟 태생이 뭐가 그리 중요하다고? 왕후장상의 자식으로 태어났어도 거렁뱅이보다 못한 자들도 있다. 태생에 연연하여 앞을 보지 못한다면 넌 언제까지나 기생의 자식에서 벗어나지 못하는 거야! 남자라면 그 모든 것을 이기고 뜻을 쟁취할 수 있는 투지가 있어야 하는 거야!"

장천의 말에 수경은 고개를 숙일 수밖에 없었다.

"자! 이제부턴 힘을 내고 남자답게 살아보라고! 이 형님을 봐라, 얼마나 남자답니?"

물론 장천의 모습에선 남자다운 모습이라곤 눈곱만치도 찾아보기 어려웠다.

"휴… 두 소협의 말씀은 잘 이해했습니다. 하나 지금의 저로선……."

수경이 조금 안정을 찾은 것 같자 장천은 인자한 미소를 지으며 말했다.

"수 소협, 참는 것이 중요하긴 하나 모든 것을 참을 필요는 없습니다. 정 참기 힘들 때 한번 터뜨리는 것도 어쩌면 삶의 또 다른 길이라 할 수 있을 것입니다."

수경의 고민을 대충이나마 풀어준 장천은 즐거운 마음으로 노선의 식당으로 들어섰는데, 은영영이 그의 앞을 막아섰다.

"뭐야?"

갑자기 자신을 막아서자 장천은 이유를 물어보았고, 그녀는 갑판에서서 강가를 바라보고 있는 수경을 가리키며 말했다.

"저 녀석하고 너무 친해지지 말라고."

"응?"

"아무리 사람이 좋다고 해도 정파의 사람임에는 틀림없다고. 정파의 인간이 홍련교의 사람들을 어떻게 대하는지 잘 알고 있을 텐데, 왜 자꾸 저 녀석과 친해지려고 하는 거야. 그러다가 마지막에 다치는 것은 너라고, 너!"

영영은 홍련교의 많은 사람들이 정파와 인물들과 친교를 나누다가 마지막에 배신당하는 것을 많이 보아왔던지라 장천이 수경과 가까이 지내는 것이 조금 걱정이 되었던 것이다.

그녀의 말을 들은 장천은 자신을 위한 말이라는 것은 알고 있었지만 조금 언짢은 생각이 들었다. 사람을 사귀는 것까지 일일이 간섭하려 함이 마음에 들지 않았기 때문이다.

"그런 것은 내가 다 알아서 할 테니 신경 쓰지 말라고."

"……."

장천이 차갑게 말하고 돌아서자 영영은 자존심이 상해 아무 말도 할 수가 없었다.

'바보…….'

자신의 마음을 알아주지 않는 장천이 야속해 영영은 안타까웠지만 더 이상 참견하지 않고 고개를 돌릴 수밖에 없었다.

장강을 따라 유유하게 흐르던 배는 얼마 지나지 않아 나루에 들르게 되었는데, 예상외로 이번 나루터에서 꽤 많은 사람이 유람선에 오르는 것을 보며 은조상은 괴이하게 생각할 수밖에 없었다.

"음… 느낌이 안 좋군. 저렇게 많은 정파인들이 한꺼번에 배에 오르다니 말이야."

은조상과 동방명언은 배에 오르는 사람들의 모습을 보며 조금 긴장한 얼굴을 하고 있었다.

현재 홍련교는 중원의 각지에서 오개년 계획에 따라 움직이고 있는 탓에 정파는 크게 신경이 곤두서 있다고 할 수 있었다.

그런 이유로 홍련교 역시 명문정파의 움직임을 예의 주시하고 있었는데, 장강을 타고 내려가는 유람선에서 삼십여 명이 넘는 정파의 무사들이 한꺼번에 움직이고 있다는 것은 무슨 일이 있다는 뜻으로 해석할 수 있기 때문이다.

"사천정파의 움직임에 대해서 아는 것이 있는가?"

"전혀. 우리가 본단에서 나오기 전까지 사천은 물론 무림맹이 위치한 하남에서도 정파가 움직인다는 보고는 없었다."

"음……."

자신의 신분을 자각하고 있는 장천으로선 배에 올라탄 정파의 무사들을 경계하는 것을 멈출 수가 없었다.

배는 다시 장강을 따라 흘러가기 시작했는데, 정파의 무사들은 유람선의 뒤쪽 갑판에 모여 무엇인가 중요한 회의를 하고 있었다.

장천은 갑판에서 간간이 녀석들의 모습을 감시하고 있었는데, 가끔씩 한두 사람이 일행들을 관찰하는 모습을 보였기에 그들 역시 자신들을 경계하고 있다는 것을 알 수 있었다.

'아무래도 심상치 않은 일이 벌어질 것 같은데.'

그날 밤 장천은 정파무사들의 동태를 알아보기 위해 그들이 머무르고 있는 방으로 향했다.

"우아아암."

무사 한 사람이 하품을 하며 문을 열고 나오자 장천은 급히 몸을 숨겼고, 선실 안에 불빛이 나오는 것으로 보아 지금까지 무엇인가 이야기를 나누고 있었음을 알 수 있었다.

'저 녀석을 이용해 볼까?'

지금 나온 무사를 이용하여 정파의 무리들 가운데 잠입할 생각을 한 장천은 천천히 갑판으로 나가는 그의 뒤를 따라붙었다. 갑판 위에 올라간 그 무사는 넓은 장강의 강물에 하수를 내뿜고 있었다.

"저기… 말씀 좀 묻겠습니다."

"웅?"

하수를 내뿜는 와중에 누군가 말을 걸자 그는 당황하여 바지를 추슬렀고, 장천은 그 틈을 타 녀석의 마혈을 짚었다.

"윽……."

외마디 비명과 함께 쓰러진 그의 옷을 벗긴 장천은 입에 재갈을 물려 마혈을 풀어준 후 강물에 집어 던졌다.

　빠져 죽지 않으려면 헤엄을 쳐야 했기에 그가 재갈을 벗지 못할 것이라 생각했기 때문이다. 장천의 예상대로 갑작스럽게 물에 빠진 그는 허우적거리며 발버둥 쳤고, 그런 와중에 배는 그에게서 점점 멀어져 가기 시작했다.

　녀석의 옷을 입은 장천은 변태변골술을 사용하여 강물에 빠뜨린 자와 똑같이 변한 후 그들이 머물고 있는 방으로 들어갔다.

　"아우움!"

　"사제!"

　하품을 하며 방 안으로 들어서자 삼십 대 정도의 무사가 얼굴을 일그러뜨리며 자신을 다그쳤기에 강물로 빠뜨린 자가 그와 같은 문파에 속해 있음을 알고는 고개를 숙이며 천천히 그의 옆에 자리를 잡았다.

　그가 자리에 앉자 청의를 입은 구레나룻의 무사가 사람들을 돌아보며 계속 말을 이어 나갔다.

　"이 정보는 본 문에서 파견한 마교의 첩자에게서 나온 것이니 확실하다고 생각하오."

　"음, 그런데 생각보다 숫자가 많군요."

　"모두 약관도 되지 않는 이들인데 무공이 높다면 얼마나 높겠소이까. 이곳에 계신 분들은 각 문에서 뛰어난 인재들이 모인만큼 녀석들을 처리하는 것에는 큰 문제가 없을 것이라 생각하오."

　장천이 그들의 말에서 무엇인가 중요한 회의를 하고 있음을 알 수 있었고, 그것이 마교와 관련이 있다는 것은 눈치 챘지만, 정확히 무엇을 노리는 것인지는 알 수 없었다.

여러 가지 이야기가 흐르고 있을 때 문이 열리면서 방 안으로 한 사람의 무사가 더 들어왔는데, 장천은 그의 얼굴을 보는 순간 크게 놀랐다. 무사들의 방으로 들어온 소년 무사는 바로 장천과 아침에도 이야기를 나누었던 수경이었던 것이다.

"여러 대협들을 만나서 반갑습니다. 곤륜의 수경이라 합니다."

"오! 수경 소협, 어서 오시오."

사전에 이미 만나기로 약조가 되어 있었는지 수경은 방 안으로 들어오자 가볍게 포권지례를 했고 사람들은 구파일방의 사람이 오자 크게 반기는 표정을 지었다.

수경은 사람들과 인사를 나누며 천천히 비어 있는 자리에 앉아서는 한 장의 편지를 꺼내었는데, 구레나룻의 무사는 그것을 꺼내어 읽기 시작했다.

한참을 서신을 읽어 나간 무사는 고개를 끄덕이더니 옆에 있는 무사에게 건네주었고, 그 역시 편지를 읽더니 고개를 끄덕이곤 촛불에 편지를 태우곤 사람들을 보며 말했다.

"곤륜에선 경천포구에서 합류하겠다고 하는군요."

"곤륜에서 힘을 보태준다면 저희로선 크게 안심할 수 있을 것입니다."

"예. 아무리 어리다 해도 마교 교주의 손녀이니 한 수 재간은 있을 테니까요."

그 말에 장천은 크게 놀라지 않을 수 없었다.

자신들이 이 유람선에 탄 것은 화룡패선이 좌초되는 바람에 부득이하게 이루어진 것인데 그것을 알고 정파의 무사들이 기다리고 있었기 때문이다.

'음, 그렇다면 화룡패선의 좌초도 계획적이었다는 건가?'

장천은 화룡패선에 대해서 자세히 알지는 못했지만 홍련교가 자랑하는 배가 너무 어이없이 좌초당했다는 생각이 들었고, 어쩌면 그 좌초가 이들의 첩자에 의해 계획적으로 이루어졌을 수도 있다 유추한 것이다.

장천이 이런저런 생각을 하고 있을 때 수경은 좌중에 있는 사람을 보며 천천히 입을 열었다.

"우연히 이 배에서 교주의 손녀란 계집과 친분이 있는 마교의 교도를 알게 되었는데, 그자를 이용하여 일을 쉽게 처리할 방법이 있습니다."

"아! 수 소협, 그 방법이 무엇입니까?"

사람들은 수경의 말에 크게 놀라는 표정을 지으며 관심을 표명했는데, 장천은 그가 사귄 마교의 교도가 자신이라는 것을 알고 있었기에 심한 배신감이 느껴졌다.

처음 그를 보았을 때 총기가 있고 단정한 모습에 반하여 접근했던 것인데 그런 호의를 자신의 공명을 위해 팔고 있으니 어찌 배신감이 들지 않겠는가.

'역시나……'

아침에 은영영이 자신에게 했던 말을 생각하며 장천은 후회가 될 수밖에 없었다.

"녀석은 마교 교주의 손녀와 친구인 은영영이란 계집과 정혼을 약조한 사이 같으니 저희가 그자를 사로잡을 수 있다면 다른 마교의 인물들과 충돌없이 그 계집을 끌어들일 수 있지 않을까 생각합니다."

"음… 정혼을 약조한 사내라면 쓸모가 있겠군요."

"물론 이 일을 진행함에 있어서 은밀해야 함을 명심하시기 바랍니다."

"알겠네."

수경의 말에 사람들은 장천을 사로잡을 방법을 생각하기 시작했으니 장천은 자신을 납치하려는 정파의 무사들과 함께 계획을 짜는 처지가 되고 말았다.

'나의 따뜻한 사랑을 이렇게 배신하다니. 흑흑흑…….'

수경의 행동에 크게 상심한 장천은 눈에서 눈물이 날 정도였다. 하지만 지금 그런 생각을 할 수는 없는 일인지라 꾹 참으며 이들의 계획을 들었다.

거의 대부분의 계획은 수경이 세웠으니… 그 계획이란, 그가 장천에게 할 말이 있다며 배의 뒤편 창고로 끌어내면 다른 사람들이 습격을 하는 것이었다.

그리 뛰어난 계획이라고는 할 수 없지만, 만약 장천이 이곳에 오지 않았다면 절대로 빠져나갈 수 없는 함정임은 틀림이 없었다.

"그럼 수 소협의 계획대로 합시다."

수경이 말한 계획대로 하기로 결정한 사람들은 장천을 잡기 위해 준비하기 시작했다. 그 번잡함을 틈타 나온 장천은 변태변골의 수법을 풀고는 자신의 방으로 돌아왔다.

"장천, 어딜 갔다 온 거야?"

방에는 동방명언과 데비드가 기다리고 있었다. 장천은 손을 내젓고 자리에 앉아 식은 차를 들이키고는 깊은 한숨을 쉬었다.

"휴."

"응?"

고민조차 없을 것처럼 보이는 장천이 한숨을 쉬자 다른 이들은 괴이하게 생각할 수밖에 없었지만, 표정을 보아하니 물어도 말하지 않을 것 같았기에 더 이상 묻지 않았다.

"아무래도 난 친구를 사귀는 데 조금 문제가 있는 것 같아."

장천이 그들을 보며 한탄하듯이 읊자 동방명언과 데비드는 조금 찔릴 수밖에 없었다.

"자식! 알았다고, 알았어. 도대체 뭐가 필요한 거야?"

"오! 두 형제가 원한다면 마누라라도 줄 수 있습니다. 빨리 말하세요."

데비드의 발언에 잠시 생각에 잠겼던 장천은 천천히 그의 손을 잡으며 말했다.

"사실… 요즘 너무 외로워. 데비드, 너의 막내 마누라를 나에게 하루만 빌려줄 수 없겠니?"

"……."

정말 달라고 할 줄은 몰랐던지라 데비드는 식은땀을 흘렸지만, 일단 남아가 한번 내뱉은 말을 지켜야 한다는 생각에 눈물을 흘리며 말했다.

"흑흑. 알겠습니다. 잠깐만 기다리세요… 흑흑흑……."

데비드가 장천에게 헌납할 막내 마누라를 데려오기 위해 나가자 동방명언 역시 크게 긴장하지 않을 수 없었다.

"두형, 난 형제들 중에서 마누가가 가장 적어……."

"…너도 데리고 와."

"흑흑흑……."

동방명언 역시 눈물을 흘리며 밖으로 나갔다. 과연 장천은 형제들의 막내 마누라들을 데리고 무슨 일을 하려 하는 것인가.

물론 두 사람이 마누라를 데리고 오기 전에 나타난 사람이 있었으니 그것은 바로 은영영과 유능예였다.

갑자기 장천의 방문이 쿵 하는 소리와 함께 열리더니 두 여인의 일그러진 얼굴이 드러났다.

"두 형!!"

"이 파렴치한 자식이!"

두 사람은 장천을 보자마자 삿대질하며 소리를 지르기 시작했지만 장천은 아무것도 아니라는 듯이 손을 내저으며 말했다.

"도대체 무슨 일로 이렇게 난리 법석이야."

"그럼 난리 법석 안 치게 됐어! 도대체 제수씨를 달라고 하는 놈이 세상에 어디 있어! 네가 인간이냐!"

"흥! 나 때문에 마누라를 얻게 되었으면 적어도 한 명 정도는 바쳐야 될 것 아니야. 은혜를 모르는 것은 바로 그 녀석들이라고!"

자신들의 말에 뻔뻔함으로 반박하는 장천을 보며 황당함을 느끼는 두 여인이었다.

장천과 두 사람이 서로를 욕하고 있을 때 방 안으로 은조상이 들어왔는데, 세 사람이 서로를 보며 으르렁거리자 궁금함을 느낀 그는 장천에게 그 이유를 물어보았다.

"도대체 무슨 일로 이렇게 으르렁거리는데?"

"젠장할! 내가 형제들에게 막내 마누라 한 명씩을 하룻밤만 빌려달라고 했더니 저렇게 대들고 있잖아."

"응?"

장천의 말에 은조상은 식은땀을 흘렸지만, 혹시나 잘못 들은 것은 아닐까 하는 생각에 다시 물어보았다.

"잘 못 들었는데, 다시 한 번 말해 주겠나?"

"형제들에게 막내 마누라 한 명씩을 바치라고 했더니 저렇게 대들고 있다고!"

이번에는 은조상이 잘 알아들을 수 있도록 명확한 발음으로 이야기를 하니 은조상은 천천히 장천이 무슨 짓을 하려는지 생각해 보기 시작했다.

"음… 그 형제에 나도 포함되는 건가?"

"넌 내 의형제가 아니었냐!"

"휴… 알았다. 막내 마누라면 되는 거지?"

"그래!"

"조금만 기다려라, 데리고 올 테니."

"오빠!"

"도대체 무슨 말이에요, 그건!"

영영과 능예는 당연하다는 듯이 자신의 마누라를 데려온다고 이야기하는 조상을 보며 버럭 소리를 질렀지만 그는 두 여인의 말을 들은 척도 안 하고 자신의 아내들이 있는 곳으로 걸음을 옮길 뿐이었다.

아무튼 일은 이렇게 진행되어 잠시 후 세 명의 형제들은 자신의 막내 마누라 손을 잡고 장천의 방으로 들어왔다.

"흑흑흑… 둘째형… 흑흑."

"여보… 흑흑흑."

데비드가 막내 마누라인 소향을 보내주려 했으나 그녀는 남편의 바짓가랑이를 잡고는 서러운 눈물을 흘릴 뿐이었다.

동방명언과 은조상 역시 막내 마누라를 장천에게 보내주었는데, 동방명언과 그 부인이 데비드의 부부와 같이 서럽게 눈물 흘리는 것과 반대로 은조상과 그의 부인은 아무것도 아니라는 듯이 헤어지고 있었다.

"미연, 형님을 잘 부탁해."

"당신의 의형제시니 최대한 보필하도록 할게요."

그 보필이 무엇을 의미하는지는 모르지만 그 장면을 보고 있던 은가와 유가 여인은 은조상과 그녀의 행동에 도무지 정신을 차릴 수가 없었다.

형제에게 마누라까지 잠자리에 제공하는 이 우애를 어찌 설명할 수 있겠는가.

마누라를 보낸 은조상은 장천에게 손을 흔들어주고는 미소 지으며 말했다.

"형제, 자네 일이 잘되기를 빌겠네."

"물론이야. 자네 마누라를 하룻밤만 고맙게 빌리겠네."

"이것들이! 대체 무슨 짓거리들이야!"

건투를 비는 은조상과 잘하겠다는 장천을 보며 은영영이 노기를 참지 못하고 소리치고는 허리에서 검을 뽑아 장천을 향해 달려들었다. 능예 또한 그녀와 호응하여 장천을 공격했다.

"형제여! 나를 도와주게!!"

위급한 상황에 빠진 장천이 급히 뒤로 몸을 날리며 형제들을 부르니 세 사람은 빠른 속도로 몸을 움직여서는 두 여인의 팔을 잡고 더 이상 장천을 공격하지 못하게 막아섰다.

"너희들은 자존심도 없냐! 마누라를 뺏기고도 형제의 우애를 찾게!"

"여인을 우롱하는 저런 녀석은 당장 목을 베야 한다고! 빨리 비켜!"

세 사람에게 잡힌 여인들은 발버둥 치고 있었지만 이들의 무공이 한 수 위였기에 벗어나지 못하고 있었다.

"이건 우리 형제들 간의 일이다. 너희들이 참견할 일이 아니라고."

은조상은 반항하는 두 사람에게 한마디 내뱉은 후 동방명언과 데비드에게 지시하여 강제로 그녀들을 방에서 끌고 나가게 했다.

두 여인이 나가자 방에는 장천과 형제들의 세 막내 마누라만이 남았다.

데비드와 동방명언의 여인들은 방 안이 조용하게 변하자 구석에 두려움 가득한 얼굴로 쭈그려 앉아 있었다. 은조상의 막내 마누라인 미연은 천천히 침상에 자리를 잡고 앉아서 하품을 하고는 말했다.

"이제부턴 뭘 해야 하는 거지요?"

"네 사람이니 숫자는 딱 맞네. 좋아… 그럼 삼삼한 밤을 보내자고."

"삼삼한 밤이래. 흑흑흑. 여보!"

하지만 두 여인의 절규와는 달리 장천은 마작패를 꺼내어서는 탁자 위에 올려놓았으니 미연을 제외한 두 여인은 영문을 알 수 없어했다.

장천은 다른 여인들을 위해 의자를 만들어주고는 한쪽에 앉아서 마작패를 정리하기 시작했다.

"뭐 해?"

이 황당한 장면을 보며 멍한 표정으로 있는 두 여인을 보며 미연이 빨리 와서 자리에 앉으라는 손짓을 하자 영문을 알 수 없는 두 여인은 그녀를 따라 자리에 앉았다.

그렇다. 남들은 무슨 생각을 어떻게 하든 장천이 밀폐된 선실 안에서 세 명의 여인과 할 수 있는 일은 마작밖에 없었던 것이다.

"아싸! 리치!"

"응? 매연! 너 꾼이구나!"

"언니, 무슨 말씀을 그렇게 하세요!"

"쓰모!"

"아악! 이 여자들, 다 꾼이당!"

"잔소리 말고 패나 가져가요!"

"흑흑… 난 이제 거지야… 흑흑……."

그렇게 세 명의 꾼을 상대로 눈물을 흘리는 장천이었다.

다음날 아침, 형제들은 자신들의 마누라가 걱정되어 일찌감치 장천의 방으로 모여들었는데, 천천히 문이 열리면서 네 사람이 퉁퉁 부은 눈으로 방문을 나서는 것이었다.

"흑흑. 밤새도록……."

데비드는 참을 수 없어 눈물을 흘리고 말았는데, 그의 막내 마누라 소향은 오히려 큰 소리로 교소를 터뜨리고 있었다.

"호호호호!"

"헉!"

그녀의 웃음소리에 데비드는 놀랄 수밖에 없었고, 그녀와 함께 나온 두 여인은 소향을 보며 떨리는 목소리로 말했다.

"소향… 너 다시 봤어."

"어떻게 그럴 수가 있어. 흑흑흑……."

두 여인은 자신을 바라보고 있는 남편의 품에 안겨서는 두 눈에서 눈물을 흘리며 통곡하기 시작했는데, 뒤에 있던 장천은 이 모습에 음흉한 웃음을 터뜨리기 시작했다.

"흐흐흐… 세상은 다 그런 것이지. 소향, 언제 다시 한 번 부탁해. 그 짜릿한 손맛 절대 잊지 못할 거야."

"호호호, 그건 제가 할 말이에요."

"소향! 네가… 흑흑흑……."

영문을 모르는 데비드는 눈물을 흘리며 떨리는 무릎을 진정하지 못하고 쓰러지고 말았다.

잠시 후 퉁퉁 부은 눈으로 장천은 식당으로 들어섰고 그곳에서 수경의 모습을 볼 수 있었다.

"아, 수 소협! 좋은 아침이야."

"예."

'가증스러운 놈.'

미소 지으며 간단하게 답하는 수경은 전에 만났던 모습과 크게 다르지 않으니 장천은 속으로 가증스러운 놈이란 생각을 하며 그의 앞자리에 앉아서는 간단하게 아침 식사를 시켰다.

"어젯밤에 잠을 못 이루신 모양이군요."

"조금 일이 있었거든."

"그렇군요."

별로 이야기를 나누지 않고 침묵을 지키는 두 사람이었는데, 그 모습을 보며 장천은 그도 약간 찔리는 것이 있나보다 생각했다.

"조반을 끝내신 후 잠시 시간을 내줄 수 있겠습니까?"

"응?"

"두 소협께서 조금 도와주셨으면 하는 일이 있어서 말입니다."

'드디어 시작이구나.'

어젯밤의 계획이 시작되고 있음을 알게 된 장천은 별것 아니라는 얼굴을 하고는 고개를 끄덕이며 말했다.

"자네가 부탁하는 것이니 내 반드시 들어줘야지."

"아! 예, 감사합니다."

장천의 말에 수경은 조금 표정이 어두워지며 감사의 말을 하니 그렇게 파렴치한 녀석은 아니라는 생각이 들었지만 이내 고개를 젓는 장천이었다.

'아냐, 녀석을 동정하면 안 돼.'

"무슨 일이라도?"

장천이 갑자기 고개를 젓자 수경은 계획이 틀어지는 것이 아닐까 당황하며 물었다. 하지만 장천은 아무것도 아니라고 말하며 천천히 점원이 가져온 조반을 들었다.

아침 식사를 마친 장천은 방으로 돌아와 간단하게 운기조식을 한 후 또다시 수경을 찾아 유람선 뒤편 화물이 있는 곳으로 발걸음을 옮겼다. 그곳에선 수경이 자리에 앉아서는 무엇인가 생각에 잠긴 듯한 모습을 취하고 있었다.

"수 소협."

"아! 오셨습니까."

장천이 부르자 그제야 고개를 든 그는 미소 지으며 일어서서는 그를 맞았다.

"그런데 이런 곳에서 무슨 일이 있다는 것인가?"

장천이 모르는 척하며 묻자 수경의 얼굴이 어두워지면서 조용히 그에게 말을 했다.

"두 소협님… 정말 미안합니다."

"응? 무슨 말인가?"

장천은 정말 모르는 척 물었다. 그때 화물의 뒤 여기저기에서 무사들이 병장기를 들고 뛰어나와 장천을 둘러쌌고 수경 역시 허리에 차고 있는 검을 뽑았다.

"아니, 이게 무슨 짓인가!"

크게 놀란 장천은 사방으로 둘러보며 당황한 표정을 지었고, 수경은 그의 목에 검을 가져가서는 표정을 일그러뜨리며 말했다.

"마교의 악도들에게 이 정도의 함정은 흔한 일이겠지!"

"수 소협……."

장천은 수경이 검을 들어 자신의 목에 겨누자 크게 상심한 표정을 지으며 무릎을 꿇고 말았다. 무사들이 와서는 그에게 포박을 씌우기 시작했다.

밧줄에 묶인 장천이 슬픈 눈을 하며 수경을 바라보자 그는 더 이상 견디지 못하겠는 듯 고개를 돌렸고, 장천은 무사들에게 끌려갈 뿐이었다.

장천은 묶여서는 어젯밤에 잠시 들렀던 방에 감금되자 크게 한숨을 쉬었다.

"크크크. 마교의 놈들이 모두 네 녀석만 같다면 좋겠구나."

방 안에 남아 그를 지키던 무사는 낙담한 표정을 짓는 장천을 보며 웃음 짓더니 조롱해 왔다. 장천은 고개를 들어서는 말했다.

"잠시의 만남이었지만 사람을 믿었던 것이 그렇게 죄였던가."

"강호란 원래 그런 곳이 아니겠느냐? 하하하하!"

사람을 믿었다는 것이 죄였느냐는 말에 그가 강호의 생리를 운운하며 크게 웃으니 미소 짓는 장천이었다.

"그렇다면 나 역시 강호의 생리를 따라야겠군."

"하하하. 저승에서 강호의 생리를 잘 따라보려무나."

"아니, 지금 당장 강호란 것을 맛보아야겠소."

"응?"

장천의 말에 이상한 느낌이 든 그는 웃음을 멈췄는데 그 순간 그의 목으로 무엇인가가 빠른 속도로 날아왔다.

"끅!"

그의 목으로 날아온 것은 한 자루의 단검이었다. 목에 단검이 꽂힌 그는 비명도 제대로 지르지 못한 채 고통스러운 표정을 짓다가 쓰러져 죽고 말았다.

"강호의 생리라… 이것이 강호라면 그리 오래 머무르고 싶은 곳은 아니군."

천천히 몸에 걸려 있는 밧줄을 내려놓은 장천은 쓰러져 있는 무사를 보다 천천히 방문을 열고 밖으로 나갔다.

이미 그들의 작전을 알고 있던 장천은 긴 머리 뒤로 단검을 숨겨두고 있었던 것이다.

사부인 기문숙에게서 무림의 여러 가지 이야기를 들으며 지금 같은 어두운 강호의 생리를 깨닫기 시작한 장천은 조금씩 어른스러워지고 있었다.

방을 빠져나온 장천이 갑판으로 나왔을 땐 정파의 무사들과 은영영이 대치하고 있는 모습이 보였다.

하지만 정파무사들의 얼굴에선 크게 당황한 빛이 보이고 있었으니 장천은 어젯밤의 일이 크게 먹혀들었음을 알 수 있었다.

유능예를 바라보며 얼굴을 일그러뜨리고 있던 무사가 다급한 목소리로 외쳤다.

"네, 네년의 정혼자가 죽어도 상관이 없단 말이냐!"

"그 딴 변태자식 죽여 버리지 않고 지금까지 뭐 했어! 차라리 죽였다면 고맙다는 뜻으로 너희들에게 순순히 잡혀줬겠지만, 멀쩡히 잡아놓고 살려뒀으니 그 보답으로 목을 따주겠다!"

서슬 퍼런 얼굴로 소리치는 유능예의 말에 정파의 무사들을 비롯하여 수경마저 크게 당황한 빛을 띠고 있었다.

수경으로선 장천과 함께 그들을 만났을 땐 무척 사이가 좋아 보였는데 갑자기 이런 사태가 벌어지자 어찌할 바를 몰랐다. 그때 낭랑한 웃음소리가 두 무리의 사이로 울려 퍼졌다.

사람들은 그 웃음소리에 시선을 돌리지 않을 수 없었는데, 웃음의 당사자가 잡혀 있다고 알고 있던 장천이자 크게 놀라지 않을 수 없었다.

장천은 갑판이 보이는 높은 곳에서 야릇한 미소를 지으며 그들을 쳐다보고 있었다.

"아!"

"두형, 이 개자식아! 잡혀서 죽어버리지 않고 왜 나와서 재수없게 웃고 야단이야!"

놀라서 아무 말도 못하는 수경과는 달리 왜 죽지 않고 나와서 웃고 야단이냐며 당장이라도 공격할 준비를 하는 영영과 능예였다.

"믿었던 자에게 배반당한 것이 너무 서러워 죽을 수가 없었다오."

한탄하는 듯한 표정을 지으며 손을 내저은 장천은 천천히 수경을 보더니 말을 이어갔다.

"무림에서 정사를 막론하고 중시하고 있는 것은 신의이거늘 자네는 어찌 이런 짓을 저지를 수 있단 말인가."

"아!"

"태생의 중하고 얕음을 떠나 사람으로서 지키지 않으면 안 되는 것이 바로 신의라 할 수 있으니, 그것을 잊고 스스로 천함을 찾아가니 나로선 안타까울 뿐이네."

장천의 말에 수경은 온몸의 힘이 빠졌는지 그 자리에서 무릎을 꿇고 말았다. 그의 눈에선 그제야 후회의 눈물이 흘러내리고 있었다.

태생의 얕음을 한탄하며 그것에서 벗어나고자 신의를 저버리고 공을 세우려 했던 정파의 소년은 지금까지 바라던 모든 것을 스스로 차버리는 신세가 되어버린 것이다.

수경의 모습을 보며 천천히 바닥으로 내려선 장천은 천천히 손을 올렸고, 그 모습에 은조상이 이미 준비해 두었던 검을 잡아서는 그에게 던져 주었다.

"역시 나의 뜻을 알아주는 사람은 너밖에 없구나."

"고맙군."

은조상과 장천의 사이에서 우러나는 우정에 데비드와 동방명언은 영문을 몰라 하고 있었지만, 일단은 자신들을 노리고 있는 정파의 무사들을 처리하는 것이 우선이라 생각하고는 병장기를 꺼내어서는 그들을 노려보기 시작했다.

젊은이들이라고는 하지만 거의 대부분이 본단에서 정식 수련을 받은 영재들인 데 반해 정파의 무사들은 이 지방에서 실력이 있는 자들을 급히 모은 무사들이었기에 차이는 확연히 드러났다.

홍련교의 제자들은 집단 싸움을 대비한 진법을 의무적으로 배우고 있었기에 장천을 필두로 한 홍화진이 시작되면서 순식간에 정파무사들을 강물로 떨어뜨리는 장천들의 큰 승리로 이번 싸움은 막을 내렸다.

장천은 모든 싸움을 끝내고는 천천히 수경의 모습을 쳐다보았다.

크게 마음이 상한 듯 바닥에 무릎을 꿇고 눈물 흘리는 그가 조금 안쓰러웠다.

하지만 한번 배반한 자에게 다시 믿음을 주는 것은 어려웠으니 장천은 단호하게 고개를 돌렸다. 믿음을 배반한 자는 아무리 소년이라 해도 쉽게 용서할 수 없는 일이었다.

이미 모든 정보를 수집하고 있던 장천은 다음 포구에서 기다리고 있는 곤륜의 무사들을 속이기 위해 유람선의 선장을 위협해서는 깃발을 바꾸게 하니, 멀리서 작은 배에 옹기종기 모여 마교 교주의 손녀가 타고 있을 배를 기다리고 있는 무사들의 모습을 보며 키득키득 웃음을 터뜨리는 장천들이었다.

배의 한구석에선 장천을 배신한 수경이 심한 몰골이 되어 묶여 있었다. 은영영과 유능예에게 잠시 맡겨놓았더니 엄청나게 분풀이를 한 모양이었다.

장천은 유람선에 있는 작은 배에 만신창이가 된 수경을 옮겨놓고는 천천히 그를 강물에 흘려보냈다.

이렇게 간다면 곤륜의 무사들에게 갈 수 있을 것이라는 생각을 했기 때문이다.

"두형, 저 녀석을 그냥 보내주는 거야?"

"불쌍하잖아."

"바보같이! 내가 말했잖아! 정파의 녀석들은 자신들의 명성을 위해서라면 신의를 밥 먹듯이 어긴다고! 저런 녀석들은 보는 족족 먹을 따야 한다니까!"

"그러다 공적으로 몰려 죽어봐야 정신 차리지?"

"……."

한마디로 은영영의 수다를 멈추게 한 장천은 멀리 흘러가는 수경을
보며 잠시 한숨을 내쉬고는 다시는 이런 슬픔이 없기를 바라며 나무아
미타불을 외울 뿐이었다.

제16장
무랑촌의 비밀

　장강을 통하여 무산삼협으로 가는 것이 정파의 무사들에게 완전히 들통난지라 장천의 일행들은 곤륜의 무사들을 지나치고는 유람선을 세워 육로로 방향을 선회할 수밖에 없었다.

　하지만 마을이 없는 곳에서 내려서인지 많은 수의 여인들이 동행한 일행들은 말 한 필 없는 상황에서 자연히 속도가 느릴 수밖에 없었다.

　마을이라도 하나 발견해서 쉴 수 있다면 좋으련만 넓고 넓은 중원천지이니 눈에 보일 정도로 가까운 곳에 마을이 위치한 것은 아니라 여인들의 원성은 더욱더 심해져만 가고 있었다.

　"아앙. 두형, 좀만 쉬어가자!"

　"안 돼! 적어도 마을에 도착하면 쉬자니까!"

　"이런 산골짜기에서 어떻게 마을을 찾는다고… 난 힘들어서 못 가겠단 말이야!"

영영이 자꾸 투정을 부리니 장천은 화가 날 수밖에 없었다. 그녀들 때문에 여정이 지체가 되니 책임자로 나서고 있는 그의 입장에선 당연한 일이었다.

"젠장! 이래서 여자들은 데리고 가기 싫었다니까!"

"흐엉……."

일일이 그녀들의 투정을 받아줄 수는 없는지라 단호하게 길을 재촉하는 장천이었다. 그렇게 한참을 걸어가니 다행히도 하늘의 도우심으로 산의 중턱에 있는 마을 하나가 눈에 들어왔고, 사람들의 눈은 자연 희망에 부풀어 올라 있었다.

"와아!"

"괜히 기대는 하지 말라고, 보아하니 사람도 별로 살지 않는 작은 마을인 것 같은데."

"그래도 하룻밤 쉬어갈 수는 있을 것 아니야."

"흥! 이 인원으로 저런 작은 마을에서 쉴 장소가 있을 것 같냐?"

그 말에 은영영으로서도 사람이 조금 많다는 생각을 할 수밖에 없었다. 대여섯 명이면 모를까 이십 명이 넘는 대인원인지라 당연한 일이었다.

어쨌든 일행들은 편히 쉴 수 있다는 생각에 급히 걸음을 옮겼는데, 마을에 도착하자 십여 명의 마을 사람들이 마치 자신들을 기다리고 있는 듯 입구에 서 있자 이상한 생각이 들었다.

"응?"

장천 일행이 다가가자 마을 사람들 중 가장 나이가 많은 듯한 자가 앞으로 나섰다. 팔십은 족히 넘은 듯한 흰 백발의 노인은 인자한 미소를 지으며 말했다.

"무랑촌에 오신 것을 환영합니다, 무사님들."

자신들을 환영하는 사람들을 보며 장천은 조금 당황하기는 했지만 이내 정신을 차리고는 앞으로 나서 포권지례하며 말을 건넸다.

"어른신께 인사드립니다. 저희들은 사천에 있는 작은 문파인 홍화문(紅火門)에서 무공을 닦는 사람들인데, 이 마을에서 하룻밤 신세를 지고 싶어 찾아왔습니다."

"자, 이리로 오시지요."

장천의 인사에 노인은 그들을 마을 안으로 안내하니 그들의 친절에 조금 거부감이 느껴지는 장천이었다.

'아무래도 조금 의심스러운 면이 있는 마을이군.'

노인을 따라 둘러본 마을은 산촌에 있는 보통 마을과 다름이 없었다.

어린아이들이 뛰어노는 모습이 보이는가 하면 농기구를 들고 밭일을 마치고 돌아오는 사람들의 모습도 보이는 평범한 마을의 모습이었다.

노인이 안내한 곳은 마을 뒤쪽 언덕에 위치한 전각이었는데, 작은 마을에 꽤 규모가 있는 전각이라 놀라지 않을 수 없었다.

"비도문(飛刀門)이라……."

전각 문의 현판에는 비도문이란 이름이 쓰여 있었다.

"명언, 비도문이란 문파를 알고 있니?"

장천은 그래도 일행 중 가장 무림에 대한 지식이 많은 동방명언에게 비도문에 대해서 물어보았는데, 역시나 고개를 젓는 명언이었다.

전각 안으로 들어서자 한쪽에 거대한 사당과 함께 조금 낡은 건물이 드러났는데, 바닥에 먼지 하나, 흠집 하나 없이 깨끗하게 깔려진 석판을 보더라도 마을에서 계속 신경 쓰며 정리하고 있다는 것을 알 수 있었다.

"이곳에서 편히 쉬도록 하십시오. 조금만 기다리시면 저녁 식사를 올리도록 하겠습니다."

"아! 감사합니다."

장천이 말과 함께 품에서 은원보 두 개를 꺼내어서는 노인에게 건네자 노인은 손을 내저으며 거절했다.

"아닙니다. 저희들은 이 돈을 받을 수가 없습니다."

"예?"

그 말과 함께 노인이 사라져 버리니 영문을 알 수가 없었다.

"아무래도 이상한 것 같군."

은조상 역시 이상하게 생각하였다.

이런 작은 마을은 보통 무사들이 나타나면 그리 좋지 않게 생각하는 것이 대부분이었다. 이는 무사들과 강호의 도적 무리들을 분간할 수 있는 눈이 작은 마을 사람들에겐 없어서이기도 하지만 설령 무인들이라 하더라도 때에 따라 도적으로 변하는 경우가 많기 때문이다.

건물을 둘러본 장천은 이곳이 무공을 익히는 문파의 건물이란 것을 알 수 있었다.

현판에 쓰여진 대로 비도문이란 문파가 있던 곳이라 여겨졌는데, 지금은 마을 사람들만 남았을 뿐 문파의 인물들은 한 명도 보이지 않는지라 그것도 조금 궁금하지 않을 수 없었다.

정보를 얻기 위해 장천은 건물을 나와 옆에 있는 사당으로 걸음을 옮겼다.

사당으로 들어서자 벽면에 큰 그림이 그려져 있었는데, 그것은 중후

한 인상인 한 노인의 초상화였다. 그 옆으로는 나무로 만든 신위들이 모셔져 있었다.

"음……."

신위의 이름들을 살펴보아도 그가 알고 있는 무림인은 단 한 명도 존재하지 않고 있었는데, 한참을 그렇게 돌아보니 어디서 들어보았던 이름이 쓰여 있는 것을 알 수 있었다.

"응? 비도문(飛刀門) 이십칠대 문주(二十七代門主) 청풍비도(淸風飛刀) 무랑(武郞)이라……."

신위의 순서로 보아 이십칠대 문주가 가장 최근에 모셔진 신위라는 것을 알 수 있었는데, 무랑이란 이름이 크게 낯설지 않다는 것을 느꼈다.

"무랑이라… 무랑… 무랑… 아!"

그제야 장천은 무랑이란 이름이 왜 낯설지 않은지 알게 되었으니, 그것은 바로 무림의 혈성으로 이름난 혈비도 무랑과 이름이 같았기 때문이다.

'잠깐. 설마…….'

잠시 머리를 정리한 장천은 생각에 잠길 수밖에 없었다.

혈비도 무랑은 무림에서 비도술로 악명을 날린 사람이었고, 이 비도문이라는 문파 역시 이름으로 보아 비도를 사용하는 문파일 확률이 높았다.

그리고 가장 최근 이십칠대 문주가 무랑이라면 어느 정도 관련성이 있다고 볼 수도 있었으니 그의 머리에선 혹시 이 문파가 혈비도 무랑의 문파가 아닐까 하는 생각이 들었다.

"아!"

자신만 알기에는 너무나 큰 정보인지라 정신을 차릴 수가 없었던 장천은 급히 뒤로 돌아 나가려고 했는데, 그때 사당의 문에서 두 사람이 서 있는 것을 볼 수 있었다.

"당신은……."

앞을 가로막은 사람은 처음 마을에 들어섰을 때 보인 촌장 노인과 사십 대 정도의 중년 농부였는데, 그들은 장천을 무표정한 얼굴로 막아서고 있었다.

소매 끝에서 푸른 빛이 흘러나오고 있는 것으로 보아 아무래도 병기가 감추어져 있는 것 같았다. 그리고 두 사람에게서 느껴지는 기도는 결코 가벼운 것이 아니다. 장천으로선 한 사람도 쉽게 상대할 수 있는 자들이 아님을 알 수 있었다.

"이런. 이곳으로 누군가 들어가고 있다기에 급히 왔는데, 한발 늦었군요."

"이곳은 외지인이 들어올 수 없는 곳입니다."

냉혹한 목소리로 말하는 그들에게 장천은 고개를 숙이며 사죄하였다.

"그랬었군요. 사죄드리는 바입니다."

"사죄를 하셔야겠죠… 목숨으로 말입니다."

"헉!"

오른쪽에 있는 중년인이 당연한 듯이 그렇게 말하자 장천으로선 긴장할 수밖에 없었다.

하지만 이렇게 죽을 수는 없는지라 허리에 차고 있던 검에 손을 가져갔다. 그것을 본 중년 농부가 조용히 말했다.

"이곳에선 싸울 수 없으니 나를 따라오시구려."

중년인은 사당이 훼손될까 하여 장천을 밖으로 데리고 나가려고 했는데, 장천으로선 쉽게 나갈 수가 없는 상태였다.

"흥! 사당이 그렇게 중요하다면 내가 다 부숴주지!"

장천이 사당의 가운데에 있는 노인의 초상화 쪽으로 검을 가져가는 순간 두 사람은 크게 당황하며 소리쳤다.

"그만두시오!"

상당히 중요한 인물의 영정인지 두 사람의 안색은 시퍼렇게 변했고, 장천은 그들의 약점을 잡았다는 생각에 회심의 미소를 지었다.

"도대체 무슨 이유인지 모르지만, 아무 영문도 모르고 죽고 싶은 생각은 없다!"

"칫!"

장천의 예상 밖의 행동에 당황한 그들은 이를 갈며 뒤로 물러섰다. 장천으로선 간신히 목숨을 부지한 것이다.

"휴."

하지만 밖에는 아직 영문도 모르고 저녁밥을 기다리는 다른 이들이 있으니 사당 안에서만 있을 수는 없는 일이었다. 사당은 굳은 벽으로 밀폐되어 있었고, 작은 환풍구 외엔 창문도 없었던지라 그가 빠져나갈 곳은 문밖에 없었다.

"언제까지 이곳에 있을지 두고 봅시다."

장천이 나오려고 하자 그들은 차갑게 말을 뱉고는 밖으로 나가 문을 걸어 감귀 장천은 완전히 감옥에 갇힌 꼴이 됐다.

"어떻게든 나가야 하는데……."

조심스럽게 주위를 살펴보았지만 상당히 견고하게 만들어진 사당엔 빠져나갈 구멍이라곤 보이지 않았다.

'이제 죽었구나……'

이제 영락없이 죽은 목숨이라는 생각에 한숨만이 나오는 장천이었는데, 왜 마을 사람들이 자신들을 죽이려고 하는지에 대해 조금 궁금하지 않을 수 없었다.

'혈비도 무랑과 관계가 있는 것일까?'

이곳이 혈비도 무랑의 문파라면 자신이 찢으려고 했던 노인의 영정은 분명 비도문 사조의 영정일 확률이 높았다.

그리고 마을 사람들 전부는 비도문과 관련이 있는 사람들, 무림의 대혈성이란 이름으로 무랑이 불리고 있으니 마을 사람들로서는 무림과 떨어져 살아야 목숨을 부지할 수 있었다.

무랑에게 죽은 많은 무림인들이 이곳이 무랑의 문파란 것을 안다면 조용한 산 동네에는 피바람이 몰아칠 것이 분명했기 때문이다.

그렇게 본다면 외지에서 온 무림인들을 죽여야 하는 것은 당연한 일이기는 하지만, 그래도 무턱대고 죽인다면 정체가 드러날 것이 분명했기에 조금 이상하게 느껴질 수밖에 없었다.

한참 사당을 뒤적이던 장천은 우연히 비도문 역대 문주들의 신위를 건드리게 되었는데, 그 순간 영정이 모셔져 있는 곳에서 덜컹 하는 소리가 들려왔다.

"앗!"

이것이 말로만 들었던 기관 장치가 아닐까 생각하며 사방을 둘러보았지만, 다행히 자신을 위해할 만한 움직임은 전혀 보이지 않았다. 안심하고 천천히 소리가 난 쪽으로 향하자 그제야 영정의 뒤에 비밀의 문이 열렸음을 알 수 있었다.

"어라?"

일단은 어디로 가는 문인지는 모르지만 들어가기로 결심한 장천은 마른침을 꿀꺽 삼키고는 천천히 구멍 안으로 몸을 집어넣기 시작했다.

다행히 통로는 장천이 간신히 기어갈 수 있을 정도의 크기였다. 왜 이런 곳에 이런 비밀 장치를, 그것도 어린아이가 아니면 통과하기 어려운 장치를 만들었는지 궁금하지 않을 수 없었다.

한참을 그렇게 기어간 장천은 얼마 지나지 않아 비스듬히 구멍이 아래로 향함을 알 수 있었다. 어두컴컴한 구멍은 끝이 보이지 않는지라 감히 앞으로 갈 엄두가 나지 않았다.

하지만 간신히 들어온 구멍은 거꾸로 나가는 것이 더욱 어려웠던지라 진한 눈물을 흘린 장천은 마음을 가다듬고 아래쪽으로 향하는 구멍으로 몸을 움직여 갔다.

만약 밑에 공간이 없고 막혀 있기라도 한다면 장천으로선 상당히 좋지 않은 자세를 취하게 되니 큰 모험이라고 할 수 있었다.

밑으로 미끄러지지 않게 조심스럽게 내려가는 장천이었는데, 어느 순간 갑자기 통로가 기우뚱하는가 싶더니 이내 그의 몸은 빠르게 미끄러져 갔다.

"으아앙!!"

결국 피가 거꾸로 선 채 비참한 최후를 맞게 되었구나 하는 생각에 장천으로선 크게 낙심하여 눈물을 흘리지 않을 수 없었다.

한참을 눈물로 지새우던 장천은 계속 울다간 밑에서부터 차 오르는 자신의 눈물에 빠져 질식사하지 않을까라는 상황에 맞지 않는 헛된 생각을 잠시 한 후 심호흡을 하고는 위로 올라가려고 했지만 역시나 물 구나무서기로, 그것도 거꾸로 오르는 것은 인간의 신체 구조로선 불가능한 일이었다.

"크흐흐흑……."

이젠 팔 힘도 다 떨어져 가던 장천은 팔의 힘이 떨어지고 있는 자신의 몸을 느끼며 바닥에 처박혀 가고 있었는데, 그때 필사적으로 꼼지락거리는 손끝에서 무엇인가 굴곡이 느껴지고 있다는 것을 알 수 있었다.

"이건!"

눈물을 흘리며 굴곡을 만져 보고 있던 장천은 그것이 하나의 문장이라는 것을 알 수 있었다.

죽음을 각오하고 들어선 용가이니 그 가운데 세심함이 있다면 그댄 비도문의 제자가 될 자격이 있다.

한참 힘이 빠져 죽을 때 발견한 이 글씨를 읽은 장천은 혹시 빠져나갈 비밀 장치가 있지 않을까란 생각에 간신히 오른손을 들어서는 여기저기의 벽을 세심하게 만져 보기 시작했는데, 아니나 다를까, 등 쪽에서 또다시 굴곡이 느껴지고 있는 것을 발견할 수 있었다.

"으영차!!"

약간의 희망을 발견한 장천은 마지막 힘을 다해 몸을 돌려서는 천천히 글자를 읽어 나가기 시작했다.

그대가 진정 비도문의 제자가 되려 한다면 구배지례를 올리도록 하라.

"젠장!! 이 상태에서 구배지례를 어떻게 올리라는 거야!!"

장천은 글귀의 내용에 큰 소리로 화를 냈다. 하지만 팔 힘이 점점 빠져나가는 상황이라 더 이상 버틸 힘조차 없었기 때문에 일단은 문구에써 있는 대로 구배지례라는 것을 올려보기로 했다.

'그나저나 구배지례를 어떻게 올린다냐……'

어쩌면 비도문의 사조라는 사람은 정신이 이상한 자가 아닐까란 생각을 한 장천은 대충 성의라도 보이라는 뜻인가 싶어 천천히 물구나무서기로 팔굽혀펴기를 하기 시작했다.

'일단은 몸을 낮춰야 하는 것이렸다.'

생전 이런 황당한 절은 해본 적이 없기는 하지만 살기 위해선 무엇을 못하겠는가, 시키는 대로 할 수밖에.

천천히 물구나무서기를 한 상태에서 장천은 구배지례를 하기 시작했다. 팔 배가 끝난 후 팔은 이제 거의 마비가 되어가고 있는 상태였지만, 이 엉뚱한 말을 의심하지 않은 장천은 마지막 일 배를 위해 마지막 젖 먹던 힘을 다해서 절을 했다.

"끄아악!! 다 끝났으니까 나 좀 살려달란 말이야!"

마지막 구 배를 끝낸 장천이 괴성을 지르며 통로에서 발버둥을 치자 그 순간 텅 하는 소리와 함께 막혀 있던 통로의 뚜껑이 열렸다.

"끄아악!!"

받치고 있던 문이 갑작스럽게 열리자 장천은 밑으로 하염없이 떨어졌다. 한참을 떨어져 간 그는 얼마 지나지 않아 빛이 보이는 구멍으로 미끄러지듯 떨어졌다.

풍덩!!

"푸하!! 꼬르륵……."

장천이 떨어진 곳은 꽤 깊은 물이었다.

장천은 살고자 허우적거리며 빠져나가려 했지만, 아쉽게도 비좁은 원통과도 같은 통로에서 힘을 다 뺀 덕분에 수영을 할 수 있는 여력이 없었다.

'통로에서 빠져나왔더니, 이젠 물에 빠져 죽는구나……'

폐 속으로 물을 깊숙이 빨아들인 장천은 물 밑바닥으로 잠겨가기 시작했는데, 한참을 그렇게 힘없이 떨어지고 있던 장천은 이상하게 죽는다는 것이 너무나 편하다는 생각이 들었다.

'어라? 나 죽지 않네?'

이런저런 생각을 하던 장천은 어느 순간 서서히 눈을 떴는데, 놀랍게도 자신은 물속에 빠진 채 그대로 숨을 쉬고 있음을 알 수 있었다.

'오메……'

어떻게 된 일일까 하고 사방을 둘러보았지만 역시나 물속인지라 천천히 손에 힘을 모아간 그는 바닥을 헤집으며 물속을 빠져나왔다.

"푸하, 꾸르륵… 콜록콜록!!"

간신히 바닥을 짚어서 샘에서 빠져나올 수 있었던 장천은 나가자마자 폐와 기도에 가득 찬 물을 내뱉었고, 물이 빠져나오자 그제야 기도가 마치 뻥 뚫린 것과 같은 기분이 느껴지기 시작했다.

"아……"

숨을 제대로 쉴 수 있게 됐을 뿐 아니라 물에 빠지기 전과는 전혀 다른 점이 느껴지고 있었다.

마치 그전에는 제대로 된 숨을 쉬지 않았던 것이 아닐까 하는 착각이 들 정도였다.

"응?"

간신히 정신을 차린 장천은 그 주변이 상당히 밝다는 것을 느꼈는데, 물 옆 작은 비석에 글자가 쓰여 있는 것을 볼 수 있었다.

태모천수담(胎母天水潭).

"이 못의 이름인가?"

다시 한 번 못을 돌아본 후 장천은 천천히 앞으로 걸음을 옮겨갔는데, 얼마 지나지 않아 지금까지 지나왔던 통로와는 달리 넓고 잘 꾸며져 있는 방을 볼 수 있었다.

"휴우……."

그곳에는 사당 안에서도 지겹게 보았던 할아버지의 초상화가 또 걸려 있어 장천은 조금 짜증이 났다.

온갖 고생을 하다 보니 비도문의 시조라고 생각되는 할아버지가 미워졌기 때문이다.

초상화가 걸린 밑에는 하나의 서신이 놓여져 있었는데, 장천은 서신을 들어서 읽기 시작했다.

역운기관(逆運氣關)**에서 불순한 기운을 내뿜고 태모천수담**(胎母天水潭)**에서 폐를 깨끗하게 했으니 그대의 숨은 태아의 것과 다를 바가 없으리라. 하니 이곳 청공관**(淸空館)**에서 한 시진의 운기조식을 취해 진정한 무인의 몸을 갖추어라.**

"쳇!"

뭔지는 모르겠지만 대충 한 시진 동안 운기조식을 취하라는 글귀라는 것을 알 수 있었다.

서신의 뒤를 살펴보니 비도문의 것으로 보이는 운기조식법이 쓰여 있었는데, 장천으로선 사문의 운기조식법이 있는지라 그것을 내려놓고는 기문숙 사부에게 배운 태극일기공을 운기하기 시작했다.

이곳 청공관은 두 개의 관을 거친 후 들어서게 되는 곳으로 청공관 내는 자연의 자정 능력으로 세상에선 볼 수 없는 맑은 기운이 가득한 곳이라 할 수 있었다.

태극일기공 자체는 자연의 기운을 맑게 정화시키는 능력이 있었기 때문에 장천의 몸에는 더욱 깨끗해진 맑은 기운이 흘러 들어오고 있었지만, 그것은 보통 때 흡수되는 기운과 그리 다르지 않았다.

"휴……."

하지만 태극일기공을 운용하던 장천은 전의 일도 있어 혹시 시키는 대로 안 하다간 무슨 일이라도 생길지 모르는지라 태극일기공을 운공하는 것을 멈추고는 다시 서신을 들어 그곳에 쓰여 있던 운기조식법을 살펴보았고, 심결의 맨 밑에는 역시나 주의 사항이 쓰여 있었다.

명심해야 할 것은 이 기공은 이곳에서만 운기할 것이며 다른 곳에서 운기해서는 안 되는 것이다.

"응?"

청공관은 말 그대로 정화된 깨끗한 공기만이 존재하는 곳, 현존하는 내공 심법은 자연의 기운 중 그 합이 되는 기운만을 흡수하여야 하기 때문에 몸속에 들어오는 기운은 전체의 일 할도 되지 않지만, 이곳의 청공관은 탁기가 없기 때문에 이 운기조식법을 사용하면 평상시의 수십 배 효과를 얻을 수 있으리라.

말 그대로 장천의 손에 들어 있는 심법은 이곳에서만 통용되는 것인지라 마음을 굳게 먹은 장천은 천천히 심결을 읊으며 서신에 쓰여 있는 대로 심공을 운공하기 시작했다.

아니나 다를까, 처음 태극일기공을 운기했을 때와는 전혀 다른 것이 장천의 심폐 속으로 가득 몰려오고 있었다.

본시 사람이 무엇을 익힘에 그 진도가 빠르면 흥이 나는 것이니 장천 역시 엄청나게 빠른 속도로 기가 쌓이니 어찌 흥이 나지 않겠는가.

한참을 그렇게 운기조식한 장천은 여과없이 자연의 기운을 빨아들이는 청공관의 심공에 크게 감탄하였다.

한 시진 정도의 시간이 지나자 장천은 자신의 몸이 크게 가벼워지며 내공이 상당히 진척되었다는 것을 알 수 있었다.

"우와!! 허허허허허!"

몸 안에 쌓여 있는 내공을 느끼며 이제 천하제일고수도 두렵지 않다는 자만심에 빠진 장천은 콧대를 세우며 나이 많은 고수들만이 간혹 가다 한두 번씩 뱉는 무림고수식 너털웃음을 잠시 터뜨리고는 당당하게 앞으로 걸음을 옮기기 시작했다.

한참을 또 그렇게 앞으로 나아가니 또다시 예의 그 할아버지 초상이 눈에 띄었는데, 그곳에는 아홉 개의 단검과 함께 벽에 두 개의 무공 초식이 자세하게 적혀 있는 것을 볼 수 있었다.

장천은 천천히 그 벽에 쓰여 있는 무공 초식을 읽기 시작했고, 잠시 후 왼쪽 벽에 있는 것이 팔연환비도공(八連環飛刀功), 오른쪽에 있는 것이 섬광비도공(閃光飛刀功)이라는 무공임을 알 수 있었다.

"음… 이게 혈비도 무랑의 무공이란 말이지……."

천하를 어지럽힌 혈성이자 무림 최고 고수의 무공이라는 생각이 든 장천은 부푼 가슴으로 무공을 익혀 나가기 시작했으나 상당히 난해한 무공이었기에 섬광비도공은 시전할 꿈도 못 꾸고, 팔연환비도공은 간신히 두 개의 비도를 연환하여 던지면 다행이라는 생각이 들었다.

"휴, 역시나 무림 최고 고수는 아무나 되는 게 아니었군."

하지만 그냥 내버려 두기에는 아까운지라 무공 구결을 암기하며 초식의 움직임을 외워 나가기 시작하니 두 시진 만에 간신히 두 개의 무공을 모두 암기할 수 있었다.

대충 암기를 끝낸 장천은 가지라고 둔 것 같은 아홉 개의 비도를 품에 넣고선 경쾌한 몸놀림으로 다시 동굴을 걸어가기 시작했다.

한참을 그렇게 걸어가자 막다른 벽에 또다시 할아버지의 그림이 걸려 있었다. 장천은 이제는 질렸다는 듯이 손을 내저으며 한숨을 내쉬었다.

"여기가 끝이면 좋겠군. 그나저나 빠져나갈 구멍은 있겠지?"

비도문의 제자가 무공을 익혔는데, 설마 동굴에서 아사시키지는 않을 것이란 생각에 여기저기를 살핀 장천은 한참 후에야 치사하게 조그맣게 써놓은 글귀를 발견할 수 있었다.

벽면에 쓰여 있는 글귀는 다음과 같았다.

축하한다. 이것으로 자네는 본 문의 제자가 되었다. 하나 작금의 무림인들의 살태가 다 그렇듯이 기연을 얻어 명문의 제자가 돼 강한 무공을 얻게 되면 그 무공만을 알 뿐 명문의 역사는 모르는 것이 태반이니 슬픈 일이 아닐 수 있겠는가? 무공의 원류에 해당하는 사문의 역사를 모르고 그 득실만을 챙기는 행위를 본좌는 싫어하는 바이니 자네가 이곳을 빠져나가기 위해선 아래 비밀 석고에 마련되어 있는 본 문의 역사서를 읽어 기관 장치에 해당하는 문

제를 풀어야 할 것이다.

"젠장!"

장천은 치사할 정도로 집요한 글귀를 보며 욕설을 내뱉었다.

하지만 한시라도 빨리 이곳을 빠져나가야 하는 그로선 시키는 대로
할 수밖에 없었다.

글귀가 쓰여 있는 벽면을 두드려 보며 살펴 한 군데 비어 있는 곳이
있다는 것을 알게 된 장천은 천천히 벽면의 뚜껑을 열어보았다. 그곳
에는 오랜 시간 동안 있었던지 한 권의 책자가 먼지가 쌓인 채 놓여 있
었다.

한데 그와 함께 벼루와 먹, 붓이 있어 조금 이상하게 생각될 수밖에
없었다.

"음, 비도문의 역사라……."

비도문의 시조는 매번 보았던 초상화의 주인이었다.

나찰귀(羅刹鬼) 천인살(千人殺), 천인살이란 이름은 후에 그 자신이
지은 이름이다. 천인살이 20세에서 30세까지 한 일은 진나라 고문 담
당관(拷問擔當官)이었다.

진나라가 15년 만에 멸망할 것이라곤 전혀 생각하지 못한 그는 처음
에는 진에 반항하는 무리들을, 후에는 불로장생의 영약을 찾기 위해 수
천 명의 사람들을 고문하여 죽이니 그의 악명을 천하에 모르는 이가
없었다.

물론 이것은 진의 영광을 위해서였지만, 진이 멸망한 후 그는 천하
인의 공적이 될 수밖에 없었다.

그 당시 무공이라곤 전혀 모르던 그는 도망을 다니다 항우의 무리에

게 잡혀 풍전등화의 지경에 이르렀으나 다행히 항우가 한나라의 태조인 유방에게 패하여 물러나 목숨을 부지할 수 있게 되었다.

하지만 이 잠깐의 시간이 그에게는 모든 것을 뒤돌아보게 하니, 그가 자신의 호와 이름을 나찰귀 천인살이라 한 것은 바로 유방에 의해 목숨을 구함받은 후였다.

그가 가지고 있었던 지식은 진시황제의 명을 받아 고문하며 얻어낸 수많은 명의, 은거인들의 영약 제조법이었으니, 그는 이 기술을 바탕으로 강호를 돌아다니며 환단을 통해 병을 제압해 나갔고 건국 초 어지러웠던 한나라를 돌아다니며 많은 사람들을 치료해 주었다. 그는 이 일로 일환구명진인(一環求命眞人)이란 이름을 얻게 되었다.

전국을 돌아다니던 천인살은 나이 60에 지금 장천이 있는 곳에 은거를 하였으니, 현재의 주민들은 모두 그의 자손이라 할 수 있을 것이다.

'쳇, 힘도 좋아.'

잠시 헛소리를 해본 장천이었다.

뭐 역사라고 해봤자 처음의 시조를 제외하고는 순탄하기 그지없었다.

현재의 무공이 만들어진 것은 삼대 연환비도(連環飛刀) 주문(周聞)과 육대 쾌비도(快飛刀) 천경(天謦) 때였고, 그것을 더욱 강하게 발전시킨 사람은 십삼대 만통자(萬通子) 우길(牛吉)이었다.

그 후로 계속 발전해 가는 비도문이었으나 애석하게도 이십칠대 문주인 청풍비도 무랑의 때에 와서는 이렇듯 문도 하나 없는 외로운 문파가 되어버린 것이다.

역사서는 그 당시 문주가 한 일에 따라 적혀 있는 글자체가 다 다른 것으로 보아 이곳은 후대에 선택되어 이곳에 온 제자가 전대 문주의 일을 적어 역사서를 만들어가는 데 쓰이는 것을 알 수 있었다.

　장천은 이십칠대 문주인 청풍도 무랑이 한 일을 적어야 하는 처지가 되었으나 무랑 역시 이십육대 문주 때의 일을 적지 않은 데다가 그에 대해서 아는 것이 전무한 상태였기에 어쩔 수 없이 빈 공간으로 남길 수밖에 없었다.

　"그런데 빠져나갈 방법은 어디에 적혀 있는 거야?"

　통로를 여는 기관 장치에 대해 역사서 어딘가에 적혀 있다고 생각한 장천은 계속 책을 넘기며 찾아보았는데, 맨 뒤에 이곳 비밀 통로의 약도가 그려져 있었다.

　약도를 암기한 후 다시 비밀 책장에 넣어둔 장천은 벽의 한쪽에 있는 돌을 눌러 비밀 출구를 열고 그 길을 따라 다시 걸음을 옮겼고, 한참 후 하나의 벽이 그의 앞길을 다시 가로막았다.

　그곳 역시 또 만나게 된 노인의 초상과 함께 하나의 글귀가 적혀 있었다.

그대는 몇 대 제자인가.

　그 글귀와 함께 조금 위로 튀어나와 있는 벽면에 숫자가 적혀 있었다.

　"음. 혈비도 무랑이 이십칠대이니 난 이십팔대겠군."

　자신을 이십팔대라고 생각한 장천은 벽면의 숫자를 눌렀는데, 이십팔을 누르자 벽면의 기관 장치가 움직이면서 사방의 벽이 움직이기 시작하니 그 기관 장치의 정교함에 장천으로선 크게 놀라지 않을 수 없었다.

역사서 끝에 적힌 약도 전 내용으론 이 통로의 기초를 만든 이는 시조였고, 지금의 형태로 발전시킨 이는 십삼대 만통자 우길이라는 것을 알고 있었기에 두 사람이 얼마나 뛰어난 인물인가를 새삼 느끼게 하였다.

새로 드러난 벽면에는 먹으로 휘갈겨 쓴 글귀와 함께 하나의 글귀가 드러났다. 그것을 읽은 장천은 허무함에 눈물을 흘렸다.

비도문 시조이신 천안살 시조님의 명호를 고르시오.

그런 글귀와 함께 먹으로 글귀가 적힌 벽면이 튀어나와 있었던 것이다.

한숨을 쉰 장천이 읽었던 대로 답안을 누르니 기관 장치가 해제되며 다음번 문제가 나왔고, 계속 그런 식으로 기관 장치는 이어져 가고 있었다.

하지만 장천은 얼마 지나지 않아 크게 놀라지 않을 수밖에 없었는데, 문제의 진행은 각 대에 하나씩이었고, 그 문항 또한 그 대에 해당하는 것만 나왔던 것이다.

또 만통자를 지나서는 그 글자가 틀린 것으로 보아 다음 대 문주들이 문항을 만들었다는 것을 알 수 있었는데, 드디어 이십칠대째의 문주가 나오자 장천은 조금 당황스럽지 않을 수 없었다.

무림에 존재하는 정파의 인간들은 모두 죽어야 한다.

이런 글귀와 함께 다른 돌에는 아무것도 쓰여 있지 않고 단 한 군데의 돌에만 필(必)이란 글자가 쓰여 있었기 때문이다.

"……"

이 글귀로 혈비도 무랑이 얼마나 정파의 인간들을 증오했는지 알 수 있었기에 식은땀이 흐르는 장천이었다.

'정파인인 내가 이곳에 들어왔다는 것을 혈비도 무랑이 알았다면 목숨을 부지하기 어려웠겠군.'

하지만 일단은 빠져나가야 한다는 생각에 필이 쓰여 있는 벽면을 누르니 서서히 기관 장치가 움직이며 이번에는 완전히 비어 있는 부분과 함께 하나의 글귀가 쓰여 있었다.

전대의 일에 관한 것을 문제로 남겨 후대의 문도들을 맞으라.

"휴."

역시나 자신 역시 문제를 써야 한다는 생각에 주위를 살펴보니 기관 장치와 함께 먹과 붓, 벼루 등이 나왔다.

물은 근처에서 떨어지고 있는 하얀색의 액체를 사용했는데, 목이 마른 김에 한 모금 취했더니 온몸에 힘이 샘솟는 것 같은 기분이 들었는지라 천연암반수 중에 꽤 질이 좋은 것이라 생각하고 허리에 차 있던 가죽 주머니에 가득 담고는 벼루에 떨어뜨려 먹을 갈았다.

검은색으로 색깔도 좋게 먹을 간 장천은 드디어 문제를 쓰려 했으나 도저히 혈비도 무랑에 관한 문제가 생각나지 않았기에 고민하지 않을 수 없었다.

"좋다!"

마음을 결정한 그는 벽면에 글을 써가기 시작했다.

비도문의 후예여, 그대의 손으로 선대의 피를 재배로 씻어주시오.

물론 밑에 답이 적혀야 할 곳에 가(可)라는 글자를 적으니 다음에 올 사람들은 어쩔 수 없이 가라는 단어를 누를 수밖에 없을 것이다.

그렇게 된다면 전대 혈비도 무랑의 악업이 씻길 수 있을 터이니 장천으로선 정말 머리를 엄청 굴린 문장이라 할 수 있었다.

모든 것을 마치고 기관 장치를 누르니 서서히 문이 열리며 눈부신 빛이 드러났다.

"아!"

저녁 무렵 이곳에 들어선 장천은 하룻밤이 지나 낮이 되어서야 밖으로 오게 된 것이다.

장천이 밖으로 나오자 서서히 벽이 닫혔다. 그의 품에는 그곳에서 얻은 아홉 개의 비도와 백색의 물만이 남았다.

일행들의 안위가 궁금했던 장천은 급히 무랑촌을 향해 달려가려고 했는데, 그때 그의 주위로 수십 명의 사람들이 그 모습을 드러내었다.

"젠장!"

그들이 마을 사람들이라는 것을 안 장천은 급히 자세를 취하여 그들과 싸울 준비를 했는데, 놀랍게도 처음 일행들을 맞이했던 촌장은 감격에 겨운 얼굴로 나와서는 장천을 향해 절을 하며 말했다.

"드디어 비도문의 이십팔대 문주님을 뵙게 되니 비도문의 제자들은 기쁘기 그지없습니다."

"응?"

갑작스런 사태에 장천으로선 크게 당황할 수밖에 없었는데, 텅 비어

버린 비도문이라고 생각했던 것이 마을 사람들 전원이 비도문의 제자였던 것이다.

어쨌든 싸울 일이 없다는 생각에 안도의 한숨을 내쉰 장천은 촌장의 안내에 따라 마을로 들어설 수 있었다.

다른 사람들의 안위가 걱정된 장천은 비도문의 전각으로 가려고 했는데, 그것을 눈치 챈 촌장이 고개를 숙이며 말했다.

"문주님의 일행 분들은 편히 쉬고 계시니 걱정하지 않으셔도 됩니다."

"아! 그렇습니까?"

촌장의 얼굴을 보니 거짓을 말하는 것 같지는 않았기에 장천은 사람들을 따라갔다. 그들은 마을 밖에 있는 동굴로 장천을 안내해 갔다.

동굴 안은 횃불로 환하게 밝혀져 있었는데, 그곳에서 보기 싫은 할아버지의 초상화를 다시 보게 되었다.

또다시 그 얼굴을 보니 경기마저 드는 장천이었지만, 이 마을에선 거의 신과 같은 존재인지라 티는 내지 못하고 있었다.

촌장은 동굴을 가리키며 조용히 말했다.

"이곳은 비도문의 시조께서 백 년간 면벽을 하신 곳으로 백 년의 면벽 끝에 시조께선 신선이 되시어 하늘로 오를 수 있으셨습니다."

"음."

"대대로 비도문의 문주님들은 시조님의 얼을 받아 이곳에서 일 년의 면벽 수행을 하셨으니 이번에는 문주님께서 그 얼을 이어 나가시기 바랍니다."

"자, 자자자, 잠깐!! 이, 일 년!!"

"예, 그렇습니다."

그 말을 들은 장천은 뒤로 넘어가고 싶은 심정이 가득했는데, 촌장은 그 모습에 미소를 지으며 말했다.

"이 면벽굴에서의 면벽 일 년은 탈체동(奪體洞)에서 얻은 순수한 몸을 확립시키는 절차이니 반드시 거쳐야 할 일입니다."

"음……."

하지만 이런 면벽굴에서 일 년을 썩고 싶은 생각이 없는지라 장천은 쉽게 빠져나갈 수 있는 방법을 물었다.

"혹시… 한 시진 정도에 끝내는 방법은 없습니까?"

"애석하게도 그런 면벽이 있을 리가 없지 않습니까?"

하긴 한 시진 정도라면 어찌 면벽이라고까지 할 수 있을 리가 없다는 생각에 스스로 수긍하며 고개를 끄덕인 장천이었다.

"이 면벽 수행을 넘어가시려면 한 가지 절차가 필요하긴 합니다."

"응? 절차?"

"바로 심득을 얻어야 한다는 것입니다."

그 말에 장천은 한숨밖에 나오지 않았다. 막연하게 심득을 얻으라니 도대체 무엇을 하란 말인지 알 수가 없었다.

어쩔 수 없이 노인의 말을 들으며 대충 면벽동을 빠져나갈 생각을 했으나 노인의 배려가 모두 자신을 위한 것임을 잘 알기에 신의를 저버리는 것 같은지라 조금 꺼려졌다.

할 수 없이 장천은 그저 노인을 안심시켜 주는 차원에서 잠시 이곳에 있기로 하고는 면벽동에 앉아 시간 때우게 되었는데, 문득 동굴 벽에 무슨 글자 같은 것들이 적혀 있는 것이 보였다.

"응? 이건?"

벽에 새겨져 있는 것들은 이해하기 어려운 글이었지만, 그 하나하나에 상당한 심득이 있는 것처럼 보였다.

물론 지금 상태로는 그 심득을 이해하기는 어려웠지만, 일단은 비도 문의 역대 문주들이 면벽을 하는 곳인만큼 가치없는 낙서는 하지 않았을 것이 아닌가 하는 것이 장천의 생각이었다.

한참 그 글귀를 음미해 보았지만 도저히 그 뜻을 이해할 수 없으니 아직 장천의 수준이 미천하다는 것을 드러내고 있었다.

하지만 귀중한 것임을 아는지라 장천은 글귀를 하나씩 외워 나갔다.

나중에라도 어느 정도 경지에 오르면 이 글귀가 상당한 도움이 될 것이라는 생각이 들었기 때문이다.

이런 생각에 글귀를 외우다 보니 어느덧 한 달의 시간이 훌쩍 지나가 버려 장천으로선 자신도 모르는 사이에 면벽을 하게 되었다.

한 달의 시간 동안 장천이 한 것은 오른쪽 벽에 쓰여 있던 글귀를 외우는 것이었고, 이젠 천천히 왼쪽의 벽으로 시선을 옮기기 시작했다.

외우기 위해 수십 번을 계속 반복하며 읽으니 어느 정도 의미가 전달되기 시작해 모든 벽의 글귀를 외우는 데 세 달이 넘는 시간이 흘렀다.

워낙 그 양이 많은 데다가 가끔씩 형체가 희미해진 글귀 때문에 그것을 유추하여 생각하느라 상당한 시간이 소모되었던 것이다.

모든 벽의 글귀를 외운 장천은 이제 외운 글귀의 의미를 조금씩 생각해 보기 시작했다.

하지만 비도문의 누군가가 새겨놓은 무의 깨달음은 결코 쉽지 않아 아무리 생각해 보아도 글귀는 해석 자체가 어려울 정도였다.

다시 삼 개월 동안 글귀를 해석하는 데 모든 정신을 집중했지만, 좀처럼 글귀는 해석할 수 없었다.

근 6개월의 시간 동안 제대로 씻지도 못한 장천은 무랑촌의 사람들이 하루에 두 번씩 넣어주는 음식을 먹으며 지냈지만, 글귀의 해석이 좀처럼 진전을 보이지 않자 할 수 없이 동굴을 나가기로 했다.

아직 비도문의 사람들이 말한 일 년은 되지 않았지만, 더 이상 이곳에서 면벽을 해도 심득이라는 것을 얻는 데는 별 소용이 없을 것이란 생각이 들었기 때문이다.

밖으로 나가보니 면벽굴을 지키던 마을 사람들의 모습이 보이지 않아 천천히 마을로 걸음을 옮겨 비도문의 전각으로 들어섰다.

하지만 오랜 시간이 지난 뒤인지라 그곳에서 기다리고 있던 형제들과 여인들은 단 한 명도 남아 있지 않았다.

'하긴……'

반년 이상의 시간이 흘렀으니 그들은 교에서 지시한 대로 갔겠구나 생각을 한 장천은 작별의 인사를 할 겸 촌장을 찾아갔다.

"어서 오십시오."

촌장의 집에 도착하자 청년 한 명이 고개를 숙이며 인사를 해와 그는 가볍게 인사를 받으며 말했다.

"촌장은 어디 있습니까?"

"…돌아가셨습니다."

"음……."

전에 만났을 때의 모습으로 미루어보아 죽을 때도 됐다는 생각을 한 장천은 인사를 하고는 걸음을 옮겼다.

오랜 시간 면벽굴에서 지냈던 장천은 온몸이 시커멓게 변했을 뿐만 아니라 옷 또한 너덜너덜했다.

장천으로선 마을 사람들이 혹시 면벽굴에서 심득을 얻었느냐 물어 보지나 않을까 마음을 졸일 수밖에 없었는데, 다행히 그들은 장천에게 아무런 부담도 주지 않았다.

그 때문에 장천은 마을 사람들이 마련해 준 거처에서 잠시간 면벽굴의 글귀를 해석하는 데 시간을 보냈지만 진척을 보이지 않자 생각을 정리하고 마을을 나가기로 했다.

전과는 달리 자신이 나가려 하는 것을 막지 않았기에 장천은 마을을 벗어나 걸음을 재촉했다.

그가 가진 것이라곤 몇 푼의 돈과 함께 아홉 개의 비도, 그리고 동굴에서 가져온 순백색의 물이 담긴 가죽 주머니뿐이었다.

가죽 주머니의 물은 수개월이 지난 후에도 변질되지 않았다. 장천은 혹시 이것이 무림에서 전설로 남는 공청석유(空淸石乳)가 아닐까라는 생각을 했다.

하지만 세상에 어느 문파가 그 귀보와 같은 공청석유를 먹 가는 물로 쓸 것인가 하는 생각에 공청석유 비슷한 약수라고 생각하며 그냥 넘어갔다.

배고프면 산에 있는 풀을 뜯어 먹거나 열매를 따 먹고, 밤이 되면 이슬을 맞으며 나무 귀퉁이에서 잠을 이루는 여행이 계속되니 어느덧 세 달이 넘게 흘러 장천은 간신히 목적지에 도착할 수 있었다.

그가 도착한 곳은 장사(長沙). 이곳에서 장천의 일행들은 홍련교 지부에서 나온 사람들과 만나 동행하기로 했었던 것이다.

하지만 그들과 만나기로 한 태평루(太平樓)는 장천과 같은 거지 행색을 하고는 들어갈 수 없는 곳이니 장천은 들어가기도 전에 점원에 의해 밖으로 나둥그러지고 말았다.

물론 무공을 사용하면 충분히 처리할 수 있는 상대이긴 했지만, 평민을 상대로 무공을 사용하는 것은 무인이 할 일이 아니라고 생각한 장천은 하는 수 없이 태평루의 건물 옆 구석에서 밤을 지새울 수밖에 없었다.

이왕 거지라면 제대로 해보자는 생각에 어디선가 반쯤 부서진 쪽박을 주워다 앞에 놓고는 터를 잡았다.

거지가 된 장천이었지만 그의 머리 속에 있는 것은 지나가는 행인이 한 푼이라도 떨어뜨려 줬으면 하는 그런 것이 아니었다.

머리 속 가득히 면벽굴에서 외운 글귀들이 계속 맴돌고 있었으니 그가 이런 거지꼴에서 벗어나지 않은 이유는 그 글귀들을 생각하느라 씻는 것이 귀찮아서였다.

한참을 그렇게 생각에 잠기다 누군가가 자신의 앞에 서 있는 것을 알 수 있었는데, 고개를 숙인 장천의 눈에 보이는 것은 자신과 같이 다 헐어버린 신을 신고 있는 더러운 발이었다.

한쪽 발의 신은 밑창이 거의 다 닳은지라 때가 끼여 있는 긴 발톱을 볼 수 있었다. 천천히 고개를 들어 올린 장천은 그가 거지라는 것을 알 수 있었다.

나이는 한 육십 세 정도로 보이는 거지노인이었는데, 코끝이 뻘겋게 되어 있는 것으로 보아 한잔 거하게 걸치고 온 모양새였다.

"누구세요?"

장천은 노인을 보며 천천히 말을 이었는데, 그는 다짜고짜 들고 있던 지팡이로 장천의 머리를 한 번 후려치고는 소리쳤다.

"이런 지나가는 똥개만도 못한 놈을 봤나! 거지라도 장유유서가 있거늘, 이 늙은 노인네가 잠시 자리를 비운 사이에 잽싸게 좋은 목을 가로채고 앉아 있어? 이 못된 놈, 죽어라!!"

그 말과 함께 노인은 사정없이 지팡이로 후려갈기는 것을 멈추지 않으니 장천은 고통에 머리를 안고는 몸을 숙일 수밖에 없었다.

그런데 그 순간 갑자기 면벽굴에서 외워두었던 글귀가 갑자기 터져 나오며 해석이 되었다. 크게 놀란 장천은 자리에서 벌떡 일어서더니 소리쳤다.

"아하!"

"헉!"

갑자기 장천이 벌떡 일어나 탄성을 지르자 노인은 크게 놀라서 뒤로 자빠졌다.

"그렇구나! 그런 거였어……!"

드디어 약간의 심득을 얻게 된 장천이었으니 어찌 기쁘지 않을 수 있겠는가?

하지만 난데없이 봉변을 당한 노인은 서러움을 참지 못하고는 대성통곡을 터뜨리기 시작했다.

"아이고! 아이고! 이젠 늙었다고 어디서 빌어먹다 온 거지새끼한테도 이런 봉변을 당하는구나. 아이고! 아이고!"

길바닥에 앉아 거지노인이 통곡을 하니 어찌 사람들의 시선이 모이지 않겠는가?

지나가던 행인들은 통곡을 터뜨리는 노인의 모습에 좋다고 하늘을 바라보며 서 있는 장천을 손가락질하기 시작했는데, 그제야 정신을 차린 장천은 잠시 노인을 한번 훑어보고는 멍한 얼굴로 물었다.

"노인장께선 왜 이런 곳에서 통곡을 하고 계시는 것입니까?"

"……."

자신이 해놓고선 모르는 척하는 장천을 보며 잠시 눈을 흘기는 노인이었지만, 반짝반짝 빛나는 초롱초롱한 눈망울은 정말 모르겠다는 것을 만인들에게 말해 주고 있어 노인은 크게 당황했다.

"저런, 알고 보니 저 노인네가 어린 거지 놈을 골탕 먹이려 하는 거였군."

"세상 많이 살고 보아야겠네. 어찌 저런 아이의 쪽박에 든 한 푼을 긁어먹으려 저런 연극을 하는 거지 같은 노인네가 있단 말인가?"

이런 모습에 행인들은 오히려 노인을 욕하고는 발길을 재촉하니 거지노인으로선 거지 생활 수십 년 만에 이런 낯 두꺼운 녀석은 처음 보는지라 크게 당황하지 않을 수 없었다.

"젠장!"

더 이상 녀석을 상대했다간 이 장사 땅에서 자신이 설 곳이 없어질 것이란 불안감에 싸인 노인은 모든 것을 포기할 수밖에 없었기에 녀석의 앞에 와서는 지팡이로 무릎을 후려쳤다.

"끄악!"

갑자기 무릎을 강타당하자 장천은 자신도 모르게 주저앉고 말았는데, 그런 녀석에게 노인은 다시 지팡이로 머리를 후려치며 말했다.

"네 이 녀석! 이곳에서 빌어먹은 지 수십 년이지만 장사 땅에서 너같은 거지새끼를 구경한 적이 없다. 어디서 굴러먹다 온 거지새끼냐?"

그 말에 한참을 생각할 수밖에 없었던 장천은 뭐 별로 말할 것도 없으니만큼 홍련교에 들어갔던 이름을 그대로 말해 주기로 했다.

"낙양 땅에서 온 두형이라 합니다."

"낙양? 음… 과연."

노인 역시 낙양 거지들의 뛰어난 명성은 익히 들어왔던지라 고개를 숙이며 장천의 실력을 인정하지 않을 수 없었다.

"낙양 거지라면 이 정도의 재간이 당연하다 할 수 있지."

"엥?"

아직 자기가 거지라는 자각이 없는 장천은 멍한 얼굴이 될 수밖에 없었지만, 그리 나쁜 노인은 아니라는 생각에 미소 짓고는 말했다.

"어쨌든 노인장을 만나뵙게 된 것도 인연이니 존성대명을 알 수 있겠습니까?"

그 말에 다시 지팡이로 후려갈긴 노인은 가소롭다는 표정으로 소리쳤다.

"고작해야 거지새끼들이 무슨 존성대명이냐! 장사 터줏대감인 하노라 부르거라."

"예, 하노."

무공이 없는 사람이라는 것은 알겠는데, 그의 손속이 여간 매운 것이 아니라 아픈 머리를 쓰다듬을 수밖에 없는 장천이었다.

이럭저럭 날이 저물어가니 장천은 그곳에서 쭈그려 앉아 잠이나 청해볼까 했는데, 그때 노인은 지팡이로 뒷덜미를 잡아서는 그를 끌고 가기 시작했다.

"아! 무슨 짓입니까?"

"잔말 말고 따라오거라. 거지라고 이런 곳에서 잤다간 뼈와 장기에 한기가 스며들어 거지 생활 오래 하기 힘드니 말이다."

"앙!!"

눈물을 흘리며 노인에게 끌려간 장천이 도착한 곳은 장사의 개천 다리 밑이었다.

"이곳은 예로부터 말 안 듣는 꼬맹이들에게 부모가 주워 왔다고 할 정도로 많은 장사의 아이들을 배출한 다리다. 지금은 장사의 모든 거지들에게 안식처와 같은 곳이니 네 녀석도 잠을 청할 때면 이곳에서 자도록 해라."

"예."

다리 밑에는 허수룩하게 만든 큰 천막이 있었는데, 안으로 들어가니 자신과 비슷하거나 어린 나이의 거지들 십여 명이 모여서 돌멩이를 사용하여 놀음을 하고 있는 모습을 볼 수 있었다.

"젠장, 거지새끼들이 무슨 놀음이냐! 당장 집어치우지 못할까!"

노인이 그 모습을 보고는 크게 소리 지르자 어린 거지들은 노인의 지팡이를 피하고자 사방으로 몸을 피했다.

한 식경 정도가 지나 어느 정도 진정이 되자 아이들은 다시 천막 안으로 모여들었다.

그날부터 장천의 거지 생활은 시작되었다.

물론 거지 생활을 안 해도 잘 먹고 살 장천이었지만, 지금 그의 머리 속은 면벽굴에서 외워왔던 글귀를 해석하느라 정신이 없었던 것이다.

그런 생활이 한 달 정도 지속되자, 점점 거지 생활에 익숙해지기 시작했다.

"자! 오늘 수입을 볼까?"

장사의 거지대왕 할아버지는 오늘도 어린 거지들의 수입을 보며 밥의 양을 결정짓고 있었으니, 오늘의 일등은 역시나 낙양에서 장사로 온 유학걸인(留學乞人) 장천이 차지했다.

"자, 오늘의 동냥왕은 자그만치 일곱 전 닷 푼을 번 유학거지 장천이다."

"우와!"

꼬마 거지들은 장천의 성적에 크게 놀라서는 탄성을 내질렀다. 쑥스러운 모습의 장천은 그저 뒤통수를 긁으며 사방에 흰 눈을 내리게 할 뿐이었다.

"자! 오늘도 두 바가지, 옛다."

"헤헤!"

두 바가지의 밥을 얻은 장천은 미소를 지으며 바가지를 받아 드니 다른 꼬마 거지들은 입맛만 다셨다.

하지만 생각해 보면 일곱 전 닷 푼이면 이 정도의 밥이 아니라 더 많은 것을 살 수 있을 텐데, 왜 단순히 두 바가지에 밥에 만족하는 것일까?

처음 이곳에 온 장천은 이것이 말로만 듣던 걸인계(乞人界)의 흑막(黑幕), 왕초의 간악한 속임수가 아닐까 생각을 해본 적이 있었지만, 어느 정도 시간이 지나자 그런 생각은 말끔히 사라졌다.

이곳 장사에 모인 거지들은 모두 부모를 잃고 혼자가 된 아이들, 거지노인이 사방으로 동냥을 다니면서 한두 명씩 주워 온 녀석들이 십수 명이나 되었던 것이다.

하지만 세월이 지나면 아이들도 나이를 먹는 법이니 열다섯을 넘긴 후에는 장성하여 일을 할 수 있는 나이라 어찌 동냥이 되겠는가?

이런 이유로 거지노인은 열다섯이 넘는 아이들은 장사의 거지 세계에서 단호하게 추방을 시킨다.

하지만 어린 시절 고아가 되어 거지가 된 아이들이 무슨 일을 해서 벌어먹을 수 있겠는가? 이런 이유로 거지노인이 도입한 방법이 바로 걸인(乞人) 퇴직금 제도(退職金制度)였으니 동냥을 받아온 거지들의 돈을 하노가 일괄적으로 거두어들여 열다섯이 넘어 거지 생활을 퇴직할 즈음 되면 그동안 모은 것 중 일정량의 돈을 아이에게 주어 자수성가할 수 있는 기회를 주는 것이다.

거지노인은 이러한 일을 벌써 이십여 년이 넘게 하고 있었으니 장사 땅에서 걸인 퇴직금으로 자수성가한 사람들은 상당한 수였다.

그 때문에 이들에게 들어오는 기부금 조의 수입도 이곳 다리 밑 거지 소굴에선 꽤 짭짤한 편이었다. 하지만 거지 출신으로 자수성가한 사람치곤 다리 밑 거지들에게 쉽게 동냥해 주는 이도 없었으니 이런 탓에 거지계에서는 동종에 있던 놈치고 짜지 않은 놈이 없다라는 말이 나오기도 한다.

한번은 장천 역시 이런 자수성가형의 인간에게 빌어먹으려 하다가 몽둥이 찜질을 당하고 하노에게 투덜거린 적이 있었는데, 하노는 그런 장천을 보며 이런 말을 한 적이 있었다.

"거지가 무엇이냐?"

"예?"

"거지가 무엇이냐고 했다."

"음, 빌어먹고 사는 사람들이 거지가 아닌가요?"

그 말에 노인은 천천히 고개를 끄덕이며 말했다.

"그렇지. 빌어먹고 사는 놈들이 다 거지지. 하지만 말이다, 나 같은 늙은이야 이제 힘이 없어 빌어먹고 사는 일밖에 할 수 없다지만 너희는 이제 막 커가는 나이이니라."

"예."

"빌어먹는 것도 사실 일이라 할 수 있지만, 애석하게도 사회 분위기상 직업으로 대우를 받을 수 없다. 또 사실 누군가 던져 주는 돈 받아

먹는 것도 오래되면 타성에 젖어 게을러지게 되니 거지 생활 청산한 후에도 게으름을 벗어날 수 없는 놈들도 있다.”

“……”

“이런 이유로 거지 소굴에서 자수성가한 녀석들은 쉽게 동냥을 해주지 않고 호되게 아이들을 다루고 있는 것이다. 그래야만 쓴맛을 알게 되고 거지란 것에서 벗어나고 싶다는 생각을 하게 되는 것이 아니겠느냐.”

“아!”

그제야 장천은 노인의 뜻을 알게 되어 이때부터 면벽굴의 글귀를 해석하는 것을 조금 게을리 하게 되었다.

쌍도문에서 귀하게 자라 어디 하나 부족할 것이 없는 장천은 이런 거지계의 신묘한 이치를 알게 되었기에 마치 딴 세상을 경험하는 것같이 흥미로움이 생겼기 때문이다.

하루는 대충 동냥을 마친 장천이 일찌감치 다리 밑으로 내려온 적이 있었는데, 그때 노인이 바가지를 안고는 서럽게 우는 것을 목격할 수 있었다.

소년들이 밥을 먹는 그릇인 그 바가지 밑바닥에는 돌로 긁어 써놓은 몇 개의 이름이 있었다.

‘왜 울고 계신 거지?’

이상하다고 생각은 했지만 분위기를 망치고 싶지는 않았기에 안으로 들어갈 수 없었는데, 그때 누군가의 인기척이 뒤에서 들려오는 것을 알 수 있었다.

“응?”

"쳇, 들켰잖아."

뒤에서 온 녀석은 얼마 안 있으면 퇴직하게 될 형진(形辰)이라는 소년이었는데, 장천을 놀래키려고 살며시 다가오고 있었던 것이다.

하지만 무공을 익힌 장천에게 일반인이 기척을 없애고 다가올 수 없었던 탓에 들키고 말았는데, 잠시 천막 안을 들여다본 형진은 고개를 젓고는 장천의 손을 끌고 천막에서 벗어났다.

"하노가 왜 울고 계시는 거지?"

"아들이 죽었으니까."

"아들?"

형진의 말에 장천은 조금 의아하지 않을 수 없었다.

아들이 살아 있었다면 왜 거지 일을 하는 노인을 편하게 모시지 않는 것일까 하는 생각이었는데, 그때 형진이 손가락으로 자신과 장천을 가리키더니 말했다.

"나도 할아버지 아들이고 너도 할아버지 아들이야."

"응?"

"우리들은 모두 고아란 말이야. 부모도 없고 형제도 없고, 내가 아는 할아버지도 고아 출신이시지."

"그런데 아들이라니?"

"바보 녀석, 방금 말해 줬잖아. 우리들은 다 할아버지 아들이라고. 수십 년간 이 일을 해오신 할아버지는 많은 아이들을 자수성가시켜 주셨지. 하지만 그 아이들이 모두 다 잘 살고 있는 것은 아니야."

"응?"

"다른 녀석에게 들어보니 십 년 전에 거지 소굴에서 나간 사람이 죽었대. 수문(秀文)이라는 사람인데, 거지 소굴을 나간 다음에 제대로 정

무랑촌의 비밀 71

착하지 못하고 노름판을 돌아다니다 끝내 하오문 패거리들한테 맞아 죽었다는군."

"아!"

"할아버지는 그 사람이 제대로 밖에서 적응하지 못한 것을 애석해하며 눈물 흘리시는 거지. 자신이 제대로 가르쳤으면 그 사람이 그렇게 되지 않았을 텐데 하고 말이야."

그제야 장천은 할아버지가 울고 있는 이유를 잘 알 수 있었다.

"장례는 다른 거지 형제들의 도움으로 간신히 치르기는 했지만, 아들같이 생각한 녀석이 비명횡사로 죽었으니 하노가 슬퍼하는 것은 당연한 거지. 뭐… 그래도 솔직히 난 수문이라는 형이 그렇게 비참하진 않다고 생각해."

"자신을 위해 울어줄 수 있는 사람이 있으니까 말이지?"

"그래, 나도 얼마 안 있으면 이곳을 벗어나게 되는데, 어쩌면 뜻대로 살지 못하고 죽을 수도 있다고. 세상일이 쉽기만 하겠어? 천애고아로 나서 외롭게 죽을 수도 있지만, 하노가 이런 나를 위해 제를 올려주는 것을 아니 죽는 것도 별로 무섭지 않아."

"음……."

"그리고 그런 생각 때문에 난 반드시 큰돈을 벌어 할아버지를 기쁘게 해드리고 싶어."

거지들이라고는 하지만 하노의 교육을 받아서인지 올바르게 자라나고 있다는 생각이 들었다.

부잣집에서 태어나 수많은 학문을 배우고, 명문가에서 태어나 뛰어난 무공을 배운 기재들보다 장천은 이들을 더 낫다고 생각했다.

하지만 이런 장천의 생활은 그렇게 오래가지 않았다. 언제나와 같이 태평루 앞에서 동냥을 하면서 글귀를 해석하고 있을 때 누군가가 자신의 앞에 서는 것을 알 수 있었다.

"두, 두형?"

"응?"

문득 장천이 고개를 들어보니 그곳에는 화려한 옷차림의 청년이 서 있었다.

때마침 태양 빛이 눈을 부시게 하는지라 장천은 얼굴을 정확히 볼 수 없었는데, 그는 무릎을 꿇어서는 자신을 안고 크게 반가워하며 소리쳤다.

"두형! 이 자식, 여기 있었구나!"

"누구세요?"

장천으로선 자신을 끌어안고 소리치는 사람의 이름을 물어보지 않을 수 없었는데, 그는 안던 것을 멈추고는 장천을 보며 말했다.

"이 자식! 나 동방명언이야! 명언!"

"아! 명언!"

그제야 무랑촌에서 헤어진 형제인 명언이라는 것을 알게 된 장천은 크게 놀라 소리칠 수밖에 없었으니 두 사람은 어언 일 년에 가까운 시간 만에 재회하게 된 것이다.

두 사람은 서로를 껴안으며 일 년 만의 해우를 만끽하였다. 그러나 역시 더 이상 참지 못한 동방명언이 장천을 발로 차면서 말했다.

"이 자식! 넌 역시나 옛날의 두형이 아니로구나!"

"헉! 무슨 말이야, 명언?"

장천은 명언의 말에 크게 놀라지 않을 수 없었다.

갑자기 자신을 공격하며 옛날에 두형이 아니라니 어찌 어안이 벙벙하지 않을 수 있겠는가?

하지만 그의 그런 행동은 잠시 후에 밝혀졌는데, 명언은 코를 쥐고 괴로워하며 손을 내젓는 것이었다.

"옛날의 두형은 이렇게 지독한 냄새는 안 풍겼다고. 제발 목욕 좀 해라, 이 자식아!"

"하하하, 조금 냄새가 나긴 하지."

그제야 이유를 알아차린 장천이 뒤통수를 긁적이니 역시나 은빛 눈이 그의 주위에 수북이 쌓이기 시작했다.

"휴……."

녀석의 비듬을 보며 한숨밖에 나오지 않는 동방명언이었다.

잠시 후 동방명언과 함께 객점으로 자리를 옮긴 장천은 드디어 일 년이 넘는 시간 만에 겨우 목욕을 하게 되니 드디어 숨겨졌던 그의 진면목이 드러났다.

일 년의 시간 동안 장천의 몸은 그때와는 달라져 있었는데, 놀랍게도 다시 어려진 듯 귀여운 모습의 장천으로 변해 있었다.

"이거… 다시 옛날 모습으로 돌아온 것 같네?"

"응."

명언의 말에 동경을 바라본 장천은 어느 정도 남자답게 변했던 자신의 모습이 다시 옛날의 얼굴로 돌아와 있자 크게 당황할 수밖에 없었는데, 혹시 키까지 작아진 것은 아닐까 하는 생각 때문이었다.

다행히 키가 작아지진 않았기에 안도의 한숨을 내쉬었는데, 겉모습을 보면 과거보다 조금 어려 보여 열두 살 정도의 조금 몸집이 큰 아이로밖에 보이지 않았다.

과거 홍련교의 연무관에서 환골탈태하여 열다섯 정도의 나이로 보이게 됐었건만 다시 이렇게 되니 조금 이상하게 생각될 수밖에 없는 장천이었다.

　하지만 다시 생각해 보니 이 모습도 그리 나쁘지 않다는 생각이 들었다.

　"그나저나 거지꼴을 하고 있는 나를 어떻게 알아봤냐?"

　장천은 궁금한 표정으로 명언을 보며 물어보았다.

　"나도 처음에는 네 녀석이 아닌 줄 알았는데, 한 남자가 다가와서는 형제를 찾지 않느냐고 물어보더라."

　"그래서?"

　"은조상, 데비드하고 번갈아가면서 너를 찾고 있었기 때문에 그렇다고 했는데, 그 사람이 너를 가리키면서 저 아이가 두형이란 아이라 하더라고."

　"음……."

　장천으로선 그가 누구일까 하는 궁금증이 들 수밖에 없었지만, 그것은 금세 사라져 버리고 말았다.

　일단은 동방명언을 다시 만난 것이 기뻤기 때문이다.

　명언이 가져온 옷을 입게 되자 조금 전까지의 거지꼴은 완전히 사라진 장천은 부잣집 아들내미 같은 모습이 되었으니 어느 누가 봐도 그가 태평루 앞에서 구걸을 하던 거지라는 것을 알 수 없는 모습이었다.

　동방명언은 깨끗하게 차려입은 장천을 보며 이제 홍련교의 형산지부로 떠나자는 이야기를 했지만, 장천으로선 그전에 만나보고 인사를 드려야 할 사람이 있었다.

　또다시 면벽굴의 글귀를 해석하며 걸음을 옮긴 장천은 어느 사이엔가 다리 밑의 천막까지 도달했다. 그곳에선 형진이 생일을 맞아 드디어 거지 천막을 벗어나는 파티를 하고 있었다.

시끌벅적한 천막 안으로 난데없이 깨끗하게 차려입은 부잣집 도련님 두 명이 들어오자 아이들은 크게 놀라 소란스러워졌는데, 상석에 앉아 있던 거지노인은 오히려 그 모습에 미소를 짓고 있을 뿐이었다.

"역시나 알고 계셨군요."

장천은 거지노인의 그런 모습에 자신이 거지가 아니었다는 것을 그가 알고 있었다는 것을 알 수 있었다.

"사람이 늙으면 눈치가 빨라지니 말이다. 그래, 네가 고심하던 문제는 모두 다 풀린 게냐?"

그 말에 장천은 고개를 저으며 말했다.

"아직이요. 하지만 몇 년이 걸리더라도 꼭 풀고 말겠어요."

"후후후… 그래. 그래야 나의 아들이 아니겠느냐."

"예, 그렇지요. 헤헤."

장천이 그렇게 말하며 뒤통수를 긁적으니 그제야 아이들은 거지 할아버지와 말을 나눈 사람이 누구인지 알고는 크게 놀라는 표정을 지으며 소리쳤다.

"두형!!"

형진 역시 그가 두형이라는 것을 알고는 놀란 표정을 지었는데, 그것을 보며 손가락을 내저은 장천은 미소를 지으며 말했다.

"두형 형님이라고 불러야지. 애석하게도 내 나이는 올해로 열여덟 살이거든."

"엥?"

열두 살 정도로 보이는 장천이 자신의 나이를 열여덟 살이라고 말하자 믿을 수가 없었지만, 장천이 자신에게 거짓을 말할 리는 없다고 생각한 그는 고개를 끄덕이며 말했다.

"젠장, 열여덟 살이나 된 놈이 거지 소굴에서 퇴직도 안 하고 있었다니, 뻔뻔한 녀석이었군!"

"하하하! 그나저나 이런 모습에 화 안 났냐? 어쨌든 널 속인 것이 되어버렸는데 말이야."

"멍청한 놈! 네 녀석이 부잣집 아들이라고 해도 우리와 형제인 것은 변함없는데 왜 화를 내? 오히려 기댈 만한 형제가 생겨서 마음만 편하구만."

"하하하! 고맙다."

형진의 손을 잡으며 고마움을 표시한 장천은 조용히 거지 할아버지에게 절을 하고는 말했다.

"이만 떠나도록 하겠습니다, 아버지."

"그래, 잘 다녀오도록 해라."

"예."

절을 마친 장천은 미련이 조금 남기는 했지만 큰마음 먹고 뒤로 돌아서서는 동방명언과 함께 거지의 소굴을 떠났다.

오 개월 정도의 짧은 거지 생활이었지만 새로운 것을 느끼게 해준 장사의 거지촌에서 장천은 점점 멀어져 갔다.

그들이 떠나가는 뒤에선 한 남자와 거지 할아버지의 모습이 보이고 있었다.

붉은 두건을 쓰고 있는 남자는 거지노인의 곁에서 말없이 단도를 사용하여 목상을 깎고 있었는데, 장천의 모습이 사라질 즈음 노인이 그를 보며 조용히 입을 열었다.

"언제까지 지켜볼 셈인가?"

"……."

하지만 노인의 물음에도 붉은 두건의 사나이는 아무 말도 하지 않고, 어느 정도 조각상이 만들어지자 그것을 땅에 내려놓고는 뒤돌아서 경공을 사용하여 빠른 속도로 사라졌다.

노인은 그가 만든 조각상을 천천히 주워 손바닥 위에 올려놓았는데, 그것은 심장을 비롯하여 여덟 곳에 단도가 박혀 있는 장천의 모습이었다. 가볍게 손가락을 올리니 조각상의 이마가 부서져 내리며 하나의 구멍이 생기기 시작했다.

'이것이 자네의 대답인가…….'

노인은 목상에서 눈을 돌려 이젠 보이지도 않은 장천의 뒷모습을 찾아 눈물을 흘리고 있었다.

제17장
재회

"두형!"

형산지부에 도착한 장천은 형제들과 다시 만날 수 있게 되었다.

장천이 돌아온다는 소식을 사람을 통해 전해 들은 형제들은 그가 모습을 보이자 한달음에 달려와 그를 껴안았다. 장천 역시 형제들과 오랜만의 만남을 만끽했다.

이들에게 이야기를 들어보니 무랑촌에서 하룻밤을 묵고 일어나니 자신들이 인적없는 숲 속의 공터에서 잠을 청하고 있었다고 한다.

마치 꿈이라도 꾼 것 같은 일에 당황하던 이들은 장천이 없음을 알고는 다시 무랑촌을 찾아보았지만, 마치 꿈인 것처럼 그 마을을 다시 찾아갈 수 없었기에 크게 당황했다고 한다.

하지만 이들은 장천이 죽거나 하지 않았을 것을 믿고 그가 장사로 오리라 생각하며 형산지부로 걸음을 옮겼고, 근 일 년 만에 이렇게 장천을 찾게 된 것이다.

그동안 많은 일을 겪었는지 데비드의 얼굴에는 긴 검상이 하나 그어져 있었고, 은조상은 수염을 기르기 시작하여 조금 나이가 들어 보이는 얼굴을 하고 있었다.

장천은 그 외에도 다른 면으로 그들이 많이 변해 있다는 것을 알 수 있었는데, 몇 가지 살펴보면 그중 하나는 이제 형제들의 직급이 상당히 올라가 있다는 것이었다.

은조상의 경우에는 이제 형산지부의 부지부장 직위에 올라 있어 명실상부한 간부의 길을 걷고 있었다.

형산지부의 부지부장이라고는 하지만 명문 은가의 인물인만큼 다음 진급엔 본단으로 감과 함께 직급이 오를 것은 분명했다.

데비드는 형산지부의 무사들을 담당하는 무화단 단장의 직위에 올라 있었다.

일단은 서역인의 큰 몸집으로 패도의 무공을 사용하여 장수같이 보이는 데다가 데비드의 가문은 기사의 가문인지라 상당한 카리스마가 몸에서 풍겨져 나오는 것도 무화단의 단장에 오른 이유라고 할 수 있었다.

물론 그전에 일 년 동안 그가 이룬 공적도 상당히 있었음은 당연한 일이다.

동방명언의 경우에는 형산지부의 모든 정보를 담당하여 처리하는 일을 하는 백연대(百燕隊)의 대장으로 그 무공 실력에 비해선 조금 직급이 떨어지는 자리에 있었지만, 그가 이런 자리에 있었던 것은 장천 때문이었다.

그를 찾느라 사방에서 정보를 수집하기 위해 움직였기에 더 높은 자리를 맡을 수 있음에도 스스로 백연대로 들어간 것이었다.

이 사실을 안 장천이 동방명언에게 고마움의 술을 대접한 것은 당연한 일이었다.

하지만 이런 형산지부에서도 황당한 일이 존재하고 있었으니 바로 유능예와 은영영의 일이었다.

놀랍게도 이 형산지부의 지부장은 바로 유능예였으니 어찌 놀라지 않을 수 있겠는가?

지부장 유능예의 밑에는 비서 업무를 담당하는 자리에 은영영이 위치해 있었으니 안타깝게도 이곳 형산지부는 그녀들의 근거지로 변하게 된 것이다.

물론 그녀가 지부장의 직위에 오름으로써 은조상의 직위도 한층 상승했다고는 할 수 있지만, 그만큼 업무가 늘어났기에 그리 좋은 일이라고는 할 수 없었다.

장천은 이 형산지부에서 이루어낸 공적이 없는지라 어쩔 수 없이 처음 형제들이 이곳에 와서 가졌던 직위를 맡을 수밖에 없었으니 바로 백인장의 직위였다.

형제들의 배려로 한적한 업무를 맡게 된 장천은 가만히 앉아 있어도 그 직급이 오르는 것은 당연한 일이었지만 조금 따분한 것은 사실이었기에 거의 대부분을 연무장에서 무공을 연마하거나 면벽굴의 글귀를 해석하는 데 대부분의 시간을 소비하고 있었다.

"합!"

오늘 역시 장천은 하릴없이 연무장에서 검술을 연마하고 있었는데, 그의 수련 모습을 몇 사람이 지켜보고 있었다.

그들은 바로 그의 의형제들과 유능예를 포함한 여인들이었는데, 그의 검술을 보며 영영은 이상하다는 표정을 지으며 옆에 있던 동방명언에게 물었다.

"두 형의 검술이 조금 변한 것 같지 않아? 전에는 초식에 화려함이 두드러졌는데, 이제는 뭐랄까… 안정감이 보인다고나 할까?"

"음… 그렇군요."

동방명언 역시 그의 검술이 전과는 달라졌다는 것을 느끼고는 은영영의 말에 고개를 끄덕였다.

그의 눈에 보이는 장천의 검술은 홍련교의 검술이라기보다 정파의 것에 가까웠기 때문이다.

"마치 정파의 검술을 보는 것 같군."

"정파의 검술?"

은조상의 중얼거림에 영영이 모르겠다는 얼굴을 하며 물어보자 그는 자세하게 설명해 주기 시작했다.

"정파의 검술은 정확성과 함께 무리(武理)에 중점을 둔 무공이라는 것이 사파나 본 교의 무공과 조금 다른 면이니까."

"응? 사파나 본 교의 무공도 정확성이나 무리는 중요시하잖아?"

"달라. 뭐랄까? 사파의 검술은 의외로 허초에 중점을 많이 둔다고 볼 수 있지. 찌르기의 경우 정파는 일직선으로 요혈을 노린다면 사파의 무공은 허초를 사용하여 눈을 현혹시켜 요혈을 노린다고나 할까?"

"그건 무공마다 다 다른 점 아니야? 화산파의 검술도 허초를 많이 사용한다고 알고 있는데?"

"물론 화산파의 검술도 허초가 많이 등장하지만, 입문무공의 경우에는 다른 정파의 검법과 다르지 않게 초식의 정교함을 중시하는 검술을 한다고."

"음."

명언과 은영영의 대화에서처럼 장천의 검술은 홍련교의 입문검법을 행함에 있어서 다른 사람과 크게 다른 무리를 보이고 있는 듯했다.

하지만 그것을 지켜본 사람들 모두가 똑같이 느끼고 있는 것이 하나 있었는데, 그것은 장천의 검술이 크게 진전되었다는 것이다.

그들이 보는 장천의 검술은 허점이 하나도 없을 것만 같은 깨끗함을 보여주고 있었기 때문이다.

세 명의 의형제들은 금선곡에서부터 같이 지내왔던 사이인지라 서로의 무공 장단점에 대해선 너무나 잘 알고 있었기에 장천의 이러한 변화를 보며 조금 놀라지 않을 수 없었다.

지금까지 의형제들의 무공 수준은 크게 차이는 나지 않았지만 동방명언이 가장 뛰어난 실력을 보였고, 그 다음이 은조상, 장천, 데비드 순이었다.

하지만 데비드는 자신의 몸을 이용한 패도적인 무공을 실전을 통해 익힘으로써 실력을 급상승시킨 상태였기에 현재의 실력은 은조상과 비슷한 상태였다.

"좋아! 한번 대련이라도 해봐야겠군."

"오! 좋은 생각입니다."

은조상은 장천의 실력이 어느 정도인지 알아보기 위해 자신의 검을 들고는 그에게 다가갔다.

"두형, 어때? 간단한 대련이라도 한번 해보지 않을래?"

"대련이라… 그래, 한번 해보지 뭐."

금선곡에선 대련을 해본 적이 있었지만, 그 이후로는 개인 수련에만 몰두한 형제들이기에 장천으로서도 한번 자신의 실력이 얼마나 성장했는지 알아볼 겸 대련을 승낙했다.

은조상이 익힌 검법은 은가의 비전 검술인 유성검법(流星劍法)으로 빠른 속도를 중시한 쾌검이었다.

이에 반해 장천이 익힌 검법은 금선곡 특별 선발에서 익힌 홍련십팔검. 일단은 유성검법을 견식해 본 적이 없는 그였기에 검법 자체는 은조상이 우위에 서 있다고 해도 틀린 말이 아니었다. 하지만 태극일기공을 익히고 있는 장천의 내력은 은조상보다 훨씬 더 높은 경지에 이른지라 초식은 은조상, 내공은 장천이라고 볼 수 있었다.

동방명언과 데비드 역시 장천이 태극일기공을 익혔다는 것은 알지 못했지만 내공이 남들보다 뛰어나다는 것은 눈치 채고 있었기 때문에 두 사람의 대련을 주위 깊게 보고 있었다.

"오랜만에 겨루어보게 되는군."

"그런가?"

서로를 보며 미소 지은 두 사람은 각기 검술의 기수식을 취하며 상대에 대한 예를 표했다.

"역시나 홍련십팔검이군. 초식은 내가 전부 다 알고 있는데, 승산이 있겠는가?"

"모두가 다 검이란 이름으로 부른다 하더라도 장인에 따라 천지 차이가 나는 법."

"너의 검과 나의 검은 다르다는 이야기인가?"

"물론."

"어디, 그 다른 검 구경이나 한번 해보지. 일견승천(一見乘天)!"

장천의 말을 맞받아치던 은조상은 일견승천의 초식을 사용하여 선공을 취하니 낮은 자세의 빠른 보법으로 앞으로 쇄도해 들어간 그의 검은 밑에서부터 곡선을 그리며 장천의 턱을 향해 솟구치듯 올라갔다.

"동풍난화(東風亂花)!"

일건승천의 검끝을 끝까지 지켜보던 장천은 검이 턱에 닿을 정도의 거리까지 움직이지 않고 있다가 동풍난화의 초식을 사용하여 고개를 돌려서는 바람을 타듯 부드럽게 검을 회전시키며 그의 왼쪽 옆구리를 찔러가니 그 모습이 마치 명기(名妓)의 아름다운 춤과 같은지라 사람들은 크게 탄성을 내지를 수밖에 없었다.

"와!"

"유성낙천(流星落天)!"

하지만 은조상 역시 그 정도의 초식에 당할 인물이 아니었으니 하늘로 치솟아오르는 것처럼 뻗어 올리던 검을 손목을 가볍게 꺾어 찔러왔을 때의 두 배 속도로 밑으로 내려치자 과연 쾌검으로 크게 명성을 얻은 은가의 비전절기라 할 수 있었다.

챙!

은조상이 유성낙천의 수법을 사용하여 휘두르던 검의 검등을 내려치자 장천은 손목에 주던 힘을 풀어버리니, 손목의 회전과 함께 장천의 검은 유성낙천의 기세와 함께 원을 그리듯 회전하여 은조상의 오른 손목을 향해 빠른 속도로 내려쳐졌다.

"헉!"

그의 유연한 검법에 크게 놀란 은조상은 급히 손을 안으로 끌어서는 뒤로 몸을 날리니 일전은 장천이 한 수 위의 재간을 보인 것은 틀림없는 일이었다.

"검법이 변했군."

"약간의 깨달음을 얻었지."

"음……."

홍련십팔검을 사용한다는 생각에 약간은 경시하던 은조상은 자신보다 뛰어난 고수를 상대한다는 기분으로 싸워야 함을 깨닫고는 천천히 자세를 잡아가기 시작했다.

"이제부턴 진짜로 한번 붙어보자고."

"바라던 바!"

은조상의 말에 장천은 흥겨운 듯이 맞장구를 치니 다른 사람이 보기에는 한바탕 놀기라도 할 것처럼 보였지만, 두 사람 사이에 흐르는 기운은 결코 웃으며 넘길 것이 아니었다.

"명심로성(冥沈露星)!"

앞으로 빠른 속도로 뛰어간 은조상은 유성검법 중 출검을 가장 알아내기 어렵다는 명심로성의 초식 자세로 다가서니 장천은 그의 검을 앞으로 뻗어서는 아무런 초식도 없는 찌르기를 시도했다.

"하압!"

장천의 신형이 바짝 다가왔다고 생각한 순간 은조상의 몸이 크게 회전하는 듯하더니 갑자기 예상치도 못한 다리 아랫부분에서 일검이 뻗어 나와 장천의 단전을 향해 찔러져 왔다.

하지만 무인들에게 가장 중요한 단전으로 검이 밀려들어 옴에도 장천은 앞으로 찔러가는 일검을 멈추지 않아 구경하던 사람들은 모두 크게 놀란 얼굴로 입을 벌릴 수밖에 없었다.

"두형! 위험하다!"

"피해!"

단전이 파괴된다면 평생 무공을 사용하지 못하는 폐인이 될 것임을 알고 있음에도 그가 피하지 않으니 어찌 형제들이 당황하지 않을 수 있겠는가?

하지만 잠시 후 사람들은 예상치 못한 결과에 크게 놀라지 않을 수 없었는데, 놀랍게도 은조상의 검은 장천의 검지와 중지에 잡혀 그 검로가 크게 비틀어져 있었던 것이다.

"와!"

빗나간 은조상의 검에 비해 장천의 검은 정확히 은조상의 목젖 앞에 위치해 있어 이 대련의 승리는 장천이 거머쥐었다고 해도 과언이 아니었다.

하지만 장천으로선 자신이 승리했다고 볼 수 없었는데, 단전을 찔러 들어가던 은조상의 검이 한순간 멈칫했기 때문이다.

만약 이것이 실전이었다면 장천은 은조상의 목젖에 검을 꽂을 수 있었겠지만, 그 역시 단전에 검상을 입었을 테니 누구의 승리라고도 말할 수 없는 그런 승부였다.

"과연."

은조상은 대련이 끝난 후 사람들의 곁으로 돌아가서는 무엇인가를 골똘히 생각하니 동방명언이나 데비드는 궁금하지 않을 수 없었다.

"무슨 생각을 그렇게 골똘히 하는데?"

"음… 너희들은 멀리 있어 잘 보지 못했겠지만, 녀석의 검이 조금 이상하다는 생각이 들어서 말이야."

"이상하다니?"

"뭐랄까… 검끝이 뿌옇게 보인다고나 할까?"

"응?"

"너희들도 알다시피 우리 가문은 대대로 쾌검술로 이름을 떨친 곳이다. 이런 이유로 비전의 방법으로 다른 무가에 비해 은가는 움직이는 물체를 포착하는 눈이 뛰어나지. 내공으로 안력을 돋우지 않아도 이형환위(移形換位) 정도는 쉽게 잡아내는 정도라고 할까?"

"우와!"

모인 사람들은 은조상의 말에 크게 놀라며 탄성을 지르지 않을 수 없었다.

보통 무공을 익히는 사람들의 속도는 평인에 비해 수배는 더 빠르다고 해도 과언이 아니었다. 이중 이형환위는 순식간에 위치를 바꾸는 신법의 하나로 상승신법을 배우지 않는 한 아무리 내공이 뛰어나다고 해도 꿈도 못 꾼다고 할 수 있었다. 그런데 이런 것을 내공을 사용하지 않은 보통 눈으로 찾아낼 수 있다는데 어찌 놀라지 않을 수 있겠는가?

은조상은 뛰어난 동체 시력 하나만으로도 충분히 기재로서의 자격이 있다고 할 수 있었다.

"그런데 문제는 이런 내 눈으로도 두형의 검끝이 희미하게 보였다는 거야. 그것이 무엇을 의미하는지 알아?"

"음… 그만큼 검속이 빠르다는 건가?"

"신법이 극한에 이르는 인물은 그 축이 되는 다리의 움직임이 타인이 볼 때는 뿌옇게 보인다는 말이 있지. 그것은 뛰어난 초고수의 안력으로 보아도 똑같다고. 이유가 뭘까?"

그 말에 사람들은 골똘히 생각해 보았지만 역시나 뭐라고 말할 수가 없었다.

"무형검이라고 들어봤겠지?"

"검의 극한에 이르는 사람이 손에 강기를 유형화해 만든 검을 무형검이라고 하지 않나?"

"그래. 하지만 그전에 하나의 단계가 더 있는데, 우리 은가장의 시조

어르신께서 쾌검으로 그 경지에 이르셨다고 하지. 이름하여 유수무형
검(有手無形劍)이란 경지에 말이야."

"그게 뭔데?"

"검을 들고는 있지만 초식이 펼쳐졌을 때는 검이 형태가 사라지기
때문에 붙여진 이름이지."

"우와!"

"자세한 무리는 알려진 것이 없어서 가문에선 쾌검이 극한에 이르면
그 속도를 안력이 따르지 못해 사라져 보이는 것이라고만 생각했는데,
아버지는 그것과는 조금 다른 것이 아닐까 하는 생각을 하셨지."

은조상의 이야기에 사람들은 푹 빠져들어 버렸다. 멀리 있던 장천
역시 검술을 하는 척하며 귀를 기울이고 있었다.

이야기를 들어보니 면벽굴의 글귀를 해석하는 데 도움이 될 만한 이
야기가 나올 것 같았기 때문이다.

장천의 검이 뿌옇게 보인 현상은 바로 면벽굴의 글귀에서 얻어낸 약
간의 심득으로 이루어진 결과였다.

**무릇 세상사의 모든 것들은 음양의 법칙이 따르니 작은 것은 큰 것에 동
화하며, 큰 것은 작은 것에 동화되어 비로소 음양이 그 균형을 이루게 된다.
음양이 조화를 이룸이 태극이요, 조화로움이 아쳐 끝에 이르니 그것을 무
극이라 한다.**

이 외에도 스님들이나 하는 선문답과 같은 보통의 사람들이면 한마
디를 들으며 구토부터 할 것 같은 이야기가 잔뜩 쓰여 있는 것이 바로
면벽굴의 글이었으니 일 년의 시간 동안 그것을 이해한다는 것은 거의

불가능한 일이라고 할 수 있었다.

글귀의 해석이 막힐 때면 유명한 절간에 가서 중이나 될까 하는 고민도 할 정도였으니 장천으로선 크나큰 고민이라 할 수 있었다.

"검이 자연에 동화된 것이 아닌가 하는 것이지."

"응?"

"다 알다시피 인간이나 동물은 자신이 살고 있는 자연 환경에 동화되는 형상을 겪게 되지. 추운 곳에 사는 사람은 추운 곳에 적응하고 더운 곳에 사는 이는 더운 곳에 적응하는 현상 말이야. 검법도 그와 같아서 거대한 자연에 동화되면 그 흐름에 몸을 맡기게 되어 동화(同化)되는 것이 아닐까 하고 말이야. 이런 이치 중 가장 흔한 것이 신검합일(身劍合一)이지."

"음……."

물론 이러한 이치가 그리 쉬운 것은 아니고 무공과 접합하려 할 맨더욱더 어려운 일인지라 아무도 은조상의 말에 무어라 말을 못하고 있었다.

조금 어려운 말이고, 은장로 같은 무공 고수가 말한 만큼 신빙성은 있을 것이라 막연한 생각만을 하는 사람들이었다.

장천은 형산지부에서 할 일이 없었던 만큼 무공을 수련하는 데에만 열중했고, 그러는 와중에 드디어 그런 장천에게도 일이 밀려왔다.

물론 이 일은 다른 형제들이나 여인들도 모두 움직일 수밖에 없는 일이었으니 형산파의 무사들과 지부의 무사들이 양인촌(良人村)에서 충돌한 일이 생긴 것이다.

정파의 대문파인 형산파의 검수에 의해서 형산지부 무사들 다섯 명이 죽고 열두 명이 중경상을 입는 사건이었으니 성질 급한 유능예가 가만히 있을 턱이 없었다.

"정파의 개자식들 목을 모두 베어주겠다! 은 부지부장! 지부의 모든 무사를 모아요! 형산파를 쑥대밭으로 만들어 버리겠어요!"

그녀는 분노를 참지 못하고 소리 지르고 있지만 명석한 은조상은 가볍게 손을 내저으며 거부의 의사를 보였다.

"불가입니다."

"불가?"

"지부의 모든 무사를 합친다 하더라도 형산파의 문도 수보다 적을 뿐 아니라 고수의 수 역시 턱없이 부족한지라 유 지부장님의 말씀대로 했다간 그날로 형산지부는 문을 닫아야 할 것입니다."

"으윽!"

은조상의 말에 틀린 것이 없는지라 그녀로선 이를 갈 수밖에 없었다. 그때 붓을 들어 무엇인가를 열심히 적고 있던 은조상이 그것을 봉투에 집어넣더니 매의 발에 묶어 날려 보냈는데, 그녀는 그 매가 지부가 긴급 상황에 처했을 때 보내는 것이라는 것을 알고는 궁금한 얼굴로 물었다.

"뭘 써서 보낸 거야?"

"본 지부에서 열일곱 명의 사상자가 생긴 것은 결코 작은 일이 아닙니다. 본단에서 형산지부의 힘을 요즘 들어 계속 강화시키는 것은 필경 이유가 있을 터, 이런 소식을 전해준다면 그 이유를 진척시킬 수 있는 하나의 명분이 되겠지요."

"그런가?"

은조상의 이러한 예측은 적중했는지 일주일이 지난 후 본단에서 답

신이 들어왔고, 그곳에는 약 이백 명 정도의 무사들을 파견하겠다는 이
야기가 적혀 있었다.

물론 단순히 이백여 명 정도라면 의미가 없는 일이었지만, 이들은
보통의 지부 무사들과는 크게 다른 자들이라 지부의 회의실에서 이 소
식을 접한 형제들은 크게 놀라지 않을 수 없었다.

"암혈당!!"

"그래. 거기다가 이번에 파견된 암혈당의 무사들을 인솔하는 사람은
응조수 이진천. 무명이 높은 이 대협이 직접 나서는 것으로 보면 아무
래도 형산에 큰 폭풍이 일 것 같은 느낌이 들어."

"음……."

"본단에서 내려온 지령은 지부의 무사들을 이용하여 형산파 주의를
분산시키라고 하는군. 아무래도 우리 지부에서 녀석들의 눈을 돌리면
그때 암혈당에서 모종의 일을 추진할 것 같다."

대문파라는 것은 단순히 명성만이 존재하는 것이 아니다.

명성과 함께 존재하는 것은 바로 전통, 그 전통을 바탕으로 누구도
손대지 못할 세력을 만들어내는 것이 바로 명문정파라는 집단이었다.
홍련교에서 정파 전체와 비견할 만한 힘을 가지고 있어도 명문정파 하
나를 무너뜨리는 것을 주저하는 것은 바로 그런 이유였다.

정파란 존재보다 하나의 문파에 속해 있어 그것을 지키려 할 때 명
문에 속한 인간은 자신이 가진 힘의 수배를 낼 수 있기 때문이다.

지부의 무사들을 이용하여 형산파를 도발한다면 이런 지부 하나는
순식간에 무너뜨릴 수 있는 것이 형산파인지라 조금 위험한 일이라고
할 수 있었다.

하지만 장천을 떨리게 하는 것은 명문정파의 위명 같은 것이 아니었

다. 바로 아군이라고 할 수 있는 암혈당의 인솔자, 응조수 이진천 때문이다.

언젠가는 마주치리라 생각은 했지만 지금은 아니었다.

그가 교주의 권유를 사양하고 외지로 나간 것은 공을 세우기 위함과 함께 자신의 얼굴을 아는 유일한 인물인 응조수 이진천의 눈에서 벗어나고자 하는 생각도 있었기 때문이다.

예쁘장한 모습에서 다시 본래의 얼굴 형태로 모습이 변해 있는지라 그의 눈에 걸리면 들킬 것은 뻔한 일이었기에 뭔가 타계책을 생각해 낼 수밖에 없었다.

"아무래도 이번 일은 두형, 네가 맡는 것이 가장 나을 것 같다."

"응? 왜 나야?"

"일단은 꼬마의 모습을 하고 있으니 형산파의 무사들에게 의심을 가장 덜 받을 수 있는 것 아니야?"

"음… 좋아."

일단은 형산파의 이목을 돌리는 일을 한다면 이진천의 눈을 피할 수 있는 데다가 잠시 잠적하는 것도 가능할 것이라는 생각에 이번 일을 승낙한 장천이었다.

회의가 끝난 후 장천은 지부를 돌아다니며 자신과 함께할 무사들을 뽑기 시작했다. 하지만 그다지 쓸모있는 사람이 없었는지라 조금 고민하지 않을 수 없었다.

연못가에서 이번 일을 어떻게 처리할까 고민하던 장천의 뒤로 한 여인이 모습을 비춘 건 그때였다.

"어머? 두 소협님 아니세요?"

"응? 아! 소향이구나."

여인은 데비드의 막내 마누라인 소향이었는데, 바구니 위로 호미가 들려 있는 것으로 보아 밭일을 나가는 것임을 알 수 있었다.

"웬 호미야? 일 안 하면 데비드가 밥 안 준대?"

"호호호! 설마요. 지부에 온 이후로 할 일이 없어서 지부 근처의 작은 땅에 채소를 가꾸고 있었어요."

"음. 역시 건실한 일등 마누라로군."

"호호호."

자신의 말에 호호호를 남발하는 소향을 보던 장천은 갑자기 번개처럼 머리를 스치는 것이 있었으니, 드디어 자신의 정체를 속이고 형산파의 눈을 속일 수 있는 방법을 찾아낸 것이다.

"푸하하하!"

갑자기 일어나서는 크게 대소를 터뜨리는 장천을 보며 소향은 두려움을 느낄 수밖에 없었지만, 원래 천성이 그런 사람이라는 것을 깨닫고는 못 볼 것을 봤다는 얼굴로 그의 주위를 벗어나려고 했는데, 그때 장천이 덥석 그녀의 손목을 잡더니 말했다.

"소향, 아무래도 데비드를 버리고 나를 따라와 줘야겠어."

"어머! 이러시면 안 돼요. 제가 아무리 이쁘다고 해도 전 유부녀랍니다."

"호호호, 나 장천에겐 유부녀고 처녀고 눈에 걸리기만 하면 다 끝이야!"

"끼약! 데비드, 살려주세요!"

하지만 이 순간 데비드는 무사들을 독려하며 진법을 연습하고 있었으니… 소향은 장천의 손에 끌려 어둠침침한 방 안으로 사라져만 갔다.

지부의 여인들이 머무는 방에선 소향의 울음소리가 흘러나오고 있었으니, 그 소리 사이론 장천의 거친 목소리도 연이어 들려왔다.

"흑흑흑……."

"미안하군. 하지만 어쩔 수 없었어. 이렇게 하지 않는다면……."

"어떻게 그러실 수가 있나요."

"강제로 옷을 찢은 것은 어쩔 수 없었다. 하지만 그건 네가 완강하게 거부를 했기 때문이잖아!"

"그래도……."

"젠장할! 얼마면 돼!"

"그게 돈으로 해결할 수 있는 것인가요!"

장천이 이제 그녀의 울음소리에 짜증이 나 화를 내며 소리 지르는 그 순간 방문 앞에선 한 남자가 떨리는 주먹을 가누지 못하고 있었다.

아내의 외도를 알게 된 불행한 남자의 이름은 데비드였다.

무사들의 훈련으로 이 시간에 들른 적이 없던 그가 오늘은 몇 가지 준비할 것이 있어 잠시 들렀던 것인데 어이없게도 아내의 외도를 목격하게 된 것이다.

'소향, 네가 어떻게 이런 짓을…….'

막내 마누라인 소향을 데비드는 어떤 마누라보다 사랑했는데, 그녀가 자신의 의형제인 장천과 바람을 피우고 있을 줄이야 누가 알았겠는가?

데비드의 눈에는 주룩주룩 눈물방울이 하염없이 흘러내렸다. 더 이상 참지 못한 데비드는 등에 차고 있던 대검을 들어서는 미간을 일그러뜨리며 파렴치한 두 연놈을 베어버리기 위해 천천히 걸음을 옮겼다.

"이 파렴치한 탕부 탕녀들!!"

문을 박차고 안으로 들어선 데비드는 대검을 들어서는 눈앞에 보이는 여인의 목을 쳐버렸다. 도저히 소향을 용서할 수 없었기 때문이다.

"까아악!!"

그 순간 여인의 비명 소리가 크게 울렸다.

한편 데비드는 단참에 베어진 사람이 비명을 지를 수 없는지라 이상하게 생각할 수밖에 없었다.

"소향?"

'그럼 내가 벤 것은 누구지?'

천천히 고개를 돌리던 데비드는 그 순간 무엇인가가 빠른 속도로 몸 곁으로 파고들더니 자신의 턱을 향해 몰아치는 것을 볼 수 있었다.

"승룡파성(乘龍破星)."

낭랑한 목소리의 주인공이 정면으로 파고들어서는 그대로 데비드의 턱을 향해 장타를 올려치니, 갑작스러운 공격에 당한 그는 뒤로 튕겨 날아가 땅에 처박혔다.

"끄억!"

땅에 처박힌 데비드는 흔들리는 뇌를 진정시키며 몸을 일으켰는데, 역시나 뒤를 이어 또다시 일각(一脚)이 날아와 정수리를 그대로 후려치니 그의 몸이 뒤로 밀려가서는 담벼락과 충돌하고 말았다.

쿵!!

엄청난 충격에 큰 소리와 함께 담이 무너져 데비드는 그대로 돌 더미에 파묻혀 버렸다.

"여보!"

소향은 그 모습에 크게 놀라 그쪽으로 뛰어갔는데, 그 순간 큰 소리와 함께 무너진 돌 더미가 폭발하듯 터져 나가며 한 사람의 모습이 드러났다.

"까아악!!"

다행히 그 충격에 죽지 않은 데비드지만 그가 일어섰을 때 돌 더미가 사방으로 날아가면서 뛰어가던 소향을 향했다. 그녀는 비명을 지르며 눈을 감았는데, 한참의 시간이 지나도 자신에게 날아온 돌의 반응이 없자 눈을 떴다.

"아!"

그녀의 앞에는 한 여인의 복장을 하고 있는 사람이 주먹을 들고 있었는데, 밑에는 깨어진 돌의 파편이 여기저기 떨어져 있었다.

"두 소협……."

소향에게 날아온 돌을 주먹으로 막은 사람은 다름 아닌 장천이었다. 하지만 지금 그의 복장은 여인들이 입는 옷인지라 일어선 데비드도 크게 이상하게 생각할 수밖에 없었다.

"이 자식! 감히 내 목을 날리려 들어!"

갑작스러운 일검에 목이 잘릴 뻔했던 장천은 크게 화를 내며 소리 지르니 데비드 역시 참지 못하고 대검을 휘두르며 소리쳤다.

"네 녀석이 먼저 내 아내에게 몹쓸 짓을 하지 않았더냐!"

"몹쓸 짓은 무슨 몹쓸 짓! 옷 좀 빌려 입은 게 그렇게 큰 죄냐!"

"오라! 이제 변태 짓까지 서슴지 않는구나! 형제고 뭐고 없다!"

그 말에 인상을 일그러뜨리며 장천을 향해 큰 몸집을 날리는 데비드였다. 장천 역시 봐줄 것 없다는 표정으로 근처에 있던 돌을 손가락에 끼워서는 그대로 날렸다.

"탄지공(彈指功)!"

장천의 손가락에서 튕겨 나간 돌은 빠른 속도로 데비드를 향해 날아갔는데, 그가 검에 내공을 집어넣은 후 그대로 날아온 돌을 내려치니 탄지공에 의해 날아온 돌은 가루가 되어 바스러졌다.

"안 보는 사이에 한 수 재간이 늘었구나!"

"그까짓 탄지공 정도에 당할 내가 아니다!"

쿵쿵거리며 걸음을 옮기는 데비드의 발자국은 땅으로 두 치 이상 자국을 남기니 그의 패도적인 내공을 여과없이 보여주고 있었다.

"합!!"

그 모습을 보며 장천은 치마를 걷어 올려서는 가볍게 앞발을 내밀어 자세를 취하니 가벼운 진각으로 보이는 그의 발걸음은 천신의 발자국과 같은 소리를 내며 사방에 엄청난 바람을 일으켰다.

두 사람 다 화가 머리끝까지 나 있는지라 아무것도 보이지 않는 듯했다.

갑작스런 소란에 사람들이 놀라 몰려오기 시작했고, 그곳에는 동방 명언 역시 끼어 있었다.

"무슨 일이냐!"

명언은 이 소란에 놀라 소리쳤는데, 자세히 보니 싸우고 있는 당사자가 의형제인 데비드와 장천인지라 더욱 놀라지 않을 수 없었다.

"데비드? 두형?"

두 사람의 사이에선 날카로운 살기의 바람이 일고 있는지라 어떠한 사정인지는 모르지만 일단 한 사람이라도 다치는 것을 막아야 한다는 생각에 근처에 있는 무사에게 손을 내밀며 소리쳤다.

"검을 다오!"

"예."

동방명언의 말에 무사는 검을 건네주었고, 그것을 받아 쥔 그는 경공을 사용해서는 그들에게로 뛰어갔다.

하지만 그것이 바로 두 사람의 충돌 시발점이었으니 그가 땅에 내려서자 마치 약속이라도 한 것처럼 장천과 데비드는 몸 안에 끌어 모았던 내공을 발산하며 상대방을 공격하기 시작했다.

"패천수라검(覇天修羅劍)!"

먼저 일검을 날린 것은 데비드. 패천수라검의 초식으로 검을 내려치니 엄청난 패도의 검기가 장천을 향해 몰아쳐 갔다.

"훙!"

하지만 그 패도적인 검기에도 두려움을 보이지 않은 장천이 가볍게 발을 돌려 패도의 검기에 정면으로 뛰어갔다.

"헉!"

그 모습에 동방명언은 크게 놀라지 않을 수 없었는데, 그 순간 장천의 몸이 마치 수십 개라도 되는 것처럼 변하더니 검기의 사이를 마치 잉어가 물결을 헤쳐 나가는 것처럼 빠져나가 앞으로 쇄도해 가기 시작한 것이다.

"헉!"

유연한 신법을 선보이며 앞으로 쇄도한 장천이 자신의 눈앞까지 다가오자 데비드는 크게 놀랐다. 장천은 그대로 데비드의 복부를 향해 두 손을 내밀어 일장을 뻗었다.

"강룡십팔장! 항룡유희!"

장천의 항룡유희 일장이 복부에 닿는 순간 엄청난 충격을 받은 데비드는 비명과 함께 또다시 뒤로 팅겨져 날아가서는 담벼락과 충돌했다.

"끄아악!!"

쿵! 우르르르—

담벼락이 크게 무너지며 또다시 데비드를 삼켜 버리자 소향은 남편의 안위가 걱정되었는지 눈물을 흘리며 소리쳤다.

"여보!!"

그녀는 무너진 돌 더미를 파헤치며 돌을 치우려 했지만, 역시나 연약한 여인의 몸으로 그것은 불가능한 것이다.

"이런……."

동방명언이 크게 놀라 검을 던지곤 돌 더미로 가서는 돌을 치우기 시작하자 장천이 다가와서는 그의 손을 잡았다.

"필요없다."

"두 형."

그 말에 동방명언으로선 놀라지 않을 수 없었는데, 아무 말 없이 돌 더미 앞에서 합장을 한 장천은 천천히 명복을 비어주었다.

"데비드, 잘 가거라. 너의 아내들은 내가 잘 보살펴 주마. 나무아미타불."

"젠장할! 누가 뒈졌다는 거야!"

그 순간 큰 소리와 함께 돌 더미가 흩어지며 데비드가 다시 일어나서 고함을 지르니 손을 내저은 장천은 아쉽다는 목소리로 말했다.

"살았나? 젠장. 어여쁜 마누라가 모두 내 차지였는데 아깝다."

"이 자식이!"

데비드가 더 이상 참지 못하고 또다시 장천을 공격하려던 그때 소향이 그의 가슴으로 뛰어와서는 비명을 지르듯 소리쳤다.

"이제 그만 하란 말이에요!"

"소, 소향?"

"흑흑흑… 당신이 죽었을까 봐 너무 무서웠던 말이에요! 흑흑……."

울면서 소리치는 소향의 모습에 데비드는 더 이상 싸움을 할 수가 없는지라 그녀를 조심스럽게 안아주며 달래기 시작했다.

"소향… 내가 경솔했다……."

두 사람의 모습을 보며 동방명언은 다행히 조용히 끝내게 되었다는 생각을 하며 한숨을 쉬고는 장천을 돌아봤다. 하지만 우습게도 그가 여자 옷을 입고 있는지라 이상하게 생각하며 물었다.

"웬 여자 옷이냐? 거기다가 분단장까지 하고."

"휴… 아서라. 난 다시 들어가련다."

말하기도 귀찮다는 얼굴로 장천은 다시 방으로 들어가니 동방명언은 궁금증을 참지 못하고 그를 따라 방으로 들어갔다.

소향과 데비드 역시 얼마 지나지 않아 방으로 들어가니 그제야 자초지종을 알 수 있었다.

"여장을 하려 한다고?"

"그래. 일단은 남자보다는 여자로 변장을 하는 것이 의심을 덜 받을 것이라 생각했으니까."

"음."

자신이 잘못 짚었다는 것을 깨달은 데비드는 미안한 표정을 지었지만, 자신을 오해하게 만든 대목이 이해가 안 되어 소리쳤다.

"그나저나 아까 그 소린 뭐였지? 소향이 완강하게 거부했는데, 네가 옷을 찢어서 울고 있었단 말이야!"

"젠장할!"

데비드의 말에 자리에서 일어난 장천은 소향을 일으켜 세우고는 말했다.

"자, 봐! 뭐 느끼는 것 없어?"

"음… 별로 느껴지는 것은 없는데… 소향이 조금 키가 크군."

"그래! 소향의 옷이 너무 커서 조금 단을 자르려고 하는데, 완강히 거부하다가 옷이 찢어졌단 말이야! 그게 조금 비싼 옷이었는지 소향이 울었던 거고. 이제 이해가 되냐?"

"아!"

자신의 오해였다는 것을 깨달은 그는 일단은 소향과 장천 사이에 아무 일이 없었다는 것을 알고는 크게 안심한 표정을 지었다.

데비드를 보며 한숨을 내쉬던 장천은 입고 있던 옷을 벗어서는 소향에게 던져 주며 말했다.

"이 옷 찢은 것은 데비드니 난 몰라."

"앙! 그런 게 어딨어요? 한 벌 새로 사준다고 했잖아요!"

"데비드 때문에 찢어졌는데 어떡하라고!"

"으앙!!"

장천의 말에 소향이 울음을 터뜨리자 데비드가 다가가서는 등을 토닥여 주며 달래기 시작했다.

"내가 한 벌 사줄 테니까 그만 울어, 소향."

"앙! 당신이 사준 거하고 두 소협이 사준 거하고 다르잖아요. 으앙!"

그 말에 데비드로선 조금 당황할 수밖에 없었다.

자신이 사주는 옷하고 장천이 사주는 옷하고 다르다니. 생각해 보면 조금 의미가 있는 말이 아니던가?

하지만 이내 그 이유를 알 수 있었으니 장천이 던진 말 때문이었다.

"젠장! 부부 일심동체란 거냐?"

"당연하죠! 남편이 사주는 것은 내가 사는 것이나 마찬가지잖아요!"

"음······."

안도의 한숨을 쉬는 데비드였다.

이런저런 이야기를 나누던 중 무슨 생각이 들었는지 동방명언이 궁금한 표정으로 물었다.

"그나저나 두 형, 마지막에 네가 데비드에게 썼던 무공 말이야, 그런 강맹한 장법은 처음 보는데, 뭐지?"

"응? 아! 그거 강룡십팔장."

장천은 아무 생각 없이 무공의 이름을 말해 버렸다. 그 순간 그곳에 있던 사람들은 모두 크게 놀라지 않을 수 없었다.

"뭐? 강룡십팔장!!"

"헉!"

그제야 자신의 실수를 알아챈 장천이었으니··· 강룡십팔장은 개방의 비전장법으로 현재에는 장로급 이하의 인물이 익힐 수가 없는 절기였기 때문이다.

"어떻게 강룡십팔장을 네가 알고 있는 거지?"

동방명언은 좀처럼 이해할 수 없다는 표정으로 묻고 있으니 그로선 머리를 굴리며 핑곗거리를 찾아보고 있었지만 탈출 방법이 생각나질 않았다.

"설마······?"

"······."

동방명언이 무엇인가가 생각났는지 놀란 표정으로 자신을 가리키자 장천은 완전히 들켰구나 하는 생각에 허탈감이 들 수밖에 없었다. 동방명언은 크게 기뻐하는 표정으로 장천의 어깨를 잡고는 말했다.

"이 자식! 장사에서 왜 거지꼴을 하고 있나 했더니 개방의 기인을 만난 모양이구나!"

"엥?"

"참 운도 좋지. 그사이에 개방의 기인을 만나 강룡십팔장을 배우다니."

"아니… 그게……."

"다 알아! 분명 그 기인은 '어느 누구에도 나의 제자라는 것을 밝히지 말고 내가 가르쳐 준 강룡십팔장은 위험한 순간 너의 몸을 보호할 수단으로만 쓰도록 하여라' 라고 했겠지."

"어……."

"그리고는 말없이 사라지니, 넌 스승을 찾고자 장사에서 계속 거지의 모습을 하고 있었겠고."

"어……."

"아! 이 얼마나 멋진 이야기란 말인가."

"명언, 너 생각보다 무협 광이구나."

동방명언 혼자 북 치고 장구 치고 있으니 장천으로선 뭐라고 끼어들 엄두가 나지 않아 중얼거릴 뿐이었다. 하지만 간단하게 일이 마무리되었다는 생각에 안도의 한숨을 내쉬었다.

그것을 본 동방명언은 어깨를 손으로 치며 말했다.

"자식! 나한테 들켜서 실망했냐. 괜찮아! 죽을 때까지 비밀로 간직할 테니까."

"어… 고마워."

"고맙긴, 자식!"

할 말이 없었다.

어느 정도 일이 해결된 후 장천으로선 별문제가 없을 것이란 생각을 하며 다시 자신의 일을 시작하기 시작했다. 물론 그 일이란 것은 여장하는 것이었는데, 소향의 방에서 벗어난 그는 명언의 막내 마누라인 매연의 방으로 찾아갔다.

"옷이요?"

"응."

"안 되는데……."

소향과 마찬가지로 자기 옷을 중히 여기는 매연이 안 되겠다는 표정을 짓자 장천은 고개를 저으며 말했다.

"휴… 어쩔 수 없군. 매연, 너의 과거를 밝혀야 되는 나를 용서해 다오."

"과거라니요?"

"삼 년 전만 해도 여성 도박단의 일원이었다는 거."

"말도 안 되는 소리예요!"

"물론 너로선 말도 안 되는 소리라고 할 수 있지만, 소향과 미연이 증인인 이상 어쩔 수 없다고."

"헉!"

그 순간 매연은 모든 것을 포기해야 함을 느끼고는 무릎을 꿇고 말았다. 한 벌의 옷과 도박사로서의 과거가 교환되는 순간이었다.

매연에게서 옷을 빼앗은 장천은 은조상의 막내 마누라인 미연에게 다시 찾아가 말끔한 분단장을 받았다. 다 꾸미고 나니 열세 살 정도의 귀여운 소녀의 모습이 되어 있었다.

"어때?"

"음. 뭐랄까… 발랑 까진 계집애 같다고 해야 하나?"

"……."

잠시 침묵을 지킨 장천이지만, 어쨌든 발랑 까진 계집애든 아니든 계집애같이 보이니 별문제없다고 생각하고는 일을 진행시키기로 결심했다.

지부를 나온 장천은 형산 근처의 마을로 들어갔는데, 형산파가 근처에 있는 만큼 그곳은 꽤 큰 마을이었다.

마을에 도착한 장천이 미리 준비해 두었던 꽃바구니를 들고 거리를 헤매며 내지른 한마디는……

"꽃 사세요. 꽃 사세요."

이른바 화류계(花流界) 작전이었다. 물론 의미상 상당히 다르기는 하지만 어쨌든 꽃 파는 것도 화류계는 화류계니 별문제는 없으리라 생각한다.

아무튼 그런 모습으로 이리저리 옮겨 다니고 있을 때 드디어 먹잇감이 걸려들었다. 형산파의 복장을 하고 있는 네 명의 검수를 볼 수 있었던 것이다.

'넌 내 밥이다. 흐흐흐.'

장천의 현재 복장으로 보면 상당히 거북한 의미가 새어 나오는 말이기는 했지만, 그런 것 염두하지 않는 장천이었다.

'꽃 사세요'를 연신 외치며 천천히 그들에게 접근해 간 장천은 그들이 객점 안으로 들어가자 천천히 따라 들어갔다.

먹잇감이 자리에 앉기를 기다린 장천은 천천히 다가가서는 가련한 목소리로 말을 걸었다.

"저어……."

"무슨 일인가?"

"꽃 사세요."

대형산파의 무인이 화류계의 계집과 상종할 수 없는지 그는 단호하게 손을 내저으며 안 산다는 표시를 하고 있었지만, 역시나 여기서 물러설 장천이 아니었다.

"흑흑흑… 집엔 앓고 계시는 아버지와 어린 동생들이… 무사님, 제발 꽃 좀 사주세요."

하지만 그러한 말은 전혀 통용되지 않았으니 장천은 한 가지 사실을 잊었기 때문이다.

바로 얼굴에 치덕치덕 바른 분이 문제였으니, 분 하나 살 돈이면 꽃 한 바구니 다 사고도 남기 때문이다.

다행히 형산파의 무사들은 현재 분의 시세를 알지 못하는지 장천의 가슴을 후벼 파는 가련한 목소리에 넘어가고 말았으니 할 수 없다는 표정을 지으며 주머니에서 돈을 꺼내어서는 장천에게 건네주고는 말했다.

"옛다."

"감사합니다, 무사님."

돈을 받아 든 장천은 살짝 눈물 어린 눈으로 입가에 살짝 미소를 지으니 그 순간 형산파의 무사들은 뿅 가지 않을 수 없었다.

여인이 가장 가련하게 보이는 것은 눈물을 지을 때였으니 젖은 눈으로 살짝 미소 짓는 그 얼굴에 어느 남자가 현혹되지 않을 수 있겠는가?

거기다가 여자 분장을 했다지만 약간은 변태변골의 수법으로 얼굴을 바꾼 상태였기에 귀여움은 한층 더 빛나고 있었다.

특히 형산파의 무사들 중 큰 키에 구레나룻을 길게 기른 젊은 무사는 그런 모습에 흥미가 도는 듯 장천을 보며 물었다.

"꽃 한 송이에 얼마나 되느냐?"

"동전 한 푼입니다."

"이런, 한 바구니를 모두 팔아도 은자 한 냥도 되지 않겠구나."

"예."

무사의 말에 풀이 죽은 모습으로 대답을 하는 장천이었다.

"은자 열 냥을 벌어볼 생각이 없느냐?"

"예? 은자 열 냥이요?"

무사의 말에 장천은 크게 놀란 얼굴로 말을 하니 참으로 뛰어난 그의 연기력이라 할 수 있었다.

"본 무사를 따라와 한 가지 일을 해주면 은자 열 냥을 주도록 하마."

'짐승.'

그 일이 무슨 일인지 잘 알고 있는 장천이었으나 심중을 숨긴 채 고개를 끄덕이며 말했다.

"그렇게만 해주신다면… 천녀, 감사할 뿐입니다."

"하하하!"

장천의 말에 크게 대소를 터뜨리는 무사였다. 다른 두 명의 무사는 장천을 말리고 싶은 표정이 역력했지만, 구레나룻 무사의 직급이 높은지 고개를 저을 뿐이었다.

무사는 주인에게 무엇인가를 이야기하고는 장천을 데리고 이층의 한 방으로 올라갔다. 그리고 방 안으로 장천이 들어가자 음흉한 웃음을 지으며 문을 닫더니 걸어 잠갔다.

"무사님……."

장천은 무사가 문을 닫자 놀란 얼굴로 그를 쳐다보았는데, 그런 모습에 아랑곳하지 않은 그는 천천히 두 손을 들어 장천의 어깨를 잡고는 침상으로 내던졌다.

"꺅!"

비명을 지르며 나가떨어진 장천은 마음 같아선 금방이라도 한 대 패고 싶었지만 일을 진행상 짐짓 공포에 빠진 표정을 지은 채 침상 구석으로 떨면서 숨어 들어갔다.

"잠깐 몸을 희생하면 은자 열 냥이 들어오는데 무엇이 그리 겁나느냐. 흐흐흐."

"흑흑흑, 제발 이러지 마세요."

"흐흐흐……."

눈물 어린 호소에도 아랑곳하지 않은 무사는 천천히 옷을 벗어 던지곤 어린 소녀를 향해 흉측한 몸을 날렸다.

"끼야악!!"

"흐흐흐… 꺽!"

음흉한 웃음을 흘리며 소녀의 옷을 벗기던 무사는 갑자기 숨넘어가는 소리와 함께 땅에 고개를 처박으며 쓰러졌다.

"으윽! 이런……."

"재수없는 녀석!"

장천은 자리에서 일어나서는 그대로 영문을 알 수 없다는 표정으로 신음을 내뱉고 있는 그의 뒤통수를 밟아서 세상 하직하기 바로 전까지 응징해 주고는 변태변골의 수법을 사용하여 서서히 모습을 바꿔 나갔다.

자신의 몸을 탐내던 형산파 무사의 모습으로 바꾼 장천은 그의 옷을 뺏어 입고는 창문을 열어서 들고 있던 무음적(無音笛)을 불었다.

소리가 나지 않는 무음적은 인간이 들을 수 없는 형태의 음파를 만들어내는데, 홍련교 형산지부에선 이 무음적을 들을 수 있는 새를 기르고 있었다.

얼마 지나지 않아 청색의 아름다운 깃털을 가진 새와 함께 몇 명의 지부 무사들이 왔다.

장천이 그들에게 홍련교의 독문 수신호를 보여주며 자신의 직위를 말해 주자 그들은 아무 의심 없이 형산파 무사의 모습을 한 그를 홍련교의 인물이라 믿었다.

"이자의 신분과 이름, 특징을 알아봐 주게."

"예."

쓰러진 형산파 무사의 얼굴을 본 그들은 한참 책자를 뒤적이더니 그자의 신상명세에 대해서 말하기 시작했다.

"이름은 강주영(康周永), 형산파의 이대제자로 형산오로 중 하나인 양진(陽進)의 이제자입니다. 특기는 검법으로, 그중 무궁칠혈검법(無窮七血劍法)이 뛰어나다고 합니다. 가족 사항으로는 현재 금부의 부장 직책을 가지고 있는 부친 강만(康滿)과 모친뿐입니다."

"음. 독자란 말이지. 이거 한 가문의 대를 위해선 죽이지 않는 게 나을 것 같은데… 뭐, 나중 일을 생각해서 인질로 잡아둘까?"

"알겠습니다."

장천의 생각을 이해했는지 두 명의 무사는 강주영을 보쌈해서는 밖으로 빠져나갔다.

숨을 크게 들이쉬어 마음을 안정시킨 장천은 천천히 문을 열고 기다리고 있는 두 명의 형산파 제자가 있는 곳으로 발걸음을 옮겼다.

"일은 잘 끝내셨습니까, 강 사형."

"물론이지. 고것 참 쫀득쫀득한 것이… 흐흐흐."

어느 정도 녀석의 흉내를 내는 장천이었지만 쫀득쫀득하다는 표현과 함께 흘러내리는 침을 닦는 것은 조금 과장이 아닐까 한다. 하지만 다른 두 명의 제자들은 별로 이상하게 생각하지 않는 것을 보니 원래 행실이 별로 좋지 않은 인물이라는 것을 알 수 있었다.

"너희들은 진수성찬을 취했고 난 고것을 취했으니 이제 본 파로 돌아가 볼까?"

그 말에 두 청년은 얼굴이 시뻘게질 수밖에 없었는데, 눈이 유난히도 커 착하게 생긴 청년이 한숨을 쉬며 말했다.

"사형, 이곳에서 무림맹의 손님들을 맞이하기로 했지 않습니까."

"아! 그랬나?"

"……."

잠시 말을 잇지 못하는 그였다.

그때 객점의 문에서 일단의 무사들이 들어오기 시작했다. 모두 일곱 명의 무사였는데, 두 명은 도복을 입은 도사였고 나머지 사람들은 모두 병장기를 들고 있는 정파의 무사들이었다. 그들의 모습을 보는 순간 장천은 크게 놀라지 않을 수 없었다. 객점으로 들어선 무사들 중에는 자신이 아는 얼굴들이 있었기 때문이다.

'요운 사형과 무진 형?'

도사와 함께 들어온 사람 중에 쌍도문의 요운과 무진이 끼어 있었으니 어찌 놀라지 않을 수 없겠는가?

오랜만에 본 반가운 사람인지라 기쁘기 그지없었지만, 지금은 그런 기분을 만끽할 수가 없다는 것이 한이었다.

형산파의 강주영으로 모습을 변장하고 있으니 어떻게 반가운 사람들과 흥겨운 재회를 할 수 있겠는가?

그들이 들어오자 형산파의 제자들은 자리에서 일어났고 장천 역시 자리에서 일어나서는 그들 중 가장 나이가 많은 사람으로 보이는 도복을 입은 중년 도사에게 포권을 하며 말했다.

"형산파의 제자 강주영이라 합니다."

"아!"

중년 도사는 자신들을 맞이하러 온 형산파의 제자들을 보고는 인자한 미소를 지으며 말했다.

"본인은 무림맹에서 온 무당파의 유운자(流雲子)라 하오."

하지만 장천은 자신의 소개를 해온 유운자보다 쌍도문의 일행들에게 더 관심이 쏠릴 수밖에 없었다.

'조심해야겠군. 무진 형이라면 변장을 했다 해도 나라는 것을 쉽게 알아챌 테니까.'

다른 곳에서 만났다면 좋았을 것이라는 아쉬움이 남기는 했지만, 일단은 이렇게 만난 것만으로도 다행이라고 생각하는 장천이었다.

몇 년은 얼굴을 못 볼 것이라 생각한 사람인데 어찌 이런 상황이라 아쉬워하겠는가.

간단한 상견례를 끝낸 장천은 그들을 안내하며 형산파로 올라갔다.

물론 이 일을 시작하기 전 지부에서 모아온 정보를 통해 어느 정도 형산파의 위치와 건물의 배치 등은 다 암기해 놓은 상태였기에 별문제는 없었지만, 문제는 그것이 아니었다.

사람 간의 일이란 것은 단순히 알고 있다는 것으로 끝나는 것이 아니기 때문이다.

그 사람의 모든 것을 알지 못하는 이상 속 안에 감추어진 감정 등과 같은 것으로 사람을 대함에 미묘한 차이가 있기 때문에, 그러한 것을 잘 넘어가지 않는다면 장천의 변장은 들킬 것이 분명한 일이었다.

형산파에 도착한 장천은 아쉽기는 하지만 그들과 함께하는 것은 위험하다 생각하고, 이곳에 배치된 홍련교의 첩자를 찾기 시작했다.

본단의 건물에 표식을 해둔 장천은 그가 오기만을 기다렸는데, 두 시진 정도의 시간이 흐르자 한 청년이 바쁜 걸음으로 약속된 장소로 걸어오는 모습이 보였다.

장천이 그가 멀리서 걸어오며 자신을 보고 있는 것을 보고는 홍련교의 수신호를 보내니 그 역시 수신호를 통해 자신의 신분을 밝혔다.

[신화천파(神火天播) 홍련래일(紅蓮來日). 신불이 하늘에 퍼지니 홍련의 날이 왔도다.]

[홍련천하(紅蓮天下) 만인태평(萬人太平). 홍련의 천하에 만인을 태평케 하리라.]

전음을 통해 간단한 홍련교의 구호를 주고받은 두 사람은 다른 사람들의 시선이 있느니만큼 조심스럽게 고개를 숙이며 인사를 했다.

"강 사숙께 인사드립니다."

하지만 그와 함께 전음을 통해 자신의 소개를 하는 것을 잊지 않았다.

[홍련교 백연대 십인장 궁명(宮明)이라 합니다.]

"왜 이리 늦었는가!"

장천은 이 녀석의 성격대로 조금 화를 내는 표정을 지으며 소리쳤다.

[백인장 두형이라 한다.]

"죄송합니다."

장천은 자신의 말에 고개를 연신 숙이는 그를 보며 어느 정도 화가 가라앉은 표정을 하고는 잡다한 말을 하니, 그 이면에는 전음을 통한 정보 교환이 있는 것은 당연했다.

[강주영이란 자로 변장을 했다 하나 이자의 사람됨과 친분 관계는 잘 알지 못하니 자세하게 설명하기 바란다.]

[예, 알겠습니다.]

장천은 궁명과 함께 형산파 여기저기를 돌아다니며 설명을 듣기 시작해 저녁 무렵이 되어서야 강주영의 사람됨과 친분 관계를 숙지할 수 있었다.

형산파는 현 문주인 수안검(遂安劍) 인경(印鏡)이 자신의 지병 때문에 문주의 자리에서 물러나려 하니 이 자리를 두고 형산오로가 경합을 벌이고 있었다.

하지만 같은 직급의 형산오로에게도 어느 정도 무공의 고하가 있고 인맥이 있으니 현재로선 가장 문주에 가까운 이가 바로 양진이었다.

양진은 북경의 명문가인 강주영의 가문에서 자금 지원을 계속해 주고 있는 형편인데다 무공 또한 형산오로 중 가장 뛰어나니 모든 이들은 그가 문주가 되는 것을 기정사실화하고 있었고, 이로 인해 강주영은 기고만장한 상태였다.

그런 이유로 행실이 좋지 않은 강주영이 무림맹의 사람들과 얼굴을 마주치는 중책을 맡게 된 것이다.

밤이 되자 장천은 생각하던 일을 진행하기 위해 걸음을 옮기니 그가 가고 있는 곳은 형산파의 무서(武書)가 보관되어 있는 전각이었다.

실력있는 이대제자들이 지키고 있었지만 아무 문제 없이 장천은 정문으로 걸음을 옮겼다.

"멈추어라!"

무서각을 향해 걸어오는 장천을 보며 형산파 무사들이 소리를 질렀지만 그런 것에 아랑곳하지 않은 그는 미소를 지으며 손을 흔들고는 말했다.

"평 사형, 경 사형, 접니다, 강 사제."

"강 사제, 밤늦게 이곳엔 웬일인가?"

서른 정도 되어 보이는 그 사람은 평소에도 강주영을 못마땅하게 생각하고 있는지라 인상을 찌푸렸다.

"잠시 막히는 곳이 있어서 무서를 한번 훑어볼까 해서 왔습니다."

"해시에서 묘시까지는 어느 누구도 무서각에 출입할 수 없음을 잊었단 말인가?"

"헤헤, 제가 그것을 잊었겠습니까. 하지만 지금 당장 궁금한 것을 떨칠 수 없으니 어찌한단 말입니까."

"네 녀석이······."

"평 사형, 그만 길을 비켜주시지요."

"이······!"

평 사형이라 불리는 사람은 장천의 말에 노기가 치솟아오를 수밖에 없었지만 옆에 있던 경씨 청년이 그의 소매를 잡으며 말했다.

[그만두게. 저 녀석을 쫓아냈다간 오히려 양진 사숙에게 무공 수련을 방해한다 꾸지람만 들을걸세.]

[하지만······.]

[휴··· 자네가 하는 일이 문의 법규인 것은 알지만 대세에 따를 수밖에.]

이름난 정파일수록 문 내에 있는 파벌이 크게 갈리는 것은 보통이었으니 형산파도 크게 다르지 않았다.

살아남기 위해선 힘있는 자에게 굴복할 수밖에 없는 것이 현재 명문 정파의 현실이었다. 할 수 없다는 표정으로 길을 열어주는 평씨 청년을 뒤로하고 회심의 미소를 지은 장천은 무서각으로 들어갔다.

'후후. 생각보다 봉을 잡았군.'

강주영이란 자를 잡음으로써 일이 쉽게 풀렸기에 미소가 절로 나오는 장천이었다.

여기저기를 뒤져 보던 장천은 무서각의 한쪽에 시한 장치를 해놓았다.

약간의 불씨와 기름을 통해 일정한 시간 후에 불이 붙게 만드는 장치였으니 앞으로 세 시진 정도 후면 무서각은 큰 불길에 휩싸이게 될 것이 분명했다.

일단 무서각만 태운다면 형산파는 외부의 일에 전혀 신경 쓸 수 없는 상태가 되는 것은 분명했으니 장천이 생각했던 계획이 절묘하게 맞아떨어지는 일이었다.

모든 장치의 설치를 끝낸 장천이 간단한 무서 하나를 꺼내서는 털레털레 걸어나오니 등 뒤로 강주영을 속으로 욕할 두 사람의 시선이 따가울 따름이었다.

"불이야! 불이야!"

드디어 인시 중간쯤 되는 시간, 형산파는 갑작스런 불로 인해 큰 소란이 일기 시작했다.

무서각에 장치한 시한 장치가 발화되었다는 것을 깨달은 장천은 사람들의 틈에 섞여 불을 끄기 위해 가는 것처럼 위장하여 무서각에 도착할 수 있었다.

"삼대제자들은 물을 떠오고 이대제자들은 물을 끼얹어 불을 꺼라! 뭐 하느냐, 서두르지 않고!"

무서각은 형산파의 많은 무서들이 소장되어 있는 곳인만큼 중요함이 크다고 할 수 있었으니 그런 무서각이 불타오르자 형산파의 노무사들은 정신이 아찔할 만큼의 충격을 받고 있었다.

불타는 게 책들인 관계로 불길은 아무리 물을 끼얹어도 꺼질 기미를 보이지 않고 있었고, 그때 유운자를 비롯한 무림맹의 무사들이 이곳에 도착했다.

"이런!"

유운자는 이곳이 무서각이라는 것을 알고 있는지 크게 놀란 표정을 지으며 보고 있다가 옆에 있는 형산파 노무사를 보며 말했다.

"본인도 돕고 싶은데 괜찮겠소?"

"무림맹의 손님껜 죄송합니다만 부탁드립니다."

손 하나가 아쉬운 시점이니 문파의 체면을 차릴 상황이 아니었기에 노무사는 유운자를 보며 말했다. 무사에게 허락을 받은 유운자는 고개를 끄덕이더니 갑자기 불길이 치솟고 있는 무서각 안으로 들어갔다.

"아! 뭐 하시는 겁니까!"

노무사는 그가 하는 행동을 보며 크게 놀라지 않을 수 없었는데, 도대체 무엇을 하려는가 하는 궁금함에 장천 역시 그의 뒤를 따라 불길 속으로 들어갔다.

수많은 책들에 불이 옮겨 붙으면서 뜨거운 열기가 작렬했기에 내공을 돌워 몸을 보호하지 않으면 한시도 머무를 수 없는 상황이었는데,

유운자는 불타고 있는 건물 중앙으로 몸을 옮기더니 갑자기 내공을 끌어올리기 시작했다.

"응?"

뜨거운 열기에 팔을 들어 얼굴을 가리며 장천은 그가 하는 행동을 유심히 살펴보았는데, 내공을 끌어 모은 그는 갑자기 불타고 있는 건물 안에서 무공을 시전하기 시작했다.

"태극권공(太極拳功)!"

두 손을 앞으로 뻗은 그는 갑자기 원을 그리듯이 손을 휘젓기 시작했다. 그의 내공의 힘과 함께 사방에서 솟구치던 불길은 갑자기 빨려들 듯이 그가 손을 휘저어 만드는 원으로 모여들기 시작했다.

"우호!"

장천은 이 놀라운 광경에 탄성을 아니 내지를 수 없었다.

인간의 몸에서 어찌 이런 경이로운 일이 일어날 수 있을까라는 생각이 들었다. 책들과 건물을 불태우고 있던 불길이 모두 그의 손이 만드는 원으로 모여들자 그는 가벼운 기합 소리와 함께 그 손 안으로 압축된 불꽃을 지붕으로 날려 버렸다.

쿵!

유운자의 손에서 발출된 불꽃은 지붕을 뚫고 하늘로 날아올랐고 어느 정도 높이에 이른 불꽃은 한순간 크게 폭발하듯이 공중을 붉은색으로 환하게 물들어 버렸다.

"우와!!"

하늘의 불꽃을 본 밖에 있던 이들 모두는 탄성을 지르며 움직일 생각을 하지 못했으나 퍼뜩 정신이 든 노무사가 급히 멍하니 하늘을 보고 있는 형산파 제자들의 뒤통수를 치며 소리쳤다.

"뭐 하느냐! 무서를 밖으로 내어 불씨를 없애야 할 것이 아니냐!"

"예."

그 말에 형산파 제자들은 무서각으로 들어가서 무서들을 옮기기 시작하니, 새벽녘을 소란스럽게 한 화재는 이렇게 끝이 나는 듯했다. 하나 형산파의 제자들에게 이것은 결코 끝이 아니었다.

"기습이다!"

"뭐?!"

"수, 수백의 복면괴한들이… 형산파를 습격……!"

'복면괴한?'

다급하게 무서각으로 불을 끄기 위해 온 사람들을 향해 어깨에 큰 검상을 입은 제자 한 명이 달려와 노무사를 보며 간신히 입을 열고는 쓰러지니 그는 크게 놀라서는 제자들을 보며 소리쳤다.

"형산파 모든 제자들은 병장기를 들고 본 파를 습격한 복면괴한들을 처단하라!"

"예!"

노무사의 말에 사람들은 급히 움직이기 시작했으나, 문제는 그것이 아니었다.

형산파는 강호에서도 이름난 검문(劍門). 하지만 불을 끄기 위해서까지 그들이 검을 가지고 나오는 것은 아니었고, 새벽녘에 그럴 경황조차 없었으니 그들의 손에는 불을 끄기 위해 나르던 물통 이외에는 병장기가 없었던 것이다.

"이런!"

그제야 사태의 시급함을 깨달은 노무사는 크게 당황하는 표정을 지었다. 이 사태를 어떻게 타파해야 할지 생각지도 못하는 그런 모습이었다.

"각 숙소로 돌아가서 병기를 잡는 즉시 괴한들을 처단하라!"

"예!"

대답은 했지만, 문제는 그리 쉽지 않았다.

마치 이 불이 사전에 모의가 되어 있었던 것처럼 괴한들의 습격은 형산파의 제자들이 머무는 숙소와 병기 창고 두 곳에서 시작되어 형산파의 제자들은 복면괴한들에게 제대로 저항조차 못하고 쓰러질 수밖에 없었다.

물론 형산파에 권법이나 장법이 없는 것은 아니지만, 검공이 장기인 관계로 권법이나 장법에 심혈을 기울인 자들은 극히 소수에 지나지 않았던 것이다.

"어떻게 해서든 병기고를 탈환해라!"

자각있는 형산파 일대제자의 외침에 많은 제자들이 병기 창고를 향해 달려가니 많은 숫자에 복면괴한들은 조금씩 밀리기 시작했고, 반시진이 채 안 되어서 병기 창고를 형산파의 제자들에게 뺏기고 말았다.

일단 병기고를 손에 넣자 형산파의 기세는 크게 오를 수밖에 없으니 복면괴한들은 형산파의 검진에 점점 밀리기 시작했다.

'음… 이럴 때 조용히 빠져나가는 것이 좋을 것 같군.'

장천은 일이 이렇게 커지니 내부의 조사 역시 진행될 것이라는 생각에 조용히 형산파를 빠져나가기 위해 움직였다.

복면괴한들의 습격으로 정신을 차리지 못하는 형산파 제자들은 어느 누구도 장천이 정문을 통해 빠져나가는 것을 알지 못하고 있었는데, 문제는 형산파 제자들이 아니었다.

"강 대협! 잠시 멈춰 서시지요!"

"……."

정문으로 도망가는 장천을 막아선 인물들은 그 역시 잘 알고 있는 쌍도문의 요운과 무진이었다.

"무슨 일이십니까?"

일단은 들킨 것은 아니라는 생각에 장천이 그들을 보며 물었는데, 느껴지는 분위기가 범상치 않은 것이 아무래도 자신의 정체가 탄로난 듯했다.

"복면괴한들이 습격을 했는데 강 대협께선 왜 정문으로 향하시는지 그 이유를 묻고 싶군요."

"하하하! 정문 쪽에서 적의 기습이 있을까 해서."

"그렇다면 다른 문도들과 같이 움직여야 하는 것이 아닌지요?"

요운이 조리있는 말로 장천을 압박하기 시작하니 더 이상 빠져나갈 곳이 없다고 생각한 장천은 입술을 깨물 수밖에 없었다.

"당신이 바로 형산파로 들어온 첩자 아닙니까?"

"하하하, 무슨 말씀을 그렇게 하십니까? 제가 첩자라니요?"

장천은 말론 아니라고 부인했지만 들켰다는 것을 확신하고 있었기에 챙겨놓은 검에 손을 천천히 가져갔는데, 두 사람 역시 그런 낌새를 알아챈지라 등 뒤에 있는 쌍검을 천천히 빼어 들기 시작했다.

'젠장. 요운 사형과 무진 형 두 사람이라면 상대하기 어려운데…….'

자신의 무공이 증진되기는 했지만 두 사람을 상대로 한다면 아직 모자라다는 것을 아는 장천은 이마에서 식은땀이 흘러내릴 수밖에 없었다.

하지만 다행히 신의 도우심인지 장천을 도와주는 인물이 있었으니… 한순간의 틈만 있어도 서로를 향해 병기를 날릴 긴장된 순간 갑자기 그들의 뒤로 한 인영이 나타나서는 두 사람을 공격했다.

"헉!"

요운과 곽무진은 장천과 대립하고 있는 상황에서의 갑작스런 공격에 크게 당황하지 않을 수 없었는데, 다행히 일찍 그 낌새를 알아챔으로써 두 사람 다 어깨에 상처를 입는 것으로 위급했던 순간을 넘길 수 있었다.

"이건……."

"응조수!"

자신들의 뒤에서 공격됐던 무공이 응조수라는 것을 안 두 사람은 금세 상대가 누구라는 것을 알아챌 수 있었다.

자신이 누군지 눈치 챘다고 생각한 그는 크게 대소를 터뜨리며 말했다.

"하하하! 오랜만에 만났는데도 잊지 않았군. 크크크. 쌍도문의 꼬마들아, 정말 오랜만이구나."

"이익! 응조수 이진천!!"

상대가 응조수 이진천이라는 것을 깨달은 두 사람은 이를 갈지 않을 수 없었으니 그와의 악연이 다시 시작된 것이다.

이진천은 그들과 대치함에 전혀 긴장하지 않고 장천을 돌아보며 말했다.

"자네가 두형인가?"

"예."

"본인은 암혈당의 응조수 이진천이다. 자네와 뜻을 맞추기로 한 것은 아니지만, 호기를 놓칠 수 없어 암혈당의 무사들을 이끌고 온 것이네.”

“옳으신 판단입니다.”

“하하하! 오늘의 공은 모두 자네가 세운 것이나 마찬가지네.”

이진천은 장천을 보며 칭찬하듯 말을 던지고는 다시 두 쌍도문의 제자들을 보며 말했다.

“오늘은 너희 둘뿐이구나. 소문주인 꼬마 놈은 오지 않았더냐?”

“흥! 네 말에 일일이 답해줄 아량 따위는 없다!”

“어디, 이번에도 내 손을 벗어날 수 있을지 보자! 비천격조!”

그 말과 함께 하늘로 몸을 날린 그는 빠른 기세로 두 손을 오므려 응조를 만들어 두 사람을 공격하기 시작했다. 곽무진과 요운 역시 쌍도를 휘두르며 그를 공격하기 시작했다.

곽무진과 요운의 협공은 꽤 강한 편이었기에 응조수는 과거와는 달리 그렇게 쉽게 싸움을 이루어내지는 못하고 있었다.

“오! 그동안 꽤 진전이 있었군!”

“흥!”

응조수를 사용하여 연신 두 사람의 공격을 막아낼 뿐 공격하기가 어려운 이진천은 할 수 없다는 표정으로 뒤로 몸을 날려 피하더니 장천을 보며 소리쳤다.

“두형이라 했는가!”

“예!”

“본 교의 진법을 알고 있으면 본인과 함께 쌍화격진(雙火擊陣)을 사용하도록 하자!”

“……”

“뭐 하는 겐가!”

이진천은 두 사람을 상대로 승리할 수 있음에도 지금 상황이 좋지 않았기에 속공법을 사용하여 장천과 힘을 합쳐 둘을 일거에 무너뜨릴 생각이었다. 하지만 장천의 입장에서 어떻게 협공하여 같은 문도인 두 사람을 공격할 수 있겠는가?

하지만 지금 당장 얼굴을 드러낼 수 없는지라 어쩔 수 없다고 생각한 그는 검을 뽑아서는 이진천의 옆에 서서 쌍화격진의 공격을 준비하기 시작했다.

홍련교의 쌍화격진은 두 사람이 힘을 합쳐 상대를 공격하는 진법으로 일반 무사들 사이에선 꽤 유용하게 사용되는 수법이었다.

물론 이 수법은 고수들이 사용한다고 해도 문제없을 정도로 잘 만들어져 있는 진법이었으니 호흡을 맞춘 이진천은 장천과 함께 두 사람을 향해 공격을 시작했다.

쌍화격진의 움직임은 두 개의 촛불이 타오르는 것과 같은 이치이니, 촛불의 불을 가까이 붙이면 두 불이 합하여 크게 일렁이게 되는 것처럼 한순간 두 사람의 손이 맞았을 때 그 공격은 상당히 거센 것이 쌍화격진의 특징이었다.

물론 이 거센 공격은 한 사람밖에 공격하지 못하는 약점이 있지만, 그 정도를 감수하고도 쌍화격진은 두 명의 힘을 하나로 합치는 것과 같은 힘을 내니 어찌 쉽게 막을 수 있겠는가?

첫 번째 쌍화격진의 공격을 받은 요운은 이진천의 응조수와 장천의 검공에 맞서 간신히 도를 들어 그것을 막아낼 수 있었지만 그 순간 도에 크게 금이 가더니 부러져 버렸다.

"백련정강한 도가 이렇게?!"

그만큼 두 사람의 쌍화격진 공격이 거세다는 것을 의미하고 있는 것인데, 이진천이나 장천으로서도 조금 의외가 아닐 수 없었다.

설마 자신들의 공격으로 진기를 불어넣고 있는 도가 부러지리라곤 생각하지 못했기 때문이다.

이진천은 속으로 두형의 힘을 생각하며 크게 감탄했다. 기실 장천은 잘 모르고 있지만 쌍도문에서 청심단을 복용한 후 기문숙에게서 태극 일기공을, 비도문에서 몸을 깨끗하게 한 후 상당한 양의 내력을 흡수한 상태였기 때문에 내공 하나만을 생각한다면 장천의 수준은 무림 상위 오십위권에 들 정도였다.

"무진 사질! 음양암격(陰陽暗擊)!"

"양!"

"음!"

도가 부러진 요운이 무진에게 소리치며 음양암격이란 말을 하니 그 소리에 무진은 양을 외치고 요운은 음을 외치며 공격하기 시작했다.

"음양암격?"

경험이 많은 이진천으로서도 처음 들어보는 수법이었지만 장천은 달랐다.

사실 이것은 쌍도문의 문도들 중에서도 정제자들만이 알고 있는 협공법으로 가히 일격필살의 공격법이라 할 수 있었다.

두 개의 검을 휘두르며 압박해 들어온 무진은 자신의 모든 내공을 다 소모하려는 듯 엄청난 기세를 보이니, 이진천과 장천은 쌍화격진으로 그를 공격해 들어갈 틈새조차 생기지 않았다.

"대단한 도격이로군!"

자신조차 쉽게 접근 못할 정도의 도격을 보며 감탄하는 이진천이었지만, 그런 많은 내력을 소모하는 공격이 오래가지 못할 것이라는 걸

알기에 조금씩 내력의 소모를 이끌어내는 공격을 하고 있었다. 그것이 바로 음양암격의 함정이다.

얼마 지나지 않아 많은 내력을 소모한 곽무진의 도가 무디어지는 것을 본 이진천은 망설이지 않고 빠른 속도로 앞으로 쇄도해 들어가서는 그의 명치에 응조수를 뻗었다. 그 순간 머리 쪽에서 무엇인가가 빠른 속도로 내려쳐 오고 있는 것을 볼 수 있었다.

"헉!"

그 공격의 주인은 바로 요운으로 음양암격은 허점을 드러내어 반격해 오는 상대방을 유인하여 공격하는 수법이었다.

이때 양이 강한 내력을 소모하는 공격을 하여 적에게 얼마 지나지 않아 자신의 내력이 떨어질 것이라는 것을 암시한 후 천천히 공격을 무디게 만들면, 그것에 반응한 적은 치명적인 부위로 공격을 해온다.

하지만 사람의 몸에 치명적인 공격을 하기 위해선 어느 정도 거리가 있어야 함은 물론이요, 그만큼의 허점도 노출될 수밖에 없으니 이 순간을 노린 것이 바로 음의 역할을 하는 자였다.

가볍게 공격하며 힘을 축적한 음은 이 순간을 노려 양의 뒤쪽에서 공격하니 이 공격에 당하지 않는 이가 없었다.

"헉!"

갑작스런 공격에 이진천은 피하지 못할 것이란 생각을 하며 놀라고 있었다.

챙!

하지만 그의 목숨을 살리는 것이 있었으니 바로 장천의 검이었다. 이미 음양암격의 이치를 다 알고 있는 장천은 요운의 공격을 예측하고 있었기에 검을 들어 막을 수 있었던 것이다.

"아!"

자신의 검이 막히자 요운은 크게 놀라지 않을 수 없었다. 그때 곽무진은 이진천의 응조수에 명치를 얻어맞고는 뒤로 나자빠졌다.

"무진!"

그가 쓰러지자 크게 놀란 요운 역시 손발이 흐트러져 여지없이 이진천의 응조수가 그의 어깨를 적중해 하나 남은 도마저 떨어뜨리고 말았다.

"끄억!!"

요운이 쓰러지자 장천은 크게 당황하지 않을 수 없었다.

이진천을 공격하는 도를 무의식적으로 막아서기는 했는데, 설마 이것이 두 사람의 패배로 바로 직결되리라고는 생각지도 못했기 때문이다.

"휴… 두형이라 했는가? 뛰어난 실력이로군."

"감사합니다."

하지만 이런 칭찬보다 장천은 두 사람의 안위가 더 걱정되었다.

이진천이 가까이 다가가서 두 사람의 목숨을 앗아가려 하자 더 이상 참지 못한 장천이 손을 내저으며 소리쳤다.

"당주님, 멈춰주십시오!"

"응? 무슨 일인가?"

영문을 알 수 없었던 이진천은 두 사람을 죽이려 하던 것을 멈추고 장천을 돌아보았다. 속으로 크게 안도의 한숨을 내쉰 장천은 미소 지으며 말했다.

"이 두 사람의 목숨을 저에게 넘겨주시지 않겠습니까?"

"무슨 말인가?"

"쌍도문이라면 감숙성의 패주와도 같은 문파. 그곳에 하나의 제재를 가해 활동을 위축시키는 것도 나쁘지 않을 것이라 생각합니다."

"제재라면?"

"제가 알기로 이 사람은 오룡의 일 인 요운이란 자이고, 이자는 광무자의 수제자인 곽무진이란 자가 틀림없는데, 이 정도의 인물을 중독시켜 조건을 건다면 쌍도문을 제어하는 데 상당히 도움이 될 것이라 생각돼서 드리는 말씀입니다."

"음……."

장천의 말이 일리가 있는지라 고개를 끄덕이는 그였다.

"그래, 이들을 중독시킬 독은 있는가?"

"예. 제가 만약의 경우를 위해 들고 다니는 독이 있지요."

"알겠네. 그럼 이자들을 자네에게 맡기도록 하지."

고개를 끄덕인 장천은 천천히 두 사람에게 다가갔다.

"이……!"

이진천과 장천의 이야기를 들은지라 요운은 입술을 깨물며 분해하고 있었는데 그때 장천이 전음을 통해 그에게 말했다.

[요운 사형, 저 장천이에요.]

그 전음을 듣는 순간 요운은 크게 놀라지 않을 수 없었다. 갑자기 낯선 자의 입에서 장천의 전음 소리가 나올 것이라곤 생각지도 못한 일이었기 때문이다.

[일이 있어 홍련교에 잠시 머물고 있으니 계속 저를 노려보세요!]

요운이 장천의 말에 따라 계속 이를 갈며 노려보는 가운데 품에서 작은 도기병을 꺼낸 장천은 뚜껑을 열고는 요운의 입을 벌려 강제로 그것을 마시게 했다.

"우욱!"

요운은 반항하는 모습을 보이며 장천이 주는 액체를 받아먹었고, 이어 곽무진에게도 다른 도기병을 꺼내 그것을 먹였다.

[제가 먹인 것은 공청석유니 우리가 간 후 운기조식을 하도록 하세요.]

장천이 먹인 것은 비도문의 석굴에서 가져온 하얀 액체로, 나중에 그것을 조사해 보니 공청석유라는 것을 알게 되어 도기병에 담아 보관한 것이다.

만약의 경우를 위해 세 개 정도 몸에 지니고 있었는데, 이것이 상당히 유용한 시기에 쓰이게 된 것이다.

장천의 말에 요운은 놀라지 않을 수 없었으나 시치미를 떼며 억울한 표정을 지었다.

"이것은 남만에서 자생하는 백화성충의 독액으로 두 달에 한 번 본인이 주는 해독약을 마시지 않는다면 목숨을 부지하기 어려울 것이다."

그 말과 함께 뒤로 돌아선 장천의 모습에 이진천은 고개를 끄덕이고는 말했다.

"과연 용의주도한 아이로구나. 자! 가도록 하자."

"예."

이진천의 말에 고개 숙여 대답한 장천은 먼저 경공을 사용하여 간 그를 쫓아 몸을 날렸다.

장천의 모습이 완전히 사라지자 요운은 운기조식을 하기 시작했다.

과연 절세의 명약인 공청석유인지라 응조수에게 받은 내상은 반 시진도 되지 않아 말끔히 치료되었고, 이후 급히 무진에게 달려간 그는

진기를 불어넣어 그의 몸에 들어간 공청석유의 약효를 퍼뜨리기 시작
했다.

　‘장천, 네가 왜…….’

　하나 장천이 이 순간에 나타난 것에 영문을 알 수 없는 요운이었다.

제18장
어쩔 수 없는 선택

홍련교의 형산파에 대한 작전은 완벽하게 끝이 났다.

장천의 방화와 함께 시작된 홍련교의 공격은 이진천이 그 때를 잘 맞추어 암혈당의 무사들을 이끌고 형산파로 들어와 일을 처리한 것도 높이 살 만하지만, 일단 방화가 없었다면 절대 성공하지 못할 작전임에는 틀림없었기에 장천은 큰 공을 세운 것이 되었다.

구파일방 중 하나인 형산파를 묶어둘 수 있었다는 점에서 이번 작전은 상당한 의의를 가지고 있었다. 홍련교 내부의 조사에 의하면, 방화에 의해 상당한 무서가 손실됨과 함께 많은 형산파 제자들이 암혈당 무사들에 의해 죽임을 당했기에 앞으로 몇 년간 형산파는 위축된 활동을 할 수밖에 없다고 판명되었다.

작전이 성공한 후 형산지부의 인물들은 지부장인 유능예의 주체로 회의를 열고 있었는데, 응조수 이진천이 있음에도 그녀가 주체를 맡은 것은 일단은 교에서 지부의 자치권을 그만큼 허용하고 있다는 것을 암시했다.

"형산파에 대한 공격은 옆에 계시는 응조수 이진천 대협과 백인장 두 소협의 공로로 홍련교의 승리로 끝을 맺었습니다. 하지만 지금부터가 중요합니다. 무림맹에서 저희 홍련교에서 이 일을 꾸몄다는 것을 눈치 챌 것이 분명하기 때문입니다."

그녀의 말에 좌중에 있는 사람들은 모두 고개를 끄덕이며 수긍했다.

"본 교의 조사에 의하면 무림맹으로 이미 사람이 갔다 하니 적어도 삼 주일 내에는 대대적인 조사가 있을 것이라 생각됩니다. 이런 이유로 본 교의 총단에선 저희 지부에 하나의 지시를 내렸습니다."

옆에 있는 은조상에게 눈짓을 보내자 그는 하나의 문서를 꺼내더니 큰 소리로 읽어 내려갔다.

"본 령에 앞서 형산지부의 노고를 크게 치하하는 바이며, 다음으로 형산파 지부에 령을 내리겠다. 형산지부의 모든 교도들은 앞으로 일주일 내에 모든 것을 정리하고 본단으로 이동하기 바란다."

그 말에 좌중에 있는 사람들은 모두 놀라 수군대기 시작했다. 데비드가 은조상을 보며 물었다.

"부지부장, 그렇다면 형산지부는 해체되는 것입니까?"

"그렇습니다. 이런 이유로 지부의 간부 여러분께선 일주일 안에 모든 것을 정리하여 주시기 바랍니다. 그리고 일주일 후 열두 개의 무리로 나누어 총단으로 향할 것이니 착오없으시기 바랍니다."

그 말에 지부의 간부들은 모두 한숨을 쉬었다. 아무리 이곳이 다른 지부에 비해서 작은 편에 속한다 하더라도 일주일 안에 모든 것을 정리한다는 것은 시간이 촉박하다고 할 수 있기 때문이다.

하지만 총단의 명령을 거부할 수는 없는지라 사람들은 자리에서 일어나서는 자신이 맡을 일을 하러 돌아가기 시작했다.

장천이야 백인장이라 그다지 정리할 것이 없었기에 느긋하기 그지없어 천천히 돌아가려 했는데, 그때 응조수 이진천이 장천을 불러 세웠다.

"두 백인장, 잠시 이야기 좀 나눌 수 있겠는가?"

"예?"

장천은 이진천이 자신을 부르자 당황하지 않을 수 없었다.

자신의 얼굴을 알고 있는 이진천이었기에 얼굴 전체를 붕대로 감싸고 있는 지금임에도 자신의 정체를 들킨 게 아닐까 걱정되었다. 하지만 이진천의 표정에서 그런 느낌은 들지 않았기에 안도의 한숨을 내쉬며 천천히 그에게 걸어갔다.

"그 붕대는 뭔가?"

"아, 면구를 착용했는데 너무 강한 접착제를 사용하여 얼굴에 상처가 조금 나서 말입니다."

"하하하! 이거 용의주도한 면만 보이던 사람이 엉뚱한 곳에서 실수를 하는군."

"하하하, 부끄러울 따름입니다."

멋쩍은 듯 장천이 같이 웃어주자 이진천은 손을 들어 근처에 있는 의자를 가리키며 말했다.

"자, 앉게나."

"예."

장천이 자리에 앉자 이진천은 잠시 헛기침을 하고는 물었다.

"자네가 금선곡 출신이라 했는데, 맞는가?"

"예, 그렇습니다."

"음… 금선곡 출신의 무사들 중 뛰어난 자들을 형산지부로 보냈다 했는데, 과연 총단에서 인정할 만한 사람일세."

"과찬의 말씀이십니다."

장천의 겸손에 미소를 지은 이진천은 그에게 놀랄 만한 제안을 했다.

"자네, 귀영당(鬼影堂)에 들어올 생각 없는가?"

"예? 귀영당이오?"

마교는 한때 내부에서 큰 싸움이 있었다. 그 싸움은 당시 교주였던 천마 문천익과 구시독인 예운이 교 내에서의 패권을 차지하기 위해 시작한 싸움으로, 수십 년간 계속된 이 다툼으로 인해 마교는 크게 세력이 줄어들 수밖에 없었다.

결국 이렇게 싸움이 계속된다면 정파와 사파의 무리들에 의해 교가 무너질 수 있음을 걱정한 두 사람이 할 수 없이 서로의 세력을 인정하고 협력하게 되었기에 싸움은 멈출 수 있었다. 하지만 일단은 교주의 좌로 인한 싸움이기에 천마가 계속 자리에 앉아 있으면 앙금이 남을 수밖에 없었다.

이런 이유로 천마 문천익은 다음 대 교주 좌를 당시 중립의 입장에 서 있던 부교주 유문영에게 넘긴 것이다.

그러나 교주의 좌가 넘어갔다고는 하지만 천마 문천익과 구시독인 예운의 세력은 아직도 그대로 유지되고 있었으니… 문천익은 전대 교주의 직함으로, 예운은 태상장로의 직함으로 자신의 사조직을 유지하고 있었다.

귀영당은 바로 전대 교주 문천익의 천마단(天魔團)과 구시독인 예운이 흑시단(黑屍團)의 충돌을 막고자 유문영이 만든 조직으로 이곳에는 교 내에서 뛰어난 인재로 평가되고 있는 후기지수는 물론 교에서 이름을 떨치고 있는 고수까지 이백 명에 가까운 인물들이 모여 있어, 차기 교의 고급 간부가 될 수 있는 출세 코스 중 하나로 자리 잡고 있었다.

"자네도 알다시피 교주의 특례로 귀영당은 특삼급까지의 무서를 자유로이 열람할 수 있는 특권이 있고, 귀영당에서 어느 정도 자신을 두각시킬 수 있다면 총단 상위 간부 자리까지 오를 수 있네. 어떤가?"

물론 조건이야 충분했다. 무천무급의 하권이 현재 몇 등급으로 되어 있는지는 모르지만 익히는 자가 없다면 특삼급에 속해 있을 확률이 높았기에 본 문의 무공을 찾을 수 있는 기회가 온 것이라 할 수 있지만, 일단은 이진천이 자신의 얼굴을 안다는 것이 큰 문제였다.

지금이야 붕대로 감싸 속이고 있지만 거기까지 가서 계속 붕대를 감싸고 있을 순 없는 일이었다. 변태변골술이 있다고는 하지만 장시간 사용하면 상당한 부작용이 있기에 도저히 이목을 속이고 귀영당에 들어갈 방법이 없는 것이다.

하지만 이 기회를 놓치기는 싫었는지라 장천은 그를 보며 말했다.

"갑작스러운 일인지라 쉽게 결정을 내릴 수 없는데… 지부의 일이 모두 끝나는 일주일 정도만 기다려 주실 수 없겠습니까?"

"음… 알겠네."

좋은 조건이라 생각했는데 장천이 무엇인가를 크게 망설이는 듯한 모습을 보이자 조금 이상하게 생각할 수밖에 없는 이진천이었다. 하지만 일단 장천의 능력을 어느 정도 인정하고 있었던지라 일주일의 기한을 받아들였다.

이진천과 헤어지고 방으로 돌아온 장천은 고민에 빠질 수밖에 없었으니 어떻게 이진천을 속이고 그곳에서 머물 수 있는가는 쉽게 답이 나오지 않았다.

하지만 혈비도 무량에 의해 버려져 아무것도 모르는 자신을 따뜻하게 대해준 아버지 장춘삼과 어머니, 그리고 쌍도문의 많은 동문들을 생각한 장천은 마음을 굳힐 수 있었다.

자신이 지금 어떻게 되더라도 쌍도문을 구파일방을 넘어서는 강한 문파로 만들고 싶었던 것이 바로 지금의 심정이기 때문이다.

일주일 후 형산파 지부는 완전히 해체되었다.

이진천을 다시 만난 장천은 귀영당에 가입할 것을 선택했으니, 앞으로 일이 어떻게 될는지는 어느 누구도 알지 못하는 일이었다.

한 달 정도가 지나 아홉 번째 무리에 섞여 총단으로 들어간 장천은 다행히 이진천이 암혈당의 일로 먼저 길을 떠났기 때문에 얼굴을 감추는 일을 그만둘 수가 있었다.

"귀영당에 온 것을 환영하네, 두 소협."

"이름난 귀영당에 가입하게 된 것이 영광일 뿐입니다."

"하하하하."

귀영당에 가입하는 장천을 맞이한 인물은 현재 귀영당의 부당주 자리에 있는 암권(巖拳) 임상(林想)이었다.

현재 마교 서열 39위의 고수인 임상은 육 척이 넘는 거대한 키와 몸집에 주먹이 어린아이의 머리만한지라 권을 지를 때 마치 바위가 날아오는 듯한 착각을 준다 하여 암권이란 명호가 붙은 자였다. 그의 주특기는 거령팔권(巨靈八拳)으로 권 하나만큼은 무림세가의 하나인 하북 팽가 이상이라는 말을 듣고 있는 사람이었다.

임상의 안내를 받으며 들어간 곳은 귀영당의 전각, 그곳에선 몇몇의 젊은 무사들이 무공을 연마하고 있었는데, 한 사람 한 사람의 실력이 장천보다 아래인 자가 없을 정도였다.

"이곳은 마교 백만 교도 중에서도 가장 자질이 뛰어난 무인들이 모인 곳이네. 그런 만큼 자존심이 강한 자들이 많아 신입에 대한 배타감이 다른 당에 비해 큰 편이니 자네는 아무쪼록 마음을 굳게 먹도록 하게."

"예."

그곳을 지나 도착한 곳은 붉은색의 지붕이 화려한 또 다른 전각이었다.

"이곳은 귀영당의 상위 이십 인만이 거처할 수 있는 귀옥각(鬼獄閣)이라네. 이름만큼이나 귀신 같은 녀석들이 머무르는 곳이긴 하지만, 차라리 이곳에 머무는 게 다른 귀영당의 청년들과 지내는 것보다는 마음이 편할 것일세. 그들에게 자네는 아직 어린 꼬마로밖에 보이지 않으니 말일세."

그의 말을 증명이라도 하듯 장천을 보며 한 남자가 걸어왔다.

키는 육 척을 훨씬 넘어 칠 척에 가까울 정도로 엄청난 장신이었지만, 몸이 삐삐 마른 데다 허리를 구부정하게 구부리고 있는지라 원래의 키보다 훨씬 작아 보이는 남자였다.

키가 큰 만큼 팔도 엄청나게 길었는데, 짧은 소매 옷을 입고 있었기에 그의 팔에 있는 시퍼런 색의 귀신 문신이 드러나 겉모습으로도 상대를 제압할 정도였다.

찢어진 긴 눈과 매부리코, 쭉 삐져 나온 주걱턱은 마치 귀신이 아닐까 하는 착각이 들었는데, 그는 장천을 보더니 어울리지도 않는 미소를 지으며 말했다.

"키키키. 이번에 귀영당에 들어온 꼬마인가?"

"그렇다네."

"어디 한번 볼까?"

그는 천천히 그 긴 손을 들어서는 장천의 정수리를 쓰다듬기 시작했는데, 한참 후 크게 놀란 표정을 짓더니 임상을 보며 말했다.

"아니! 이 아이는……."

"무슨 이상한 것이라도 느꼈는가?"

놀란 그의 모습에 임상은 잘못된 것이 있을까 하는 생각에 물어보았는데, 한참을 망설이던 그는 고개를 내저으며 말했다.

"아, 아니, 아무것도 아니네."

그렇게 말한 그는 긴 팔을 늘어뜨리며 마지막으로 장천을 힐끔 쳐다보더니 사라졌다.

"저분은 누구십니까?"

"이곳 귀옥각에서도 어느 정도 무공의 차이는 드러날 수밖에 없는데, 그중 세 명만큼은 다른 자들과는 비교도 되지 않을 정도로 강한 무공을 지니고 있네. 쉽게 말하면 과거 이름을 떨쳤던 사파의 십대거두와 버금갈 정도랄까?"

"아!"

장천은 십대거두의 한 사람인 흑철돈녀 무삼랑의 경이로울 정도의 무공을 본 적이 있는지라 임상의 말에 크게 놀라지 않을 수 없었다.

"방금 소협의 머리를 쓰다듬고 간 사람은 그 세 명 중 한 사람인 귀대인(鬼大人) 율명(律命)이라 하네. 긴 팔을 이용한 사형권(蛇形拳)을 잘 쓰는 사람인데, 큰 몸집과는 달리 상당한 쾌권(快拳)을 지니고 있어 나조차도 그의 백초지적이 될 수 없다네."

"아!"

귀영당의 부당주쯤 되면 그 무공 실력은 홍련교 내에서도 크게 알아주는 정도라고 할 수 있었다.

그런 그가 율명을 상대로는 승리를 점칠 수 없다 하니 얼마나 놀라운 일인가.

"자네도 잘 알아야 하지만, 홍련교 내에서는 무공 서열과는 다른 실력을 보이는 이가 많네. 상부에서는 그들을 암영자(暗影者)라 칭하고 있는데, 아마도 이곳에 있는 세 명의 실력자들이 모두 암영자일 것이 분명할 것일세. 암영자들을 본 교의 서열에 이름을 올려놓는다면 나 같은 것은 서열을 논할 수도 없는 지경에 이른다고나 할까? 그러니 자네는 많은 사람들과 친목을 도모하도록 하게. 암영자가 누구인지 모르니 일단 많은 이들과 친분을 가지라는 것이네."

"예?"

임상이 암영자와 친목을 도모하라는 말에 조금 이상하게 생각할 수밖에 없었는데, 보통 이런 그늘에 있는 자들과 사귀는 것은 꺼리게 하기 때문이었다.

"귀영당은 한마디로 맹수들의 사냥터라고 할 수 있네. 이곳은 마교 내에서도 약육강식이 철저하게 지배하는 곳. 만약 자네의 진전이 미약하다면 소리 소문 없이 사라질 수 있는 곳이라는 것을 잊지 말게."

"아!"

"죽고 싶지 않다면 자신 역시 하나의 세력에 붙어야 한다고나 할까? 그렇게 본다면 개인이면서도 어떠한 자들도 넘보지 못하는 힘을 지닌 암영자와 같이 있는 것이 무공을 진전시키기 위해서나 안전한 생활을 위해서나 중요한 것이라 할 수 있지."

"그렇군요."

임상을 따라 도착한 곳은 귀영당 당주의 집무실이었다.

커다란 책상이 놓여져 있는 곳에는 많은 서류들이 쌓여 있었는데, 문주의 휘하 세력으로 그리 할 일이 없을 것 같은 귀영당도 어느 정도의 일은 존재하는 듯했다.

책상 앞에선 한 손을 걷어붙인 채 글씨를 쓰고 있는 오십 대 정도의 무인을 볼 수 있었다.

긴 수염과 함께 얼굴색이 붉은 것이 마치 삼국지의 관우 운장을 보는 듯한 느낌이 들었다.

"당주, 이번에 귀영당에 배속된 두 소협입니다."

임상이 당주의 앞으로 가서 공손히 말하니 그는 붓을 벼루에 걸쳐서 내려놓곤 장천을 보며 말했다.

"이 대협이 그렇게 칭찬하던 형산지부에서 큰 공을 세운 두 소협인가? 반갑네. 본인은 귀영당의 당주 직을 맡고 있는 구엽(仇燁)이라 하네."

"두형이라 합니다."

당주의 말에 공손히 자신의 이름을 밝히며 고개를 숙이는 장천이었는데, 구엽은 서류를 뒤적이는 듯하더니 무엇인가를 꺼내 들어서는 읽기 시작했다.

"금선곡의 열두 명의 기재 중 하나로 홍련 십이사도의 직함이 있군. 음… 사천지부에서 금선곡, 총단, 형산지부를 거쳤군."

"예."

"홍련 십이사도의 직함은 거의 이름뿐이기는 하지만 교에서는 단순히 이름으로 끝낼 생각은 없는 듯하니 귀영당에 들어오지 않았다 하더라도 중앙의 일로 빠졌겠구먼."

그가 하는 말을 들은 적이 없는지라 장천은 가만히 그가 읽어가고 있는 것을 들을 뿐이었다.

"응? 무골장?"

"예, 부친께서 전해주신 무공입니다."

"음… 자네의 부친이 두성이란 말인가? 이거, 생활하기가 조금 어렵겠군."

"예?"

"이곳에는 귀영당의 교도 중에 무골장의 원래 주인인 백골문의 자제가 있다네."

"예? 하지만 백골문이면 대사련 소속이 아닙니까?"

"오 년 전까지는 대사련의 소속이었으나 문주인 백골귀장(白骨鬼掌) 갈성(葛成)이 대사련의 부련주와 충돌이 있은 후 문파를 청해성으로 옮기면서 본 교에 가입하게 됐네. 본 교에선 사파의 문파들을 끌어들이기 위해 백골문에 좋은 조건을 내세웠고, 이 때문에 갈성의 셋째 아들인 갈무성(葛武成)이 귀영당 소속이 됐지."

"아……."

"자질이 괜찮아서인지 갈무성은 현재 귀영당에서 작은 세력을 유지하고 있으니 아무쪼록 몸조심하기 바라네."

"명심하겠습니다."

"되었네. 오늘부로 자네는 귀영당 소속이네."

간단하게 말한 그가 다시 작업에 들어가자 임상이 장천에게 손짓하여 집무실을 벗어났다.

밖으로 나오자 임상은 좋지 않다는 표정을 지으며 말했다.

"아무래도 조금 위험할 것 같군."

"그렇게 갈무성이 위험한 인물입니까?"

"귀옥각의 고수들 정도는 아니지만 일반 귀영당원 중에선 다섯 손가락 안에 드는 실력을 지니고 있다네. 하지만 무공보다 더 두려운 것은 그의 악랄한 심계인데, 자신보다 뛰어난 인재에 대해선 가차없는 인물이지. 지금까지 다섯 명 정도의 기재가 녀석의 귀영당에서 만든 조직에 의해서 죽임을 당했는데, 다섯 모두를 아무런 증거 없이 교묘하게 처리한 녀석이네."

"음."

생각보다 사정이 좋지 않았다.

마교로 들어오기 위해 위장했던 신분이 예상외로 새로운 난관을 만들어내고 있었기 때문이다.

하지만 일단 만나보지 않으면 평가할 수 없는 법이었기에 장천은 임상에게 포권지례를 하며 말했다.

"어쨌든 만나봐야 모든 것을 알 수 있겠지요. 부당주님의 배려에 감사합니다."

"배려는 무슨 배려. 아무튼 위험한 일이 생기거든 나에게 알리도록 하게. 자네 같은 인재를 비명횡사시키고 싶은 마음은 없으니 말이야."

"알겠습니다."

간단하게 귀영당의 일을 마친 장천은 형제들이 있는 은가장으로 돌아올 수 있었다.

은가장에선 다른 형제들이 장천의 귀영당 입당을 축하하기 위해 잔칫상을 앞에 두고 기다리고 있었다.

"축하한다, 두형!"

두형이 들어서자 다른 이들은 모두 크게 기뻐하며 축하 인사를 전해 주었는데, 그로서는 그리 좋은 상황은 아니기에 조금 안 좋은 표정을 짓고 있었다.

"응? 귀영당에서 무슨 일이 있었던가?"

동방명언은 그의 표정이 좋지 않자 조용히 물어보았다. 장천은 이 일은 자신 혼자만 알고 있어봐야 소용없다는 생각에 자세한 내막을 이야기해 주었다.

"음… 그런 일이 있었군."

은조상은 예상치도 못한 난관에 장천이 봉착했다는 것을 알고는 생각에 잠겼다. 하지만 귀영당은 교주 직속의 당인지라 자신의 부친 역시 관할하기가 어려운 곳이었다.

"갈성이라면 이번에 구시독인의 세력으로 들어간 자인데, 아무래도 자신의 아들을 이용하여 귀영당을 장악할 속셈도 있을 수 있겠군."

"일단 유일하게 암영자가 표면으로 모습을 드러낸 곳은 귀영당뿐이니 구시독인이 탐을 낼 만하겠지."

"응? 암영자가 있다는 것을 알고 있었어?"

동방명언의 말에 장천은 그들이 암영자의 존재를 알고 있었다는 것을 알고 놀라는 얼굴로 물었다.

"은 장로님께 어느 정도 귀영당에 대해서 들었으니까."

"아! 은 장로님은 교주님과 같이 중립 세력이셨지."

그제야 형제들이 귀영당의 자세한 정보를 어떻게 입수했는지를 알 수 있었던 장천이다.

"음… 태산배립(太山背立) 만물소견(萬物小見)."

"응? 그건 무슨 소리냐?"

난데없는 은조상의 말을 이해할 수 없는 장천이었다.

"태산을 등에 두고 서면 만물이 작게 보일 수밖에 없는 법. 든든한 후견인이 너의 뒤에 존재한다면 갈무성 같은 소졸이야 우습게 볼 수 있지."

"아!"

그제야 장천은 그가 말한 바를 이해할 수 있었다.

"하지만 장천의 등이 되어줄 사람이 누가 있지?"

동방명언의 물음에 은조상은 검지손가락을 내저으며 미소 지은 채 말했다.

"교주님이 계시잖아."

"교주님?"

"바보같이. 유능예 소저."

"아!"

그제야 손바닥을 치는 동방명언이었으니, 장천에게 은조상의 여동생인 은영영과 유능예가 노골적으로 달려들고 있는 것을 알고 있었기 때문이다.

하지만 그 말에 전격적으로 찬성할 수 없는 장천이었다. 만약 진정한 홍련교도였다면 그 말을 쉽게 받아들일 수 있었겠지만, 사실 그는 무천무급을 위해 잠입한 첩자와도 같은 입장이 아니었던가?

자파를 위해서라고는 하지만, 만약 은조상의 말대로 한다면 한 여인의 인생을 망쳐 버리는 결과를 자아낼 수 있으니 장천으로선 망설여질 수밖에 없었다.

"하지만 그건……."

"참 이상하네. 남들이라면 좋다고 달려들 일인데도 넌 한사코 거부

하려 하다니 말이야."

데비드의 말에 다른 두 사람도 고개를 끄덕였다.

교주의 손녀를 아내로 맞이한다면 홍련교에서 입신양명을 이루는 것은 쉬운 일이라 할 수 있었다. 한데 그것을 거절하니 다른 이들은 모두 이상하게 여길 수밖에 없었다.

'어찌하면 좋단 말인가.'

하지만 잠시 후 장천은 고개를 저었다. 일단은 갈무성이란 자를 만나 결정해 볼 일이라 생각했기 때문이다.

유능에 또한 은조상 여동생의 친구. 생판 모르는 여인도 아닌 서로에 대해서 어느 정도 알고 친구처럼 지내는 사이인데, 어찌 자신의 입신양명을 위해 그런 여인을 희생시키겠는가?

아무리 첩자라고 해도 그런 것은 장천으로선 받아들일 수 없었다.

"일단은 갈무성이란 자를 만나본 후에 결정하고 싶다."

"음, 일단 상대를 알아야 하니 그것도 나쁠 것은 없겠지. 갈무성이라 하더라도 보자마자 일을 진행하지는 않을 테니까 말이야."

이렇게 해서 형제들과의 회의는 끝이 났다.

귀영당 가입을 축하하는 간단한 잔치를 끝낸 후 장천은 잠시 무공 수련을 한 후 잠이 들었다.

다음날 귀영당의 첫 업무가 시작되었다.

은가장에서 마련해 준 멋들어진 청의를 입고 귀영당의 전각으로 들어선 장천은 아직 처음이라 할 일이 없어 멀뚱멀뚱 서 있을 수밖에 없었는데, 그때 그런 장천에게 한 젊은 무사가 다가왔다.

"자네가 이번에 귀영당에 가입한 사람인가?"

"아! 예, 두형이라 합니다."

"반갑네, 난 소우(蘇友)라 하네."

"반갑습니다."

간단하게 인사를 나눈 장천은 소우라는 청년을 자세히 보았다.

얼굴 여기저기 곰보 자국이 있었고, 작은 눈과 뭉툭한 코를 지닌 조금 추남이라고 할 수 있는 젊은이였으나 미소 짓는 모습은 친근해 보였기에 친해져도 괜찮겠다는 생각이 들었다.

"애석하게도 대련할 상대가 없어서 그러는데, 잠시 시간 좀 내줄 수 있겠는가?"

"한수 배워보도록 하겠습니다."

"고맙네."

장천은 그의 말에 포권지례를 하며 연무장으로 향했다. 다른 무사들 역시 장천이 처음 가입한 사람이라는 것을 알고 있었기에 그의 무공에 대해서 궁금하지 않을 수 없었던지라 모두 두 사람의 대련에 눈을 돌리고 있었다.

그중 가장 두 사람의 모습을 유의 깊게 보는 이들이 있었으니, 그들은 귀영당의 한 편에 심겨져 있는 대추나무 근처에 모여 있는 일곱 명의 젊은 무사들이었다.

한 사람 한 사람 눈에 정광이 일지 않는 이가 없었기에 모두 꽤 내공이 깊은 인물이라는 것을 알 수 있었다.

"저 꼬마가 대형의 문파에 해를 끼치고 도망친 자의 자식입니까?"

작달만한 키에 유엽도를 허리에 차고 있는 다부진 청년의 말에 길게 늘어진 검미에 잘생긴 미청년이 이를 갈며 대답했다.

"두성, 그 개 같은 놈의 자식이지. 으드득."

표정만 봐도 상당한 한이 서려 있다는 것을 볼 수 있었다. 이 청년이 바로 백골문에서 귀영당으로 온 갈무성이었다.

당장이라도 달려가 녀석의 목을 베어버리고 싶었지만, 갈무성은 그리 성급한 인물이 아니었다. 이 기회를 보아 녀석의 능력을 알아볼 심산으로 장천과 소우의 대련을 지켜보았다.

연무장에 가운데 선 소우는 장천을 보며 넌지시 물어보았다.

"귀영당의 대련은 모두 내공을 사용하니 잊지 말도록 하게."

"예."

소우는 장천의 생김새를 보며 그리 강하지 않은 자라 생각하며 쉽게 이야기를 하고 있었는데, 장천은 귀영당의 이야기를 많이 들었는지라 생긴 것과는 달리 그의 능력이 상당히 뛰어날 것이란 생각을 하며 처음부터 절기를 사용할 준비를 했다.

장천을 보며 자세를 잡은 그는 검을 비스듬하게 들어 겨누고는 말했다.

"난 수라십이검(修羅十二劍)을 사용할 생각이니 조심하도록 하게."

"전 홍련십팔검을 사용하도록 하겠습니다."

"홍련십팔검을 알고 있었던가? 음, 겨룰 만하겠군."

장천이 익히고 있던 홍련십팔검은 높은 서열에 있는 사람만이 익힐 수 있는 무공이지만, 금선곡을 배려하여 이것을 익히게 하고 있었다.

하지만 소우가 익히고 있는 수라십이검은 특이급 무서에 속해 있는 무공. 상일급 무서에 속한 홍련십팔검에 비해선 두 단계나 위에 있는 검법이니만큼 초식이나 위력의 차이는 수라십이검에 상대가 되지 않는다 할 수 있었다.

유엽도의 청년은 장천이 홍련십팔검의 자세를 취하자 코웃음을 터뜨리며 중얼거렸다.

"수라십이검을 상대로 홍련십팔검이라니… 아무래도 오 초를 넘기기가 힘들겠군."

하지만 그들의 집단 속에서도 그와 다르게 보는 이가 있었으니, 대추나무에 청룡의 음각이 새겨져 있는 부(斧)를 손질하던 긴 머리의 젊은 무인이 고개를 저으며 말했다.

"일 초. 승리는 새로 들어온 두형이란 아이다."

그 말에 유엽도의 청년은 크게 놀라서는 뒤를 돌아봤다.

"무슨 소린가? 일 초라니! 소우가 귀영당에선 실력이 떨어지는 편에 속하기는 하지만 외부의 지부에서 놀다 온 녀석에게 일 초에 질 정도는 아니지 않는가?"

"첫째, 소우가 상대를 너무 경시하고 있는 데 반해 상대는 자신보다 높은 무공을 가진 자라 생각하고 모든 힘을 다하려 하고 있다. 둘째, 애석하게도 수라십이검의 일초식 수라쇄명(修羅殺明)의 경우 소우는 자세가 잘못되어 다섯 곳의 허점이 노출된다. 그리고 마지막으로 셋째는 검의 차이다."

"검?"

"두 사람의 검을 본다면 검에 대한 자질이 어느 쪽이 위라는 것을 알 수 있지."

그의 말에 유엽도의 청년은 안력을 돋워 두 사람의 검을 들여다보았다. 소우의 검은 제대로 손질을 하지 않았는지 검면에 약간의 얼룩이 묻어 있는 반면 장천의 검은 기름으로 깨끗하게 손질이 되어 있었다.

"음……."

부를 어느 정도 손질한 그는 뚫어지게 살핀 후 만족했는지 등 뒤의 부집에 넣은 뒤 자리에서 일어나서는 갈무성을 보며 말했다.

"소우 같은 자로 녀석의 역량을 시험해 볼 순 없다. 쓸데없는 곳에 시간을 낭비하기보다는 한 초식의 무공을 익히는 것이 나은 것 같아 먼저 돌아갈까 하네."

"알겠네."

갈무성은 그의 말에 뒤돌아보지도 않고 대답을 하니 긴 머리의 무인은 아무 말 없이 어디론가 걸음을 옮겼는데, 그가 완전히 사라지자 유엽도의 무사는 땅에다 침을 한 번 뱉고는 갈무성을 보며 말했다.

"쳇! 강순(剛順)은 내가 말만 하면 꼭 토를 다는군."

"하지만 강순은 허언을 하지 않는다. 그의 말대로 이 대련은 일 초식으로 승부가 날 것 같다."

유엽도의 청년은 갈무성까지 강순의 말을 지지하자 어디 한번 보자는 표정으로 대련을 보려고 했는데, 그 순간 우와! 하는 탄성 소리가 크게 터져 나왔다.

탄성 소리에 그는 대련을 시작하리라 생각했던 두 사람의 모습을 쳐다보았는데, 장천의 일검이 소유의 어깻죽지에 꽂혀 있는지라 크게 놀라지 않을 수 없었다.

"헉!"

"과연 강순의 말대로군. 가자."

갈무성은 더 이상 볼 것도 없다는 듯이 사람들을 보며 말하고는 걸음을 옮겼고, 다른 자들 역시 그와 함께 대련장에서 모습을 감추었다.

대련장에 있던 장천은 크게 당황한 표정이 되었다. 소유의 공격에 대비하여 내력을 끌어올린 상태에서 눈이 어지러울 정도의 환검을 사용한 그에게 무의식적으로 검을 내지른 것인데, 그것이 어깨에 적중하여 일 초에 대련이 끝이 나고 말았기 때문이다.

"소 대협, 괜찮으십니까?"

걱정이 된 장천이 미안하다는 얼굴로 말하자 그는 피가 흐르는 어깻죽지를 움켜잡으며 일어서서 그를 노려보고는 급히 사라졌다.

"아!"

장천은 자신이 큰 실수를 한 것이 아닐까 하여 걱정이 되었다.

그때 삼십 대의 한 무인이 크게 웃음을 터뜨리며 다가와서는 그의 어깨를 널찍한 손바닥으로 치며 말했다.

"하하하! 멋진 일검일세. 소유 녀석, 신참을 혼내주려다 된통 당하고 도망가는군."

"예?"

장천이 영문을 알 수 없어 되묻자 무사가 자세히 설명해 주었다.

"자네도 알다시피 귀영당은 특이급의 무서를 익힐 수 있는 자격이 있는지라 외부에서 온 신참과 이곳에 있던 사람과의 무공 차이는 어쩔 수 없이 클 수밖에 없네. 이런 이유로 성격 안 좋은 녀석들이 신참을 상대로 대련을 핑계 삼아 초반에 기를 꺾어놓는 일이 있는데, 이번에 저 녀석이 그것을 하려다가 자네에게 된통 당하게 된 것일세."

"아!"

그제야 장천은 방금 전의 대련이 신참 길들이기의 일종이라는 것을 알 수 있었다.

"자네는 신참 길들이기에서 멋지게 이겼으니 이제부턴 자네를 경시할 사람은 없을 것이네."

"그렇군요. 감사합니다. 처음 들어와 낯설기 그지없는데 이런 이야기를 해주시니 말입니다."

"감사할 것까지야. 하하하! 아! 서로 통성명이 늦었군. 난 하길(夏吉)이라 하네."

"두형이라 합니다."

"자네의 이름은 잘 알고 있네. 자신의 의형제들에게 수많은 처첩을 안겨준 중신아비로 유명한 자네를 왜 모르겠는가?"

자신이 그런 식으로 귀영당까지 이름이 알려졌다는 사실에 조금 얼굴이 붉어질 수밖에 없었는데, 그는 장천의 그런 생각을 아는지 모르는지 새끼손가락을 세우곤 말했다.

"정말 감사하다면 말일세, 서른이 넘어도 아직 처첩 하나 없는 나에게 예쁜 각시나 한 명 소개시켜 주게. 그렇게만 해준다면 내 크게 한잔 사도록 하지. 하하하하!"

"하. 하. 하."

그의 말에 쓴웃음이라도 같이 웃어줄 수밖에 없는 장천이었다.

하지만 얼굴을 자세히 들여다보니 호남의 얼굴인지라 그에게 왜 여자가 없을까 조금 이상하지 않을 수 없었다.

'성격에 문제가 있나?'

중신아비의 자세가 바르게 잡혀 있는 장천이었다.

하길의 돌아서는 뒷모습을 한참 쳐다보고 있던 장천은 방금 전의 대련으로 신경을 너무 써서 피곤했기 때문에 근처의 나무 그늘 아래서 잠시 휴식을 취하고 있었는데, 일단의 무리들이 또다시 장천의 앞으로 모습을 드러냈다.

'젠장! 쉴 시간을 주지 않는군.'

장천으로선 연이어 찾아오는 사람들 때문에 귀찮기 그지없었다.

그러나 이번에는 조금 상황이 달랐다. 장천에게 다가온 이들은 손에 들고 있던 물잔을 천천히 그의 앞으로 내밀며 말했다.

"수고했어요."

"응?"

고음의 목소리에 놀란 장천은 무의식적으로 고개를 들었는데, 그곳에는 이십 대 초반의 여무인이 서 있었다.

"아, 감사합니다."

물잔을 받은 장천은 자리에서 일어났는데, 놀랍게도 그 여인과 같이 온 사람들이 모두 여자였기에 귀영당에 여자 무사가 있다는 것을 깨닫는 그였다.

"귀영당에 계신 분들이십니까?"

"여자라서 조금 이상한가요?"

"하하. 아닙니다. 하지만 조금 의외이긴 하군요. 남자인 제가 잠시 간을 지냈을 뿐인데도 이렇게 힘들게 느껴지는 곳이니까요."

"애석하게도 귀영당은 아주 출중한 실력을 가지고 있지 않는 한 혼자서 지내기에는 힘든 곳이지요. 그렇기 때문에 저희들은 이렇게 모여서 지내지요."

"그렇군요."

"민소희(民笑熹)라 합니다."

"두형이라 합니다. 민 여협을 만나게 돼서 반갑습니다."

"그럼 전 이만."

단순히 얼굴과 이름만을 알리고 돌아서는 그녀들을 보며 장천은 조금 당황스럽지 않을 수 없었다.

그녀에 뒤를 이어 다시 몇 명의 사람들이 자신을 소개하고 돌아가는 것을 반복하게 되니 시간이 지나면서 귀영당의 분위기가 조금 심상치 않다는 것을 느끼게 되었다.

그리고 그 심상치 않은 기운을 드러내는 일이 장천의 눈앞에서 벌어졌다.

채재재챙!

연무장 옆의 공터에서 갑자기 병장기 부딪치는 소리가 들리더니 사람들의 비명 소리가 들려왔다. 장천은 그 소란이 궁금하여 뛰어갔는데, 그곳에서 십여 명의 사람들이 싸움을 하고 있었다.

"천마파 녀석들이 더 이상 귀영당에서 설치는 것을 용서할 수 없다!"

"흥! 구시파의 호로자식들!!"

서로에게 욕설을 퍼부으며 치열하게 싸움을 하고 있는 곳곳에선 큰 상처를 입고 쓰러져 있는 이들의 모습이 보였다.

"당장 싸움을 멈추지 못하겠는가!"

싸움이 더욱 치열하게 변해가자 귀영당의 중년 무사들이 와서는 그들을 막으니 간신히 싸움은 멈춰질 수 있었다. 하지만 그들은 싸움을 중지당했음에도 눈에서 투지를 피워 올리며 욕설을 계속 퍼붓고 있었다.

"천마파와 구시파라……."

"이런, 첫날부터 조금 안 좋은 광경을 보여주고 말았군."

"임 부당주님?!"

어느새 장천의 곁에는 임상이 다가와 뒤통수를 긁으며 중얼거리고 있었기에 장천은 조금 놀라지 않을 수 없었다.

"휴… 잠깐 나를 따라오게."

장천은 임상의 뒤를 따라 연못에 있는 작은 정각으로 갔다. 정각에서 이미 준비되어 있던 차를 장천에게 따라준 그는 궁금하다는 듯한 표정으로 말했다.

"신참 길들이기는 견디어냈는가?"

"예. 갑작스런 일이기는 했지만, 끝낼 수 있었습니다."

"음. 자네가 멀쩡한 것을 보니 이겼나 보군."

"……."

장천은 임상에게 왜 알면서 가르쳐 주지 않았냐고 따지고 싶었지만 일단 상관이니 참을 수밖에 없었다.

"그렇다면 꽤 많은 무리들이 자네를 찾아왔겠군."

"예, 다섯 무리 정도와 통성명을 나누었습니다만… 무슨 이유라도?"

"휴, 자네도 잘 알겠지? 천마님과 구시독인님이 교주 자리를 두고 다투었다는 이야기를 말이야."

"예."

"외부의 지부에선 덜하겠지만 총단에선 아직도 그 여파가 사라지지 않은 상태네."

"예?"

"귀영당은 두 사람의 세력을 견제하기 위해 만들어진 집단. 하지만 각지의 인재들을 끌어들이기 때문에 개중에는 천마님의 세력에 속하는 이나 구시독인님의 세력에 속하는 이들이 있는데, 그들은 노골적으로 귀영당을 무너뜨리기 위해 일을 저지르고 있다네."

"아!"

장천은 그제야 귀영당 안에서 왜 이런 일이 일어나고 있는지를 알 수 있었다.

"쉽게 말하자면 귀영당은 전국 시대와 같다고나 할까? 내 자네에게 말한 적이 있지, 이곳은 맹수들의 사냥터라고 말이야."

"예."

"강한 세력이 약한 세력을 흡수함으로써 점점 세력을 넓혀가려 하는 것이 현재 귀영당의 판도라네."

"그러는 와중에 하나둘씩 자신들 스스로의 몸을 지키기 위해 무리들을 만들어간 탓에 귀영당 안에는 적어도 이십 개 이상의 무리들이 존재하게 되었고, 그들은 실력이 있는 자들을 영입하여 귀영당 내에서 자신의 입지를 넓히려 힘을 쓰고 있지."

"그렇군요."

"휴……."

임상 역시 이 일로 골머리를 앓고 있는지 연신 한숨만을 내쉬고 있었기에 심상치 않은 일이라 생각하는 장천이었다.

귀영당에 들어간 지 이틀째, 장천은 처음으로 홍련교 총단에 있는 무서각에 들어갈 수 있었다. 물론 무서각 자체는 귀영당과는 거리가 한참 떨어진 곳에 위치해 있기는 했지만, 이틀 만에 받은 귀영당의 신분패로 인해 안으로 들어갈 수 있는 자격이 주어진 것이다.

"우와……!"

총단의 중앙에 위치한 거대한 전각. 들어서는 문 앞에서는 화련무전(火蓮武殿)이라는 글자가 붉은색으로 웅장하게 쓰여 있었고, 주위를 둘러보니 눈에 보이는 곳만 해도 백 명이 넘는 무사들이 지키고 서 있었다.

그만큼 홍련교 내에서 이 무서각을 얼마나 중시하고 있는지 알 수 있는 일이었고, 왜 무공이 뛰어난 기문숙이 마교 내로 숨어 들어가 무서각에 무천무급을 꺼내올 수 없었는지 알 수 있었다.

안으로 들어서려 하자 다섯 명 정도의 무인이 앞을 가로막았고, 그 중 제일 왼쪽에 있던 사람이 앞으로 나와서는 말했다.

"소형제, 출입증을 볼 수 있겠는가?"

나이도 많은 것이 파릇파릇한 것한테 형제라니… 라는 말을 해주고 싶었지만 꾹 참은 장천은 귀영당의 신분표를 보여주었다.

"귀영당의 형제로군. 자, 안으로 들어가게."

"감사합니다."

가볍게 포권한 후 안으로 들어선 장천은 전각까지 바닥에 길게 포석이 깔려 있는 것을 볼 수 있었는데, 포석 하나마다 문양이 제각각인지라 장천은 이상한 생각이 들어 돌의 문양을 살펴보았다.

"오!"

그 순간 장천은 크게 놀라지 않을 수 없었는데, 포석의 위에는 무공의 초식이 새겨져 있었기 때문이다. 물론 상승무공은 아니긴 했지만 일반 교도들은 익힐 수 없는 수준의 무학 초식이었다.

"음……."

초식이 새겨진 돌을 밟으며 지나자니 무공이 몸에 스며드는 듯한 기분이 들어서 기분이 좋아지는 그였다.

얼마 후 전각의 앞에 도달한 장천의 앞으로 한 괴상하게 생긴 자가 다가왔다.

꼽추 등에 머리는 듬성듬성 빠져 있었고 손등은 연륜 때문인지 주름이 가득한 그런 사람이었는데, 놀랍게도 그가 짚고 있는 것은 무게가 꽤 될 듯한 철장(鐵杖)이었다.

무거운 철장을 들고 움직임에도 별로 무게를 느끼고 있지 않은 듯했기에 생긴 것과는 달리 상당한 무공의 소유자라는 것을 알 수 있었다.

"처음 보는 얼굴이구나. 케케케."

사레 걸린 듯한 웃음을 짓고 있는 그를 보며 조금 두려움을 느낀 장천이었다.

"본노는 이곳 화련무전의 서고지기인 괴면추노(怪面醜老)다."

자신의 명호를 소개한 그는 또다시 음흉한 웃음을 지었는데, 이상하게도 그것이 조금 서글퍼 보였다. 그와 함께 무슨 생각이 들었는지라 장천은 한참을 그를 뚫어지게 쳐다보았다.

"…무엇을 그리 뚫어지게 보는 게냐?"

장천이 뚫어지게 쳐다보자 조금 기분이 나빠진 괴면추노는 철장을 휘두르며 노성을 질렀는데, 그 모습에 장천은 미소 지으며 말했다.

"하나도 안 추해요, 할아버지."

"응?"

갑작스런 녀석의 말에 그로선 조금 당황하지 않을 수 없었는데, 그런 것을 아는지 모르는지 가까이 다가선 장천은 미소를 지으며 말했다.

"이번에 귀영당에 들어가게 된 두형이라 합니다. 무고를 한번 돌아볼 수 있을까요?"

장천의 천진난만한 웃음을 보게 되자 괴면추노의 얼굴은 금세 시뻘겋게 변하고 말았다.

시간이 지나면서 장천이 조금 자라기는 했지만 아직 어린 모습이 사라진 것이 아닌지라 궁극의 미동계에는 무리가 없었던 것이다.

무고에 대해서 잘 알지 못하는 장천은 괴면추노와 친하게 지낸다면 자신의 일이 좀 더 빨리 진행될 것이라는 생각이 들었기 때문에 무시무시한 미동계를 쓴 것이다.

외로운 노인네와 모성애가 가득한 여인들을 상대로라면 거의 무적을 나타내고 있는 미동계는 외롭고 가여운 노인인 괴면추노에게 쉽게 먹혀 들어가고 말았으니… 그는 멋쩍음에 가볍게 헛기침을 하고는 말했다.

"나를 따라오거라."

"예."

그의 말에 기쁜 미소를 짓는 장천이었지만, 조금 마음이 아픈 것은 있었다.

그 추한 모습 때문에 외롭게 살아온 노인일 텐데, 자신이 그런 드러내고 싶지 않은 약점을 파고들어서 이용하고 있다는 생각이 들었기 때문이다.

노인을 따라 들어서서 무고 안을 본 순간 장천은 그 웅장함에 크게 놀라지 않을 수 없었다. 쌍도문의 무고를 이곳에 비교한다면 조족지혈이라고 할 수 있을 정도로 거대한 전각 가득히 수많은 책들이 보이고 있었다.

"우와! 대단하군요!"

"그럴 테지. 하지만 그리 기대는 하지 말거라. 홍련교의 무에 대한 개념은 중원의 개념과는 다른지라 단순히 무공 서적만이 있는 것은 아니니까 말이다."

"예?"

장천은 처음엔 노인의 말을 이해할 수 없었는데, 그를 따라 책들을 구경하다 보니 그 말의 의미를 알 수 있었다.

무고에는 무공 서적뿐 아니라 불경에서부터 심지어는 요리서에, 음서까지 없는 것이 없었기 때문이다.

"꼬마야, 네 녀석은 무의 시작이 언제라고 보느냐?"

"음… 글쎄요. 삼황오제의 시대부터가 아니었을까요?"

"뭣 때문에 만들어졌겠느냐?"

"예?"

장천은 말문이 막힐 수밖에 없었다.

보통 무를 익힘에 있어서 어느 누가 무의 시작과도 같은 원론적인 것을 생각하겠는가? 단순히 만들어진 무를 익히고 그것을 직접 행할 뿐이었다.

또 그런 것을 알려 하지 않아도 무를 익히는 것은 전혀 문제가 없었으니 지금 괴면추노의 질문과 같은 것은 문을 닦는 자들 역시 생각하지 않는 그런 질문이었다.

"역시 무란 것은 싸우기 위해 만들어진 것이 아닐까요?"

"반은 맞았구나."

노인은 철장으로 한 서고를 가리키며 말했다.

"이곳이 네가 맞힌 물건들이 있는 곳이로구나."

"아!"

노인이 가리킨 곳은 무공의 서적들이 가득한 곳으로 대략 수만 권이 넘을 양이었기에 절로 탄성이 나왔고, 그것을 보며 장천은 노인에게 물었다.

"그렇다면 나머지 반은 어떤 것입니까?"

"케케케, 지금까지 오면서 보지 않았더냐?"

"네?"

그 말에 뒤로 돌아선 장천이었지만, 그곳은 무서가 아닌 다른 종류의 서적들이 있는 곳이었다.

"나머지 반은 네가 찾도록 하거라. 케케케."

수수께끼와도 같은 말을 하고 사라지는 노인을 보며 크게 한숨을 쉰 장천은 무서들을 뒤적이기 시작했다.

하지만 쉽게 무천무급을 찾을 순 없었다. 그 수가 어마어마하기 때문에 일일이 다 들여다본다 해도 몇 년이 걸릴지 모르는 일일 듯했다.

'아무래도 괴면 할아버지에게 물어봐야겠는데… 무천무급에 대해서 아실까?'

단순히 알아도 문제가 되는 것이 무천무급과도 같은 무서를 찾는 자신의 저의를 의심스럽게 볼 수도 있는 일이기 때문이다.

할 수 없다고 생각한 장천은 여기저기를 휘저으며 무천무급을 찾기 시작했는데, 역시나 세 시진 정도를 돌아보았음에도 책은 전혀 보이지 않았다.

그 시간 동안 그가 뒤진 책장은 열 개 정도밖에 되지 않았으니 그러고도 한참 남은 것을 보면 무서의 수를 짐작할 수 있을 것이다.

같은 이름의 무서만 해도 수십 권이 넘으니 암담하게 생각됨은 당연한 일이었다. 그때 누군가의 인기척이 자신의 뒤에서 느껴져 왔다.

"그래, 찾고자 하는 책은 찾았느냐?"

"휴… 아니요."

"케케케."

장천의 뒤에 나타난 인물은 다름 아닌 귀면추노. 그는 장천의 대답에 크게 웃어버리고서는 책자 하나를 그에게 던져 주었다.

"네 녀석이 찾는 물건이 나타날 때까지 그것이나 보고 있어라."

"음… 적제화용법(赤帝火用法)?"

"적제가 누구더냐?"

"사람에게 불의 사용법을 알려준 축융을 말하는 것이 아닌가요?"

그 말에 고개를 끄덕인 노인은 철장으로 가리키면서 말했다.

"세상에 단 한 권밖에 없는 책이니 훼손이 없도록 주의하도록 해라."

"예."

일단 상당한 시간이 지나 날이 저물고 있는지라 장천은 추노가 건네준 적제화용법의 책을 들고는 집으로 돌아왔다.

과연 그가 권해준 책이 무엇일까라는 생각에 간단하게 저녁 식사를 한 장천은 자신의 방에 등을 켜놓고 책의 첫 장을 펴보았는데, 그 순간 크게 실망하지 않을 수 없었다.

"이게 뭐야······."

그곳에는 아주 초보적인 불을 사용하는 방법이 적혀 있었기 때문이다.

"휴······."

한숨밖에 나오지 않았지만 일단은 추노가 자신에게 이것을 준 의도가 있으리라는 생각에 인내심을 가지고 끝까지 읽어보았다. 밤이 새어 닭의 울음소리가 들렸을 때 책을 덮은 장천은 하늘을 보며 괴성을 지를 수밖에 없었다.

"끄아악!!"

적제화용법에는 처음부터 끝까지 불의 사용법과 불에 관한 이야기만 적혀 있을 뿐 그가 원하고 있는 무공에 관한 것은 단 한 글자도 적혀 있지 않았다.

아침 일찍 다시 무고로 찾아간 장천은 책을 돌려주며 추노를 향해 따지려 했는데, 그는 책을 받자 다른 손에 들린 책을 건네주고는 말했다.

"이것도 읽고 오너라."

"화공병진서(火攻兵陣書)? 이거 병법책 아닌가요?"

"케케케, 다 읽고 다시 오너라."

그 말과 함께 다시 사라지는 추노였으니 한숨밖에 나오지 않았다.

자신이 만들어놓은 미동계를 흐트러뜨리기에는 아직은 시기상조라고 생각했기 때문에 추노에게 따지는 것을 포기한 장천은 이번에는 귀영당의 전각으로 가서 책을 읽기 시작했다. 한데 그 책엔 지금까지 전쟁에서 사용되었던 수많은 화공에 대한 진법이 쓰여 있었다.

어느 환경에는 어떻게 화공을 해야 하는지부터 화공을 이용한 진법, 화공에 대한 대처 방법이 모두 적혀 있는 순수한 병법서였다.

병사들을 인솔하는 대장군이 되려 한 것이 아니었기에 이런 책을 읽을 이유가 없었지만 일단 지금 포기하기는 아까운지라 끝까지 읽었다.

사람들은 난데없이 독서삼매경에 빠진 장천이 이상했지만 어느 누구도 장천을 건드리지 않았다.

명분이 없는 이상 장천을 해코지하지 못하는 것이었으니 일단 장천은 위험한 귀영당의 초반 생활을 독서로 조용히 빠져나가게 되는 의외의 결과를 얻게 된 것이다.

그 후로도 약 20권의 책을 읽어야 했던 장천은 웬일인지 추노가 주는 책은 거절할 수가 없었다.

장천은 더 이상 추노에게 걸렸다가는 무천무급을 찾을 기회가 없겠다 생각하곤 조심스럽게 서고 사이로 숨으며 책을 찾기 시작했지만, 무서각 경력 40년인 전문가 추노의 눈을 피할 수는 없었다.

"케케케."

"……."

이제 추노의 그 특유의 웃음에도 적응이 됐는지라 자리에 일어선 장천은 서고 사이를 기어다닌 탓에 지저분해진 바지를 털고는 말했다.

"휴… 오늘은 무슨 책이에요?"

"케케케. 하긴 젊은것이 한 달이나 버텼으면 오래도 버틴 것이지. 케케케."

"……."

괴면추노의 저의가 의심스러운 장천이었다.

"네 녀석은 무림에서 다섯 손가락 안에 드는 고수를 본 적이 있느냐?"

"아직까진 그런 분을 본 적이 없는데요? 혹시 교주님이 다섯 손가락 안에 들지 않을까요?"

장천의 말에 추노는 고개를 저으며 말했다.

"애석하지만 현 교주는 홍련교에서도 무공 서열 3위에 지나지 않는다."

"그렇군요. 천마님과 구시독인님이 있으니까요."

"그렇지. 그중 천마가 홀로 무림 서열 다섯 손가락 안에 드는구나."

"예? 구시독인님은요?"

"독을 쓰는 자치고 천하제일고수에 오른 이가 없다."

"그렇군요."

추노는 생긴 것과는 달리 상당히 박식한 인물이었다.

그 후로도 추노와 세 시진가량을 이야기만 나누니 태극은 물론 오행에 이르기까지 무학에 관련된 말을 해주었고, 장천은 지금까지보다 많은 무학의 지식을 습득할 수 있었다.

"네 녀석은 이제 오행의 기운 중 하나인 불의 기운에 대해서 어느 정도 깨우쳤다고 할 수 있을 것이다."

"음… 그동안 어르신께서 주신 책들이 모두 불에 관한 책이었으니까요."

"너도 알다시피 홍련교는 불을 숭상한다는 것을 알고 있을 것이다."

"예."

"이런 이유로 오행 중 하나인 화의 기운을 알아채지 못한다면 교주가 익힐 수 있는 무공을 익히기는 어려운 게지."

"예?"

추노의 말에 장천은 잠시 어리둥절할 수밖에 없었다. 지금 그가 말하는 것은 지금까지 불에 관한 책을 읽게 한 것은 교주의 무공을 익히기 위함이라는 말로 해석할 수도 있기 때문이다.

"홍련교의 수많은 교주들 중에서 유일하게 교주가 익히는 화의 무공을 익히지 않은 인물은 감양 교주와 전대 교주였던 천마, 그리고 현재의 교주, 이렇게 세 명뿐이지. 감양 교주 때에는 교주가 익히는 무공보다 더 뛰어난 무공이 있었기에 그럭저럭 넘어갈 수는 있었으나 전대교주와 현 교주가 불의 무공을 익히지 못한 까닭에 현재의 홍련교는 안정되지 못하고 이렇게 흔들리고 있는 것이다."

"아!"

"어떠냐, 한번 익혀볼 마음이 있느냐?"

"헉! 제가 어떻게……."

장천은 추노의 말에 크게 당황하지 않을 수 없었다.

그리고 또 생각나는 것이 추노가 어떻게 교주의 무공을 알고 있느냐

하는 것이기에 자신의 교주에 대한 충성을 시험하는 것이 아닐까 하는 생각까지 들었다.

하지만 추노의 눈은 결코 거짓을 말하는 것이 아니었다.

생긴 것과는 달리 맑게 빛나는 눈. 도저히 그런 눈을 가진 사람이 거짓을 말한다고는 믿어지지가 않았다.

추노의 말에 뭐라고 승낙할 수 없는 입장이었을 때 그들 곁으로 한 남자가 천천히 모습을 드러냈다. 장천은 그자의 모습을 본 적이 있는지라 크게 놀라며 소리쳤다.

"귀대인 율명!!"

귀대인 율명은 특유의 그 긴 팔을 늘어뜨리며 걸어와서는 갑자기 장천의 앞에서 무릎을 꿇고는 소리쳤다.

"부디 저희 암영자들의 숙원을 풀어주십시오!"

"아!"

율명이 무릎을 꿇고 절하자 추노 역시 고개를 숙이니 당황스러움이 가득했다.

"도대체 저에게 무슨 자격이 있다고 이러십니까?"

두형이 당황스러운 마음에 손을 내저으며 말하자 율명이 자리에서 일어나서는 포권하며 말했다.

"신 귀대인 율명이 두형님께 한말씀 올리겠습니다."

"예."

"저희 암영자들은 홍련교의 홍화신군(紅花神君) 교조께서 교를 창건하실 때부터 존재해 왔습니다. 저희들의 제일 목적은 교가 위급에 처했을 때 힘을 다하는 것인데, 당금의 현실은 세 명의 권력자에 의해 삼분되어 있기에 부득이 일부의 암영자가 겉으로 모습을 드러내게 되었습니다. 그러던 중 천무성골이신 두형님을 만나뵙게 되었던 것이고, 저희들 암영자는 두형님의 인품과 근골, 자질을 면밀히 살펴본 바 위급에 처한 홍련교를 맡으실 분은 두형님 외에는 없다고 생각했기에 이렇게 청을 드리는 것입니다."

"아!"

오랜 시간 교 내에서 비밀리에 존재했던 암영자의 등장에 이런 사연이 있다고는 생각하지 못했다.

하지만 전후사정을 다 이해했다고 하더라도 지금의 이 일이 그렇게 쉽게 넘어갈 수 있는 일이 아니었다.

"저… 영문을 모르겠군요. 그러니 이 일은 없었던 것으로 하고 싶습니다. 그런 이만."

그 말과 함께 장천은 뒤에 꽂혀 있던 책을 한 권 뽑아서는 잽싸게 두 사람을 피해 밖으로 빠져나왔다.

아직 날이 저물 시간이 되려면 먼 까닭에 장천은 귀영당의 전각으로 가서는 아무렇게나 뽑아온 책을 펴고는 한숨을 쉴 수밖에 없었다.

자신은 단순히 무천무급이라는 책을 훔쳐 가기 위해 침입한 첩자일 뿐인데, 교주 자리를 맡으라니 있을 수 없는 일이었다.

이런저런 생각에 머리가 아플 수밖에 없는 장천은 책이나 읽으려고 했는데, 그때 한 무리의 무사가 그의 앞에서 모습을 드러냈다.

"지금까지 많은 녀석들을 보아왔지만 귀영당에 들어와서 한 달 동안 책만 읽는 녀석은 네가 처음이군."

"응?"

고개를 들어보니 검미가 멋들어지게 뻗어 있는 절세미남의 청년이 팔짱을 끼고는 다른 무리들의 앞에서 자신을 보며 중얼거리는 것을 볼 수 있었다.

"누구?"

"갈무성이라 한다."

"아! 갈무성! 칠칠치 못하게 마누라를 뺏긴 남자의 아들이었지!"

"……."

자신도 모르게 기문숙이 가르쳐 준 말을 그대로 내뱉은 장천이었으니 갈무성의 미간에는 큰 주름이 생길 수밖에 없는 일이었다.

"네 녀석… 죽여주마!"

역시나 그런 모욕을 받고 참을 수 있는 갈무성이 아니었다. 허리에 차고 있던 검을 뽑은 녀석은 그대로 장천을 향해 내려쳤다.

"우와!"

크게 놀란 장천은 몸을 옆으로 날리며 일도양단에서 간신히 벗어날 수 있었다.

"지 아비를 닮아 쥐새끼 같은 녀석이로군!"

"헉!"

그제야 자신의 실수를 눈치 챈 장천이었다. 율명과 추노 때문에 정신을 딴 곳에 빼놓고 있었던 것이 문제였다.

"어이, 말로 하자고, 말로!"

"실력은 없으면서 입만 살아 움직이는 것은 부자가 똑같구나!"

말로 하자고 말로 할 사람이 아니었기에 장천은 할 수 없이 검을 뽑아서 녀석에게 대적할 수밖에 없었다.

장천이 검을 뽑자 갈무성의 뒤에 있던 다른 청년들도 모두 병장기를 뽑아 들고는 장천의 주위를 둘러싸기 시작했으니 그로선 어떻게 빠져나갈 도리도 없었다.

"잠깐!"

다행히 이러한 위기를 보며 장천에게 도움의 손길이 닿았으니 장천을 둘러싼 갈무성의 무리들 뒤로 일단의 사람들이 또다시 모습을 드러냈다.

"민 여협!"

갈무성의 뒤로 모여든 무리들은 여자 무사들로만 이루어져 있는 민소희의 무리들이었다. 그들은 병기를 빼어 들고는 당장이라도 장천을 둘러싼 무사들을 공격할 준비를 하고 있었다.

"민소희!!"

"갈무성, 너무 성급한 게 아니냐?"

민소희는 그를 보며 회심의 미소를 지으며 말하고는 천천히 등 뒤에 있는 검으로 손을 가져갔다.

장천을 공격하겠다면 자신들 역시 나서겠다는 무언의 압력이었는데, 그때 무리들 중 유일하게 수수방관하고 있던 청년이 그녀의 앞으로 고개를 내밀고 와서는 말했다.

"갈무성은 모욕을 당했다."

"강순!"

"내가 너의 부모를 욕했다면 가만히 있겠는가?"

"음……."

확실한 정황을 알 수 없었던 민소희는 그의 말에 뭐라 반박할 수 없었지만, 일단 장천을 위기에서 벗어나게 하겠다는 생각에 말을 이었다.

"하지만 같은 교도로서 한 사람을 다수가 핍박하는 것을 볼 수가 없군."

"물론이다. 이 일은 갈무성과 두형의 일. 정당한 결투로 승부를 내도록 하지."

"……."

의외로 강순이 자신들의 지금 행동과는 달리 두 사람 간의 싸움으로 승부를 내자고 말하자 민소희로선 더 이상 끼어들 수 없는 입장이 되어버렸다.

강순의 말을 들은 갈무성은 그 말에 고개를 끄덕이고는 민소희를 가리키며 말했다.

"좋은 생각이군. 어떤가, 민소희. 네가 두형과의 대결에서 증인을 맡지 않겠는가?"

"음… 알겠다."

일단은 갈무성이 무슨 짓을 할지 모르는 상황이라서 자신이라도 가까이 있어야 한다는 생각에 민소희는 그의 말에 수락의 의사를 보냈다.

"장소는 연무장. 일시는 이틀 뒤 오시로 하도록 하지."

장소와 일시를 말한 강순은 천천히 몸을 돌려 사라지니 그의 뒤를 따라 갈무성 일행 역시 병기를 집어넣고는 장천의 곁에서 물러났다.

"휴우."

그들이 사라진 후 장천이 안도의 한숨을 내쉬자 민소희는 그의 앞으로 걸어가서는 심각한 어조로 말했다.

"안심할 때가 아니에요."

"예?"

"갈무성은 귀영당의 젊은 무사들 중에서도 다섯 손가락 안에 드는 실력자. 현재 당신의 실력이 어느 정도인지는 모르지만 그의 적수가 될 수는 없어요."

자신의 무공이 얼마나 되는지도 모르면서 적수가 될 수 없다고 단정

짓는 말이 기분이 나쁘기는 하지만, 일단은 도와준 사람인지라 고개를 저으며 말했다.

"그가 얼마나 강한 사람인지는 모르겠지만 저 역시 한 수의 재간을 가지고 있다고 생각합니다. 그럼 이만."

상대할 필요 없다고 생각한 장천은 검을 집어넣고는 떨어져 있던 책을 집어 민소희들에게서 벗어났다. 이에 그녀는 한숨만을 쉴 뿐이었다.

"휴……."

"민 언니, 어떻게 하죠? 그분께 알려야 할까요?"

"아무래도 그래야 될 것 같구나."

"그럼 제가 갔다 오도록 하겠습니다."

"부탁한다."

"예."

그녀들의 말에 의하면 의문의 사람에게서 장천을 보호하라는 명을 받았다는 것을 알 수 있었는데, 과연 그녀들이 말하는 그분이란 누구를 말하는 것일까?

장천과 갈무성의 대결은 순식간에 비영당은 물론 본단 전체에 소문이 퍼졌고 그의 형제들은 크게 걱정하지 않을 수 없었다.

"두형, 잠시만……."

"……."

은조상은 어디서 구해왔는지 줄자를 가져와서는 장천의 치수를 재기 시작해 할 말이 없는 장천이었다.

"무슨 짓이냐."

"귀영당, 그것도 실력을 인정받고 있는 갈무성과의 대결이니 관이라도 일단 만들어야지."

"니가 형제냐!"

잠시 은조상을 응징한 장천이었다.

동방명언은 갈무성과 장천이 비무한다는 이야기를 듣고 급히 수집한 정보를 알려주었다.

"갈무성… 귀영당의 젊은 무사들 중에서 가장 검을 잘 쓴다고 알려져 있는데, 문제는 검보다 그의 심계야."

"심계?"

"예전에는 그보다 검을 잘 쓰는 사람들이 있었음에도 갈무성과 비무를 하게 되면 이상하게 힘을 못 썼다고 하더군. 다섯 명의 무사와 비무를 해 네 명을 죽고 한 명은 반신불수의 상처를 입었다는 소리에 한 번 그를 찾아가 봤더니 갑자기 한순간 내력이 끌어올려지지 않았다고 하더군."

"음… 독인가?"

그 말에 동방명언은 고개를 가로저으며 말했다.

"글쎄, 그런 이유로 독이 검출되었나 조사해 본 적은 있었는데, 애석하게도 총단의 의원조차 독은 발견하지 못했다고 하더라고."

"음."

그 말을 들은 장천은 고민에 빠질 수밖에 없었다.

단순한 비무가 아니기 때문이다.

그와 대결했던 다른 이들이 당했던 것을 간파하지 못한다면 가뜩이나 승산이 없는 싸움은 더욱 승산을 찾아볼 수가 없을 것이다.

하지만 그 방법이 무엇인지 모르는 장천으로선 할 수 없이 은가장의 연무장에서 지금까지 익혔던 무공을 더욱 연습할 수밖에 없었다.

그때 검 연습을 하고 있는 장천에게 두 명의 여인이 소리를 지르며 뛰어왔다.

"두 형!"

"응?"

여인은 바로 은영영과 유능예였다.

"갈무성과 비무를 한다는데, 사실이야?"

은영영은 가쁜 숨을 몰아쉬며 간신히 장천에게 물어보았다.

"응."

"바보! 상대를 봐가면서 싸워야 될 것 아니야!"

장천의 대답에 두 사람이 크게 낙담을 하고는 소리치자 장천으로선 조금 자존심이 상할 수밖에 없었다.

"뭐야! 갈무성이 잘났으면 얼마나 잘났다고 말하는 사람마다 다 그런 소리를 하는 거야! 젠장! 검 수련 더 할 거니까 귀찮으니 저리 가라고!"

장천은 두 여인에게 신경질을 부리고는 지금까지 배웠던 검을 복습했다.

하지만 며칠 연습한다고 검술이 눈에 띌 정도로 늘어나는 것이 아닌지라 검을 내던진 장천은 자포자기한 심정으로 무서각으로 향했다.

무서각에 도착하자 역시나 추노가 모습을 드러냈는데, 그는 자신을 보며 큰 소리로 웃기 시작했다.

"케케케케."

"뭐가 그렇게 우스워요?"

"네 녀석의 얼굴에 불안한 기운이 가득하니 어찌 웃음이 나오지 않겠느냐. 케케케케."

"칫!"

장천은 더 이상 상대하기 싫다는 표정을 지으며 무서가 있는 책장 쪽으로 걸음을 옮겼는데, 그때 추노가 그런 장천을 보며 말했다.

"케케케. 내가 이기게 해주랴?"

"네?"

추노의 말에 귀가 솔깃하지 않을 수 없는 장천이었다.

"지금 내가 가지고 있는 것으로도 충분히 승산은 있다. 어떠냐? 나에게 지도를 받아보지 않겠느냐?"

"그럴게요."

많은 지식을 가지고 있는 추노라면 어떻게 할 수 있을 것이란 생각을 한 장천은 고개를 끄덕였고, 추노는 그런 장천을 자신의 집으로 데려갔다.

추노의 집은 총단 외곽에 있는 작은 초가집이다.

집 뒤로는 높은 암벽이 자리 잡고 있는지라 그늘지고 음습한 집이었기에 양택풍수로 본다면 최악의 자리였다.

"어디, 자신있는 검술을 한번 펼쳐 보아라."

그 말에 장천은 그래도 가장 손에 익은 홍련십팔검을 시전하기 시작했다.

내공에 있어서는 젊은 후기지수들 사이에서 최고라고 할 수 있는 장천의 홍련십팔검은 검이 한 번 휘둘러질 때마다 공기를 가르는 소리가 날카롭게 터져 나오니 추노는 고개를 끄덕이며 만족한 표정을 지었다.

이각 정도가 지나자 장천은 홍련십팔검의 모든 초식을 마치고 마무리 자세로 돌아왔다.

"내공 하나만큼은 내로라하는 고수들 못지않구나."

"무슨 소리예요! 내로라하는 고수들보다 높다고요!"

내공에서 자신있는 장천이 추노의 말을 반박하면서 배를 내밀었다. 그러자 철장으로 잘난 척하는 배를 한 번 후려갈긴 추노였다.

"끅……"

"애석하지만 검술에 있어서 가장 중요한 것은 내력이 아니다."

"그럼 뭔데요?"

"묻겠다. 병기가 왜 생겼느냐?"

"예?"

"병기가 왜 생겼느냐 묻지 않느냐?"

"그거야 싸움할 때 상대를 쉽게 쓰러뜨리기 위해서가 아닌가요?"

"원론상으로는 조금 벗어난 말이기는 하지만 그리 틀린 말은 아니구나. 그래, 검은 살상 병기라고 할 수 있지. 묻겠다, 사람의 몸에 검을 찔러 넣으면 어떻게 되느냐?"

추노의 말에 그게 질문이라도 되느냐고 손을 내저으며 말했다.

"당연히 상처를 입거나 심하면 죽겠죠."

"그래. 그럼 내공을 끌어올린 검으로 찌르면 어떻게 되겠느냐?"

"휴… 아까랑 똑같이 상처를 입거나 심하면 죽겠죠?"

그 말에 추노는 장천을 보며 미소 짓고는 말했다.

"잘도 말하는구나. 그럼 너에게 묻겠다. 검으로 찌르면 상처를 입거나 죽는 것은 마찬가지일 텐데 내공이 높아서 무슨 소용이냐?"

"……"

"케케케. 잘 듣거라. 내공이 높다는 것은 그만큼 검술이나 다른 무공을 행할 때 유리한 것뿐이지, 절대적으로 우위를 점할 수 있는 것은 아니다. 또 비슷한 동년배의 대결에서 내공의 고저는 미약하기 그지없으니 비무는 내공이 아닌 그 외에 다른 것으로 승부를 가르게 되는 것이다."

"그렇군요."

장천은 추노의 말에 자신이 내공의 높음에 조금 자만심을 가지고 있었다는 것을 알 수 있었다.

"방금 전 네 녀석의 검술을 보니 검로가 깨끗하고 요혈을 노리는 일검에 흐트러짐이 없는 것으로 보아 꽤 수련을 했다는 것을 알 수 있었다."

"헤헤헤."

"하나 그것만 가지고는 아무 소용이 없느니라."

"휴. 그럼 또 뭐가 필요한가요?"

역시나 소용없다는 말에 추노를 보며 힘없이 묻는 그였다.

"첫째, 실전 경험이 부족하다. 둘째, 내공을 믿고 너무 힘으로 밀어붙이는 검술을 하고 있다. 셋째, 검이 너무 정직하다. 넷째, 변초가 부족하다. 다섯째……."

그 후로 추노가 말한 문제점의 개수는 총 일흔아홉 개에 해당하니, 이각 만에 그토록 많은 문제점을 지적한 그를 보며 장천으로선 황당하지 않을 수 없었다.

"휴… 저의 검술에 그렇게나 문제점이 많다니… 할 말이 없군요."

비도문의 글귀를 해석하면서 자신의 검술에 자신이 생겼던 장천은 이제 좌절의 쓰라림을 맛볼 수밖에 없었다.

"케케케. 그리 실망할 것은 없다. 세상에 완벽한 검술을 시전하는 이는 무림 역사상 단 한 명도 없었다. 소림의 시조인 달마나 무당의 시조인 장삼봉 역시 문제점을 가지고 있었을 테니 말이다."

"그렇군요. 그나저나 어떻게 해야 되는 거죠?"

"별거 아니다. 갈무성이 검에 뛰어나다고는 하지만 그 역시 문제점은 있으니 넌 그것을 찾아서 공격하면 되는 것이니라."

"예?"

"케케케. 지금부터 내가 가르치는 방법은 오로지 갈무성에게만 통용되는 것이니 그와 대결한 후에는 모두 잊도록 하거라."

"예."

많은 지식을 가지고 있는 추노는 그때부터 장천에게 검로를 하나하나 지적하면서 가르치기 시작했는데, 그가 가르치는 검술은 조금 변칙적인 검로가 대부분이었다.

그것은 바로 갈무성의 검법에서 보여지는 약점만을 공격하는 대갈무성용 검술이었으니 그 동작에는 불필요한 동작도 많이 있었고, 검로는 자신의 약점을 그대로 노출시키는 것도 있느니만큼 장천으로선 조금 믿음이 떨어질 수밖에 없었다.

하지만 일단은 자신에게 해를 끼칠 인물이 아니었으니 시키는 대로 고스란히 검을 배워 나갔다.

다음날 정오, 드디어 갈무성과의 비무가 시작되었다. 비무가 있는 귀영당의 연무장에선 수많은 사람들이 일찌감치 모여 자리를 잡고 있었다.

그들 중에는 단순히 귀영당의 무사들만 있는 것이 아니라 총단의 높은 직책에 있는 사람은 물론 심지어는 교주까지 자리를 잡고 있었으니, 장천과 갈무성의 대결이 생각보다 크게 번진 것이다.

"휴… 무슨 사람이 이렇게 많대?"

장천은 형제들과 같이 귀영당의 건물 안에서 준비를 하고 있었는데,

족히 수백 명을 넘어설 것 같은 사람들의 모습에 기가 질릴 수밖에 없었다.

"그만큼 너나 갈무성이 총단에서 중요한 위치에 있다는 뜻이야."

"중요한 위치?"

은조상의 말에 장천은 이해하지 못하고 되묻지 않을 수 없었다.

"너의 경우에는 이미 교주님의 손녀 사위가 될 것이라는 소문이 총단 내에 퍼져 있고, 갈무성의 경우에는 사파의 세력을 홍련교로 끌어들일 수 있는 사람이니까."

"……."

은조상의 말에 할 말이 없었는데, 그때 장내가 크게 소란스러워지기 시작했다.

"응? 무슨 일이지?"

교주가 이미 자리를 하고 있었는지라 이렇듯 소란스러워지는 것은 있을 수 없는 일이었는데, 그때 데비드가 문을 덜컥 열면서 들어와서는 큰 소리로 소리쳤다.

"형제들, 엄청난 사람이 이곳으로 왔다!"

"엄청난 사람이라?"

"헉헉! 처, 천마 문천익과 구시독인 예운이 연무장에 왔다고, 연무장에!"

"아!"

그제야 형제들은 왜 사람들이 소란스럽게 변했는지 그 이유를 알 수 있었다.

살짝 방문을 열어 사람들 사이를 훑어보니 혈의무복을 입은 일단의 무사들과 흑의무복을 입은 일단의 무사들 모습을 확인할 수 있었다.

"혈의무복을 입은 무사들이 천마단, 흑의 무복을 입은 무사들이 구시독인의 흑시단이다."

은조상은 그들의 모습을 본 적이 있는지라 형제들에게 설명해 주었다.

"우… 생각보다 일이 복잡하게 변하는 것 같군."

천마단의 무사들 가운데에는 그들이 호위를 하고 있는 인물이 있었으니 그가 바로 천마 문천익이었다.

현재 나이 팔십이 넘어서는 고령이지만, 길게 늘어뜨린 수염의 위로 보이는 얼굴은 아무리 보아도 40 이상의 나이론 보이지 않았다.

날카롭게 뻗어 있는 검미 밑으로 혈광이 아른거리는 눈을 지니고 있었는데, 들리는 말에 의하면 천마신공에 의해 눈의 색깔이 변했다고 한다.

허리에는 화려한 문양의 검이 매어져 있었는데, 그것이 바로 천마의 애검이라는 천마신검으로 검에 적중된 곳은 피가 멈추지 않는다고 알려져 있는 무시무시한 귀검이었다.

또 흑시단의 무사들 가운데 조금 키가 크고 말라 있는 노인이 한 명 있었으니 그가 바로 구시독인 예운이다.

앙상하게 마른 손톱 끝에는 푸르스름한 기운이 서려 있는 것으로 보아 독이라는 것을 알 수 있었는데, 긴 흑의의 장삼 위로 보이는 얼굴은 마치 해골을 보는 듯할 정도였다.

그는 두 손으로 해골로 장식한 지팡이를 들고 있었는데, 그것이 바로 구시독인 예운의 독문무기인 백골독장(白骨毒杖)으로 수백 종류의 독이 세밀한 기관 장치에 의해 숨겨져 있다고 하는 무기였다.

"그런데 말이야, 천마와 구시독인이 일개 귀영당의 무사들이 싸우는 비무에 모습을 보인 것은 조금 이상하지 않아?"

동방명언의 말에 형제들은 모두 고개를 끄덕일 수밖에 없었다.

물론 두 사람이 어느 정도 세인의 관심을 끌고 있는 인물이긴 하지만 그들이 나설 정도로는 부족하기 때문이다.

"아무래도 무엇인가 음모의 냄새가 풍기는걸."

은조상은 진짜 냄새라도 나는 듯이 킁킁거리고는 장천을 보며 말했다.

"어쨌든 이번에는 결코 질 수 없는 비무이니 최선을 다하라고."

"죽으라고 치수 잴 때는 언제고……."

"하하하. 죽을힘을 다해 싸우라는 이야기지."

은조상의 변명 아닌 변명을 들으며 장천은 탁자에 놓여 있는 검을 들었고, 드디어 갈무성과의 비무가 시작되려 하고 있었다.

장천이 검을 들고는 앞으로 나서자 사람들은 크게 웅성거리기 시작했다.

그가 연무장에 들어서니 갈무성은 먼저 나와 차분히 검을 살펴보고 있었고, 그의 옆에는 작달만한 키의 남자와 민소희와의 이야기에서 비무를 이끌어낸 부를 들고 있는 청년이 있었다.

"교주님께 인사드립니다."

연무장에 들어선 장천이 인사하자 교주는 미소를 지으며 말했다.

"오늘의 비무 기대하겠네."

"최선을 다하도록 하겠습니다."

교주에게 인사를 마친 장천이 천천히 전대 교주인 천마와 구시독인에게도 인사를 올리니 그들은 손을 까딱하는 식으로 인사를 받을 뿐 아무런 말도 없었다.

'쳇! 거만 떨기는……'

실제로 지위가 상당히 높은 인물이니만큼 속으로만 중얼거린 장천은 형제들이 서 있는 곳으로 걸음을 옮겼다.

데비드는 장천의 어깨를 주물러 주면서 말했다.

"긴장하면 자신의 실력을 제대로 발휘하지 못하니 긴장을 풀도록 해."

"고마워, 데비드."

장천이 그에게 고맙다는 말을 하고 검을 들어서는 다시 연무장의 가운데로 향했다.

갈무성 역시 천천히 걸어오기 시작했다.

"형제들에게 작별 인사는 잘 해두었는가?"

장천을 도발이라도 하려는 듯이 미소를 흘리며 갈무성이 그렇게 말하자, 원래 말싸움에는 별로 밀리는 그가 아닌지라 크게 웃음을 터뜨리기 시작했다.

"하하하하!"

갑자기 장천이 웃음을 터뜨리자 그로서는 조금 이상하게 생각할 수밖에 없었는데, 그런 갈무성을 보며 장천은 아무것도 아니라는 듯이 손을 내저으며 말했다.

"하하하. 미안하네. 자네가 내 형제일지 모른다는 생각이 들자 지금의 상황이 우스워 웃음이 나왔을 뿐이네."

"이익!"

갈무성의 어머니는 장천의 아버지라는 두성과 정을 통한 여인, 그런 이유로 장천의 말에 그는 이마에 핏줄이 설 정도로 노기가 치솟지 않을 수 없었다.

"언제까지 그 잘난 주둥아리를 나불거릴 수 있는지 보자!"

"하하하! 딱딱하게 굳어 개소리만 하는 그 헛바닥은 집어넣고 비무에나 신경 쓰지 그라나?"

"으드득."

그의 말에 갈무성이 노기를 참지 못하고 검을 뽑아 드니 장천 역시 검을 뽑아 들고는 기수식을 취했다.

그가 사용하는 검술은 홍련십팔검, 이미 홍련십팔검에 대해서 완벽하게 조사를 한 갈무성은 회심의 미소를 지었다.

'잘난 주둥아리를 일검에 베어주마! 흐흐흐.'

승리의 미소를 날린 갈무성은 기수식을 사용한 인사가 끝나자 상대를 노려보기 시작했다.

"하압!"

두 사람 중 선공을 한 사람은 갈무성이었다.

쾌보법을 사용하여 빠른 속도로 앞으로 뛰어간 갈무성이 쾌검의 검법 중의 하나인 섬전검법(閃電劍法)을 사용하자 눈에 보이지도 않은 검광이 장천의 이마를 향해 뻗어 나갔다.

"핫!"

하지만 내공에 의해 안력이 극도로 높아진 장천은 쾌검의 움직임까지 파악할 수 있으니 왼발을 축으로 몸을 뒤로 돌려서는 팔을 꼬아서 그의 옆구리를 향해 일검을 날렸다.

"합!"

챙!

자신의 검을 몸을 회전하여 피하자 검로를 바꾸어 횡소천군의 초식을 사용하여 양단하려던 갈무성이었지만, 옆구리를 향해 장천의 검이 밀려오자 급히 오른발을 물러서는 횡소천군의 초식을 대각선 아래로 내리니 두 사람의 검은 날카로운 파쇄음을 내면서 불꽃을 뿜었다.

"호오!"

아직 일합에 지나지 않았지만 부드럽게 연결되는 비무와도 같은 두 사람의 검을 보며 사람들은 탄성을 지르지 않을 수 없었다.

"실로 놀라운 솜씨들이군. 허허허."

역시나 너털웃음을 지으며 탄복하는 사람은 인자한 중년 남성인 은 장로였다.

한편 두 사람은 검을 마주치자 내력을 들이밀며 대치하기 시작했는데, 갈무성은 장천은 엄청난 내력에 크게 당황하지 않을 수 없었다.

'이 자식! 뭐야!'

지금까지 많은 사람들과 대련이나 비무를 하면서 내력 다툼을 해본 적이 많이 있기는 했지만 현재 자신의 상대인 장천 정도의 내력은 처음이었다.

현재 구성이 넘는 힘을 사용하고 있는데도 그와 대등하게 겨루는 장천은 얼굴색 하나도 변하지 않으니 내력 대결은 크게 위험하다고 생각한 갈무성은 급히 검을 회전시켜서는 두 검의 힘을 땅으로 떨어뜨렸다.

쿠궁!

본래 내력 대결에선 어느 한쪽이 힘을 줄이게 되면 기가 역행하면서 크게 내상을 입게 된다. 이럴 경우에는 서로 간의 내력을 같이 줄이거나 두 사람의 내공을 압도하는 다른 이의 도움을 받으면 풀 수 있게 되는데, 갈무성은 그 내력의 힘을 땅으로 떨어뜨림으로써 이 순간을 벗어난 것이다.

물론 장천이 경험이 있었다면 괜찮았겠지만 대전 경험이 극히 적은 그였기에 갈무성의 방법에 그대로 넘어가고 말았다.

두 사람의 내력의 힘이 한꺼번에 땅으로 밀려들자 큰 폭음과 함께 사방으로 돌이 튕겨져 날아갔다.

갈무성은 내력 대결에서 힘을 소비했기에 몸을 뒤로 날려 숨을 진정시키기 시작했다. 하지만 이 정도의 대결에서도 장천은 가쁜 숨 하나 쉬지 않는 것을 보며 조금 긴장하게 되었다.

'휴… 내력 대결은 반드시 피해야 할 녀석이군. 뭘 먹었길래 저 나이에 내력이 저렇게나 높지? 음.'

한편 장천은 뒤로 몸을 피한 갈무성을 보며 움직이지 못하고 있었는데, 그것은 바로 아까운 순간을 놓쳤기에 생긴 충격 때문이다.

'젠장! 내력 대결에서 그대로 온 힘을 다해 밀어붙이는 건데… 히잉…….'

추노의 말에 너무 신경을 쓴 나머지 자신의 내공이 갈무성에 비해 크게 압도함을 까먹은 녀석은 내력 대결에서 추노가 말했던 대로 삼성 정도의 힘만을 발휘하고 있었던 것이다.

삼성 내력의 힘으로 구성의 힘을 다한 갈무성과 대등한 힘을 보여준 장천이 보통 신진무사들에 비해 내력이 얼마나 높은 것인가를 반증해 주는 장면이었다.

"휴우……."

갈무성은 어쩔 수 없이 비장의 수법을 사용해야 한다는 생각에 크게 숨을 내쉬고는 다시 자세를 잡으니 그의 검술을 본 천마는 조금 놀란 표정을 지었다.

"저 검술은?"

"쓸모있는 녀석인지라 잡술을 하나 전수해 주었습니다."

천마의 놀란 표정에 대답을 하는 사람은 그의 뒤에 있던 흑의무사였다.

흑의무사가 그 일에 대해서 설명하자 천마는 그제야 알겠다는 듯 고개를 끄덕이고는 두 사람의 대결 모습을 보며 중얼거렸다.

"저 꼬마 아이가 그 검술을 익혔단 말이지. 후후후, 이 비무 볼 만하겠군."

과연 천마가 말하고 있는 검술이 무엇일까?

갈무성의 자세가 종전과는 크게 변하자 장천은 드디어 때가 되었다는 것을 알고는 자신 역시 자세를 잡았는데, 사람들은 그 모습에 조금 의아한 표정을 지었다.

"홍련십팔검의 자세인데 조금 이상하군."

그렇다. 장천이 취한 자세는 홍련십팔검의 자세. 하지만 전과 비교하면 크게 달라진 자세이니, 일단 무게 중심이 세 치 정도 낮아졌고 오른손에 들려 있는 검끝이 약간 위로 올라와 있는 조금은 외도로 벗어난 자세라고 할 수 있었다.

"차앗!"

역시나 선공을 행한 것은 갈무성이다. 그가 빠른 속도로 쇄도해 들어와서는 검을 찔러오니 단 일 검을 내질렀을 뿐인데도 장천은 십여 개의 검이 한꺼번에 밀려오는 듯한 느낌을 받았다.

"하압!"

하지만 당황하지 않은 장천은 검끝을 빠르게 움직여 십여 개의 검을 한꺼번에 쳐버리고는 몸을 돌려 왼손을 사용하여 일장을 뻗었다.

"헉!"

갈무성은 그 순간 크게 놀라지 않을 수 없었는데, 자신의 검을 뻗어 환검을 만들어냈을 때 생기는 좌측 허리의 허점을 그대로 파고들어 왔기 때문이다. 하지만 이 정도에 당할 그도 아니었으니 수도를 만든 그는 장천의 손목을 왼손으로 내려쳤다.

"사실 이건 허초라네!"

그의 왼손이 움직이는 것을 보며 소리를 친 장천은 오른발을 들어서는 그대로 갈무성의 턱을 향해 올려쳤는데, 그 순간 무엇인가 발에 걸리는 듯한 느낌이 들었다.

'응?'

이상한 느낌에 급히 올려치던 다리를 내려서는 뒤로 물러섰는데, 아니나 다를까, 정강이는 칼이라도 베인 양 날카로운 상처가 여러 군데 생기며 피가 흘러내리고 있었다.

장천의 올려치기 역시 처음 날렸던 일장과 같은 허초여서 그리 힘을 다하지 않았기에 망정이지 온 힘을 다해 공격했다면 더욱 큰 상처를 입었을 것이다.

고개를 들어 갈무성의 검 주위를 보니 자신의 피가 공중에서 떨어지고 있는 것을 볼 수 있었다.

"투영혈사(透映血絲)다!"

비무를 보고 있던 사람들은 피가 떨어지고 있는 것을 보며 크게 소리를 지르니 한편에서 그것을 보고 있던 은조상은 무릎을 치며 소리쳤다.

"바로 저것이로구나!"

"무슨 소리야?"

데비드가 영문을 몰라 물어보는데, 동방명언이 심각한 표정을 지으며 투영혈사에 대해서 말해 주었다.

"투영혈사는 유명한 자객 중의 한 사람인 흑영살(黑影殺)이 사용하던 무기 중 하나로 당시 대부분 그에게 죽임을 당한 이들은 어떠한 무기로 죽었는지 알지 못했다고 하지. 나중에 그 무기가 투영혈사라는 것을 알았는데, 천잠사로 만든 실에 금강석의 가루를 묻혔기 때문에 눈에 보이지 않을 뿐 아니라 칼날에 필적할 정도로 날카롭다고 하지. 갈무성이 내력을 더해 평평하게 유지하지 않아서 다행이지, 만약 그랬다면 다리가 두 동강이 났을 게 분명하다."

"음."

한편 장천은 갈무성이 들고 있던 것이 투영혈사라는 것을 알게 되자 조금 두려움이 느껴질 수밖에 없었다.

"이런… 아무래도 들킨 것 같군."

갈무성은 비밀리에 준비하고 있었던 투영혈사가 장천에게 드러나자 애석하다는 표정을 지었지만 그의 왼 손가락이 빠르게 움직이는 것으로 보아 무엇인가를 준비하고 있다는 것을 알 수 있었다.

"아무래도 흑영살이 사용했다던 수법을 준비하고 있는 것 같군."

"흑영살이 사용한 수법?"

은조상이 무엇인가 깨달은 듯 중얼거렸지만 데비드는 역시 아무것도 모르는지라 동방명언에게 물어보았다.

"아까도 말했던 바와 같이 흑영살의 수법은 그가 죽기 전까지는 어느 누구도 알아내지 못했다고 하지. 그가 투영혈사를 이용하여 썼던 방법은 날카로움을 이용하여 목을 베어버리는 귀영참수(鬼靈斬首) 수법과 귀수나혼(鬼手拏魂), 바로 투영혈사를 사용하여 몸을 움직이지 못하게 하는 수법 두 가지이지."

"그럼 지금까지 몸을 움직일 수 없었다고 한 사람들은……!"

"그래, 흑영살의 귀수나혼 수법에 걸린 거라고 볼 수 있지."

"음……."

한편 동방명언과 데비드의 이야기를 들으며 고개를 끄덕이는 사람이 있었으니 그는 바로 구시독인이었다.

"저기 서역의 무사에게 무공을 설명해 주는 아이가 누구더냐?"

구시독인은 뒤에 서 있던 또 다른 해골인을 보며 물어보았는데, 그의 물음을 들은 해골인은 고개를 숙이더니 동방명언에 대해 말을 해주었다.

"현재 갈무성과 대적 중인 두형이란 소년의 의형제인 동방명언이라 합니다."

"동방명언이라… 음… 실로 탐이 나는 인재로구나."

"현재 교주의 수족 중의 하나인 은 장로의 아들 은조상과 데비드라는 서역 청년, 그리고 연무장에 있는 두형이란 아이가 의형제의 연을 맺었다고 하더이다."

"음… 저 아이를 우리 쪽으로 끌어들이도록 하여라."

"예."

"후후후, 요즘엔 본 교에서 똘똘한 녀석들을 보기 힘들었는데, 오래간만에 쓸 만한 아이를 보니 기분이 좋구나. 후후후."

구시독인이 웃음을 흘리자 그는 곰방대를 들어 건네주고는 불을 붙였다.

"구시독인님의 놀라운 통찰력에 감탄할 뿐입니다."

"흐흐흐……."

데비드의 연속된 물음으로 한순간에 구시독인이라는 거물에 의해 동방명언이 포섭당하게 되는 순간이니, 실로 사람일은 알다가도 모를 일이었다.

한편 장천은 갈무성이 왼손을 움직이는 것을 보며 청력을 기울여 투영혈사로 무슨 일을 하려는지 살펴보려 했지만, 가벼운 실의 움직임에서 나는 소리는 미세하기 짝이 없었기에 그것이 어디로 뻗어 나갔는지조차 알 수 없었다.

'칫!'

적의 수법을 알지 못하니 함부로 공격하기도 어렵게 돼버린 장천은 검을 회전시키며 자신에게 투영혈사가 날아오는 것을 막을 뿐이었다.

"크크크. 이제부터 시작이군."

한참 후 모든 작업을 마무리한 갈무성이 간사한 웃음을 터뜨리며 장천을 향해 다가서니 그의 이마에서 식은땀이 흘러내리고 있었다.

"하압!"

하지만 어떤 수법인지 모른다 하여 물러설 수만은 없는 일. 일단은 선수를 펼쳐 그가 계획하고 있는 것을 흩뜨리겠다 생각한 장천은 선공을 시작했다.

변형된 홍련십팔검의 초식을 사용하여 추노가 말한 그의 약점을 공략했지만 상대는 너무 쉽게 막고 있었다.

"흐흐흐… 언제까지 똑같은 결점을 유지할 것이라 생각했는가."

"웅!"

"누구에게서 알아냈는지 모르지만 난 이미 전에 있었던 무공에서 보였던 결점 중 팔 할 이상을 보완했다. 물론 나머지 이 할은 나의 힘으로도 부족했지만 네 녀석의 실력으로 그 이 할의 결점을 찾을 수 있을지는 모르겠군!"

무공의 결점은 그것을 알고 있다면 보완이 가능하다.

하지만 그것은 쉬운 일이 아니었다. 한번 만들어진 자신의 문제점을 고치려 하다가는 또 다른 문제점이 나오는 것이 무학이기 때문이다.

그것을 해결하기 위해선 수많은 반복 연습과 함께 자기 자신에 대한 완벽한 고찰이 필요한데, 그것을 팔 할까지 완성했다는 갈무성의 말을 들으며 그가 결코 자신의 자질만을 믿고 있는 자가 아니라는 것을 알 수 있었다.

"그리고 말이야, 네 녀석의 검술을 보며 난 이미 모든 것을 완성했다네!"

그 말과 함께 갈무성이 가볍게 왼손을 끌어 올리자, 순간 장천의 몸은 무엇인가에 단단히 묶여 버린 듯 움직일 수 없는 상황이 되어버렸다.

"헉!"

그와 대결했던 사람들이 언제나 하는 말, 마치 독이라도 당한 듯한 느낌으로 움직일 수 없었다는 그 말이 드디어 장천에게도 실현되고 있었다.

땅에 붙은 듯이 움직이지 않는 다리와 함께 팔은 아래로 내려가고 있었기에 그의 몸은 완전히 무방비 상태가 될 수밖에 없었다.

"역시 귀수나혼의 수법이군. 후후."

천마는 장천이 갑자기 검을 내리고 당황한 표정을 짓자 귀수나혼의 수법이 펼쳐졌다는 것을 알고는 미소를 지으며 중얼거렸다.

"어차피 삼류의 수법일 뿐입니다. 저 아이가 귀수나혼을 파해하지 못한다면 처음부터 문제가 될 아이는 아니었던 것이겠지요."

"그렇군. 그래, 자네는 어떤가? 저 아이가 귀수나혼의 수법을 파해할 수 있다고 생각하는가?"

그가 조용히 고개를 끄덕이자 조금은 놀란 표정을 지은 천마는 의아한 표정으로 말했다.

"생각보다 저 아이를 높게 평가하는군?"

"아직 숨겨놓은 무공이 있는 아이니까요."

"숨겨놓은 무공?"

"예. 저 아이의 몸가짐으로 봐선 단순히 홍련십팔검만을 익혔다고 보기는 어렵습니다."

무공이 높아지면 통찰력이 높아지는 것은 사실이지만 모든 이가 그런 것은 아니었다.

천마는 무공이 마교에서도 최고로 손꼽을 정도로 뛰어나긴 했지만 통찰력은 그렇게 뛰어나지 못한 것이 사실이기에 그를 자신의 측근으로 삼고 있었던 것이다.

날카로운 통찰력을 보이고 있는 그는 이미 장천에게 다른 무공이 있다는 것을 눈치 채고 있었으니 천마는 일이 재미있게 됐다는 생각에 다시 비무로 눈을 돌렸다.

귀수나혼의 수법에 의해 완전히 몸이 봉쇄되어 있는 장천은 제대로 움직이지 못하고 당황한 모습을 보였고, 그런 그를 보며 갈무성은 여유를 부리며 천천히 다가와서는 검을 들었다.

"후후후, 오늘에야 가문의 치욕을 씻게 되는군."

"칫!"

"잘난 아비를 둔 덕에 일찌감치 저승으로 가겠구나!"

그 말과 함께 갈무성은 검을 들어서는 장천의 정수리를 향해서 내공을 돋워 내려쳤다.

"차압!!"

하지만 그대로 당할 장천이 아니었다. 그의 오른손은 무엇인가를 조작하는 듯이 빠르게 움직였고, 그 순간 푸른 섬광이 일렁이더니 검을 내려치던 갈무성의 어깨에 날카롭게 박혔다.

"끄윽!"

예상치도 못한 공격에 당한 갈무성은 신음 소리와 함께 뒤로 넘어졌다. 놀랍게도 그의 어깨에는 비도가 박혀 있었다.

"비도술?"

"헉헉."

단 한 번의 비도술임에도 상당한 내공을 소모했는지 장천은 가쁜 숨을 몰아쉬고 있었다.

"크윽… 하지만 귀수나혼의 수법에 잡혀 겨냥이 정확하지 않았군."

어깨에 박힌 비도를 빼며 갈무성은 다시 장천을 죽이기 위해 걸음을 옮기려 했는데, 놀랍게도 다시 찾아온 위기에도 그의 표정은 오히려 밝게 변해 있었다.

"미안하지만 갈무성, 너의 패배다."

"응? 허억!"

장천의 말에 갈무성은 무엇인가 일이 크게 잘못되었다는 것을 느꼈고, 그 순간 장천이 빠르게 움직이면서 그의 목덜미를 향해 검을 내밀었다.

그의 검끝은 정확히 갈무성의 목을 겨누고 있었으니 만약 한 발자국이라도 움직인다면 여지없이 목을 꿰뚫을 기세였다.

"어떻게?!"

"애석하게도 비도술만으로 끝내고 싶었지만, 각도를 잘 조정하지 못해서 말이야. 그래서 네 녀석의 왼손을 겨냥했지."

"왼손? 아!"

그제야 갈무성은 그가 움직일 수 있는 이유를 알 수 있었으니 그가 겨냥한 것은 바로 장천을 움직이지 못하게 만든 원흉인 투영혈사였던 것이다.

아니나 다를까, 그의 왼손에 연결된 투영혈사는 느슨해져 있었으니 장천이 비도술의 정확도에 자신이 없었으나 빗나간다 하더라도 투영혈사를 조종하는 손을 느슨하게 하는 효과를 얻을 수 있다 생각하며 던진 비도인 것이다. 그런데 그것이 손이 아니라 갈무성의 어깨에 박혔고 노리던 곳이 아니기는 하지만 똑같은 효과를 얻을 수 있어 전세가 역전이 된 것이다.

"크윽… 졌다."

장천의 일검을 피할 도리가 없었던 그로선 패배를 시인하지 않을 수 없었으니 두 사람의 비무는 장천의 승리로 끝을 맺게 되었다.

"두형!"

"잘했다, 두형!"

갈무성이 패배를 시인하자 형제들은 크게 기뻐하며 장천을 향해 뛰어와서는 함성을 질렀고, 친구들의 그런 모습에 그 역시 미소를 지을 뿐이었다.

하지만 친구들과의 해후가 있기 전 그가 먼저 걸어간 곳은 갈무성의 어깨에 박혀 있던 비도가 있는 곳이었다.

'이 비도가 아니었으면 목숨을 부지하기 어려웠겠군.'

비도문의 비동에서 얻은 아홉 개의 비도. 장천이 갈무성에게 던진 것은 바로 그 비도였던 것이다.

처음 접했을 때 보통의 칼이라고는 믿어지지 않을 정도의 예리함에 보도라는 것을 알 수 있었지만 설마 천잠사로, 거기에 금강석까지 입힌 투영혈사를 잘라내리리고는 생각지도 못했다.

거의 도박에 가까운 생각으로 던진 비도, 그것이 적중했기에 장천은 승리를 얻을 수 있었던 것이다.

한편 장천이 비도술을 사용하는 것을 보며 놀라는 사람들이 있었다.

천마와 구시독인, 두 사람은 모두 자리에서 벌떡 일어설 만큼의 큰 충격을 받고 있었다.

그중 구시독인은 가뜩이나 안 좋은 안색이 더욱 시퍼렇게 변하고 있었으니 그의 다리는 눈에 보일 정도로 심하게 떨리고 있었다.

마치 공포스러운 것이라도 본 표정이었지만, 다행히 모든 이의 시선이 장천에게 쏠려 있었기에 그의 이런 모습을 보는 이는 그를 보좌하고 있는 단 한 명 이외에는 없었다.

'서, 설마……!'

구시독인은 자신이 본 것이 착각이 아닐까 하는 생각에 천마 쪽을 쳐다보았지만 그도 자신처럼 놀라고 있는 것을 볼 수 있을 뿐이었다.

'착각이 아니다.'

공포가 밀려오고 있었다.

다시는 대하기 싫은 공포의 인물이 그의 머리 속에 떠오르면서 좀처럼 몸을 지탱할 수가 없었다.

"도, 돌아가기로 하자."

"옛!"

구시독인의 말에 고개를 끄덕인 그는 사람들에게 지시해 가마를 대령하게 한 후 연무장에서 재빠르게 물러났다. 하지만 돌아서는 그의 시선은 장천을 향해 있었다.

'혈비도라… 훗. 일이 재밌게 변하는군.'

"제길……."

갈무성은 장천과의 비무에서 패배하자 억울한 표정을 지으며 어깨의 상처를 지혈하고 있었다. 그때 강순이 무표정으로 다가와서는 말했다.

"귀수나혼에 너무 집착한 것이 너의 실수였다. 단순한 검술로도 충분히 승산이 있었는데 말이다."

"강순……."

"어쨌든 이번 싸움은 너의 패배이니 이만 물러가도록 하자."

강순의 말에 고개를 끄덕인 갈무성은 자리에서 일어나 다른 이의 부축을 받으며 연무장에서 물러났다. 강순은 멀리서 의형제들에게 부축을 받고 있는 장천을 쳐다보곤 미소를 지으며 중얼거렸다.

"재밌는 녀석이군."

장천은 일단 가장 문제였던 갈무성을 처리했다는 생각에 이제부터의 생활은 좀 쉬워지리라 생각하곤 한숨을 돌리고 있었다. 그때 일단의 무리들이 그에게 다가오고 있었다.

"축하하네."

"아! 교주님!"

장천에게 다가온 이는 바로 교주였다.

교주가 축하의 인사를 건네며 미소를 짓고 있었기에 그는 정중하게 감사의 인사를 했다.

"모두 다 교주님께서 살펴주신 덕분입니다."

"하하하. 자네의 실력이 출중한 때문이지 무슨 말인가. 그래, 귀영당의 생활을 어떠한가?"

"상승의 무서를 볼 수 있어 기쁠 뿐입니다."

"하하하! 그래도 천상 무인의 껍데기는 벗지 못하는구만. 어떤가, 자네가 원한다면 특일급의 무서까지 볼 수 있네."

"예?"

"하하하. 나의 사위가 되라는 말일세."

그 말과 함께 교주는 돌아갔으니 장천으로선 고민에 잠길 수밖에 없었다.

한 달 동안 무서를 뒤져 보았지만 무천무급은 없었다.

아무리 익힐 수 없는 무서라고 해도 교조 이래 홍련교 최고의 무인이라고 불리던 무천마성 감양이 익혔던 무서인 때문인지 특이급 아래에는 없었기 때문이다.

문파를 되살리기 위해서 반드시 필요한 무천무급을 습득하기 위해선 특일급이나 비서를 찾아야만 하는데, 그러기 위해선 신분의 상승이 중요할 수밖에 없었다.

'어떻게 할 것인가.'

지금 상태론 빠른 속도로 신분 상승을 할 수 있는 방법은 한 가지밖에 없었다.

교주의 손녀인 유능예와 혼인하는 것이 바로 그것이었다. 하지만 자신의 목적을 위해서 여인을 희생시키는 것은 마음이 내키지 않는 일이었다.

그날 이후 고민에 빠진 장천은 거의 모든 시간을 무서각에서 보내고 있었는데, 그때 추노가 다가와서는 물었다.

"무얼 그리 생각하느냐?"

"아닙니다."

추노의 말에 고개를 저은 장천은 다시 일어나서는 무서 책장들 사이에서 방황하기 시작했다.

그런 장천을 보며 고개를 저은 그는 품에서 책을 한 권 꺼내주었다.

"이것을 보도록 하여라."

"이건?"

책의 겉장을 보자 열화신공이란 글자가 적혀 있었다.

"열화신공?"

"양강 계열의 무공으로 앞으로 네가 익힐 무공에 상당한 도움이 될 것이다."

"음……."

한참을 보며 생각에 잠기던 장천은 다시 그것을 돌려주며 말했다.

"익히지 않겠습니다."

"무슨 이유 때문이냐."

"추노께서 제게 이것을 익히라고 하시는 것은 아마 저를 교주로 만들기 위함이라는 것을 알기 때문입니다."

"케케케."

그 말에 웃음을 터뜨린 추노는 철장으로 그대로 장천의 정강이를 후려갈겼다.

"끅!"

장천은 갑작스런 공격에 신음 소리와 함께 넘어질 수밖에 없었다.

"혈비도 무랑의 무공을 사용한 죄로 죽겠느냐?"

"예?"

"네가 갈무성을 쓰러뜨릴 때 사용했던 무공은 어설프긴 하지만 혈비도 무랑의 섬광비도술이 분명했다."

"……."

그 순간 장천은 아무 말도 할 수 없었으니 비도문에서 배운 자신의 수법을 추노에게 들켰기 때문이다.

"눈치 채셨습니까?"

"물론이다. 네 녀석이 어떤 연유로 해서 그 무공을 배웠는진 모르겠지만, 내가 한마디만 뻥긋해도 네 녀석은 본 교뿐만 아니라 무림의 공적으로 낙인찍힐 터. 어찌하겠느냐?"

"…알겠습니다……."

무림공적으로 몰릴 수는 없는 일인지라 장천으로선 어쩔 수 없이 추노가 권해주는 무공을 익힐 도리밖에 없었다.

"이 무공을 익히고 또 하나의 명령이 있다."

"또 하나요?"

"그래. 바로 교주의 손녀인 유능예와 혼인을 하라는 것이다."

"헉!"

그 말에 크게 놀란 장천은 고개를 저으며 말했다.

"절대로 그럴 수 없습니다!"

"왜?"

"사랑하지도 않는 여인과 어떻게 혼인을 하란 말입니까?"

"케케케… 네 녀석은 네가 어떠한 상황에 몰렸는지 모르는가 보구나."

"예?"

"분명 네 녀석은 혈비도 무량은 아닐 것이다."

"예, 형산지부로 가는 도중 우연히 익혔을 뿐입니다."

"네 녀석의 행로는 이미 파악했다. 분명 일 년간의 공백 기간 동안에 그것을 익혔겠지. 하지만 말이다, 네가 혈비도 무랑의 문하가 아니라는 것은 알아도 그것을 벗어나는 것은 힘들게 되었다."

"벗어나기 힘들다니요?"

장천의 물음에 잠시 헛기침을 한 추노는 그 이유에 대해서 설명해주기 시작했다.

"네가 갈무성과의 비무에서 어설프게나마 그 수법을 사용한 것을 이미 천마와 구시독인이 눈치 챘기 때문이다."

"천마와 구시독인이오?"

"그렇다. 홍련교 내에서 혈비도 무랑의 무공을 견식한 두 명의 인물이 바로 천마와 구시독인이기 때문이다."

"아!"

홍련교 내 최대 거물이라고 할 수 있는 두 명에게 무공을 들켰다는 사실을 안 장천으로선 조금 당황할 수밖에 없었다.

"그럼……."

"지금이야 교가 떠들썩해지는 것을 원치 않아 조용히 있기는 하지만, 언제 너에게 암수를 펼칠지 모르는 인물들이다. 그런 이유로 네 녀석이 목숨을 부지하기 위해서는 두 사람이 아닌 다른 사람에게 붙어야 하니 그것이 바로 현 교주의 세력이란 것이다."

"그렇군요."

추노의 말에 장천은 더 이상을 반박하지 못하게 되어버렸다.

아직 홍련교 내에서 약간의 성과조차 이루지 못했는데 쫓겨나거나 죽임을 당하는 것은 너무 억울했다.

'역시 그 방법밖에 없는가…….'

다시 고민에 빠진 장천은 얼마 지나지 않아 결심을 굳히고는 추노를 보며 말했다.

"알겠습니다. 유 소저와 혼인을 하도록 하겠습니다."

"케케케……."

그의 결정에 추노는 만족한 표정으로 웃음을 터뜨리며 물러나니 혼자 남은 장천은 가슴이 아플 뿐이었다.

다음날 장천은 유능예와의 혼인을 발표했다.

홍련교의 사람들은 모두 크게 놀라지 않을 수 없었지만 어느 정도 소문이 있었던 일인지라 은가장에 머물고 있는 장천에게 상당한 선물들이 들어오기 시작했다.

하지만 정작 은가장만은 써늘한 분위기에 젖어 있었는데, 그것은 바로 장천의 선택 때문이었다.

"도대체 왜 영영이를 받아들일 수 없단 말인가!"

장천의 방에서는 은조상이 노기를 터뜨리고 있었고, 동방명언과 데비드는 그를 막지 못하고 안 좋은 얼굴로 지켜보고 있었다.

"사랑하지 않는 여인을 안을 수는 없네."

"젠장할! 그럼 유 소저는 사랑한단 말인가!"

"…물론이네……."

장천이 천천히 입을 열자 은조상은 노기를 참지 못하고는 앞에 있던 탁자를 일장에 부수어 버렸다.

"은조상!"

놀란 동방명언과 데비드가 앞으로 뛰어나와서 말리자 그제야 마음의 안정을 되찾는 은조상이었다. 그 후 그는 한참 무엇인가를 생각하더니 장천의 앞에 무릎을 꿇고는 말했다.

"두 형, 제발 부탁이네. 내 동생을 받아주게."

그 말과 함께 은조상이 땅에 머리를 박기 시작하니 형제들은 크게 놀라지 않을 수 없었다.

"무슨 짓인가!"

장천은 머리가 부서질 정도로 박고 있는 은조상의 어깨를 잡으며 다급하게 소리 질렀다.

"자네가 유 소저만 받아주고 영영이를 받아주지 않는다면 그 아이는……."

은조상은 차마 말을 잇지 못하고 있었다.

동생을 자신의 아내로 맞이하게 하기 위해 이마에서 붉은 피를 흘리고 있는 은조상을 보며 장천은 마음이 아플 수밖에 없었지만, 그런 형제를 위해서라도 그녀를 아내로 맞이할 수가 없었다.

자신은 언제가 홍련교를 배반하고 떠날 사람이기 때문이다.

은영영을 아내로 맞이한 후 교를 배반한다면 분명 은가장은 큰 변을 당할 것이 분명했다.

"미안하네… 그것만큼은 들어줄 수가 없다네……."

"두형!"

그 말에 이제 화가 난 것은 동방명언이었다. 그의 얼굴은 심하게 일그러져 있었다.

"형제가 이렇게까지 빌고 있는데도 안 된단 말인가!"

"……."

"내 자네를 잘못 보았네! 이런 인간이리라고는……."

동방명언은 더 이상 분기를 참지 못하고 문을 박차고 나가 버렸다.

'미안하네…….'

그날부터 장천은 은가장에서 홀로 나와 교주가 마련해 준 저택에서 생활을 시작했다.

그리고 일주일 후 유능예와의 혼인식이 벌어졌다.

물론 형제들은 단 한 명도 이 혼인식에 참여하지 않았으니 장천으로
선 조금 외로운 혼인식일 수밖에 없었다.

이 혼인으로 인해 장천은 외지에서 유일하게 마음을 나누던 세 명의
형제들을 잃어버렸으니 그의 마음은 찢어질 듯이 아플 수밖에 없었다.

혼인식이 끝난 후 신방에 들어선 장천은 침상에 앉아서는 움직이지
않았다.

유능예가 아직 혼례복을 입은 채 자리에 앉아 있었음에도 옷을 벗겨
주지 않고 있으니 그것은 큰 모욕이라고 할 수 있었다. 하지만 그것을
아는 그였음에도 움직이지 않았기에 화가 난 유능예는 벌떡 일어서더
니 겉옷을 벗어 던지고는 소리쳤다.

"도대체 뭐야!"

"뭐가?"

뻔뻔하게 말하는 장천이었다.

유능예의 입장에선 자기 입으로 말하기는 조금 자존심이 상하는 일
인지라 노려볼 수밖에 없었지만, 그의 행동은 변화가 없으니 크게 한숨
을 쉬며 말했다.

"역시나. 어쩐지 웬일로 네 녀석이 나와 혼인을 한다 했지. 그렇게 거부했으면서 말이야."

"……."

"그래도 영영이는 소중한가 보지? 아! 아니겠구나. 영영이의 오빠 때문이겠지."

"……."

유능예는 어느 정도 눈치 챘는지 한숨을 내쉬며 중얼거리며 남은 옷을 벗기 시작했다. 그리고 얼마 지나지 않아 그녀는 실 한 오라기 걸치지 않은 나신의 몸이 되어버렸으니 장천의 이마에선 식은땀이 흘러내릴 수밖에 없었다.

"……."

"쳇! 나 같은 미인을 앞에 두고도 이 모양이라니……."

자신의 나신에도 꼼짝도 하지 않는 녀석을 보며 한숨을 내쉰 그녀는 천천히 다가가서는 옷을 벗기기 시작했다.

"무슨 짓이야!"

"무슨 짓이긴. 그럼 첫날밤에 옷 입고 날밤 까게 생겼냐?"

장천이 화들짝 놀라 옷을 추스르며 피하자 그녀는 당연하다는 듯이 한마디를 내뱉고는 다시 그에게 달려들어서는 옷을 벗기기 시작했다.

"으아!"

"어쭈! 반항하는데!"

"끼야악!!"

장천은 끝까지 저항했지만 유능예는 너무나 난폭한 여인이었다.

공포의 첫날밤이 끝나고 장천은 새신랑이 되어 생활을 시작할 수 있

었지만, 마음 한구석에서는 홍련교의 사람들에 대한 죄책감이 자리를
잡을 수밖에 없었다.

"귀옥각이요?"

"그렇다네. 오늘부터 자네는 귀옥각 소속의 무사이니 그리 알도록
하게나."

"음."

교주의 손녀 사위가 되면 직급이 오를 것이란 예상을 했지만, 설마
귀옥각의 무사가 될 것이라곤 생각을 못했다.

귀옥각은 교 내의 직급이라기보다 무공의 상하로 오를 수 있는 자리
였기 때문이다.

갈무성과의 비무에서 승리한 장천이 귀옥각의 무사가 됨을 반대하
는 인물은 없어 순조롭게 새로운 자리에 앉게 된 그였다.

하지만 귀옥각의 무사가 되었다고 해도 당장은 할 일이 없는 장천은
추노가 준 열화신공의 연성에 모든 힘을 쏟고 있었다.

"극염용산(極炎熔山)!"

열화신공은 양강 계열의 무공으로 홍련교 내에서도 최상승 무공 중
의 하나라고 할 수 있었다.

앞에 있는 어른의 세 아름 정도의 참나무를 상대로 열화신공의 극염
용산의 초식을 사용하자 뜨거운 기운이 참나무를 불길로 감싸 버렸기
에 열화신공의 무공에 크게 놀랄 뿐이었다.

"이것이 열화신공의 힘이란 말인가."

"케케케케… 우습구나. 그 정도에 놀라다니 말이다."

"추노?"

신공의 위력에 놀라고 있는 장천에게 다가와서 웃음을 터뜨린 인물

은 바로 추노였다.

추노가 불타고 있는 참나무를 잠시 흘겨보고는 손을 휘두르자 순간 장풍이 시전되며 뜨겁게 타오르고 있는 불길을 잠재워 버렸다.

"아!"

추노 역시 암영자의 일원으로 높은 무공을 소유하고 있다는 것은 알고 있었지만 간단한 장풍으로 참나무에 붙은 불을 순식간에 잠재우다니… 추노가 자신보다 몇 단계 위의 무공을 소유하고 있다는 것을 장천은 새삼 깨닫게 되었다.

"열화신공은 상당한 위력을 지녔지만, 무공 자체는 일종의 보조 무학이다."

"보조 무학?"

"양강 계열의 신공으로 다른 무공의 위력을 한 단계 높이는 무공이라고 할 수 있지."

"음……."

추노의 말을 들은 장천은 무엇인가를 깨달았는지 검을 빼 들고는 홍련십팔검의 자세를 취했다. 그가 익히고 있는 내식 방법은 열화신공의 내식이었다.

"차압!"

가볍게 열화신공을 운공한 장천은 그대로 홍련십팔검의 첫 번째 초식을 시전했고, 그 순간 엄청난 불길이 검에서 생성되어 그 위력이 보통 때의 두 배 이상임을 알 수 있었다.

"굉장하군."

"크크크. 열화신공은 강호십대신병의 하나인 화룡신도와 같은 효과를 만들어낼 수 있다고 알려져 있지."

"아!"

장천은 자신에게 화룡신도가 있었기에 추노의 말을 이해할 수 있었는데, 그가 해준 다음 말은 장천으로 하여금 크게 놀라게 만들었다.

"열화신공을 극성으로 익힌다면 화기의 내식 사단 중 조화(操火)의 단계로 오를 수 있다고 알려져 있지. 조화의 단계는 내 몸의 양강 기운을 마음대로 조종할 수 있으니 양강 계열의 무공에선 천하무적이라 할 수 있다."

"아!"

화기의 내식에 대해선 당가에서 들은 적이 있었기에 장천은 크게 놀랐다.

화룡신도를 가지고 있는 장천은 현재 발화의 단계에 머물러 있는데, 열화신공을 통해 조화의 단계로 힘을 끌어올린다면 화룡신도를 다시 잡았을 때 엄청난 힘을 가질 수 있게 되기 때문이다.

"화기의 내식은 천화의 단계까지 있다고 들었습니다."

"케케케. 어느 정도 공부는 한 모양이구나. 하지만 천화의 단계는 인간의 힘으론 불가능하다고 알려져 있다."

"불가능하다고요?"

"케케케. 조화의 단계만 해도 인간이 견디기 어려운 화기를 가지게 되는 것이지만, 열화신공이 몸에 내성을 가져다 주는 역할을 하기 때문에 견딜 수 있는 것이다. 하지만 그 어떤 신공이라 해도 천화 단계의 화기는 견디지 못하니 만약 네 녀석이 열화신공으로 천화의 단계까지 오른다면 그 순간 한 줌의 재로 화할 것이다."

"아!"

천화의 단계가 얼마나 힘든 것인가를 깨달은 장천이었다.

"하지만 천화의 단계라는 말이 있다면 누군가는 익힌 적이 있다는 말이 아닙니까?"

"케케케. 애석하지만, 천화의 단계는 어느 누구도 익힌 적이 없느니라."

"어느 누구도요?"

"그렇다. 당나라 때 천귀자라는 고수가 양강 계열의 무공을 정리하며 화기의 내식에 관한 책을 썼다고 알려져 있는데, 그는 그곳에서 천화의 단계에 이르려면 반드시 태극의 이치를 따라야 한다고 했다."

"태극의 이치라면?"

"극양이 있으면 반드시 극음이 있어야겠지. 케케케."

"아!"

"극양인 열화신공과 함께 다시 극음의 신공을 익혀 그 힘을 상충시켜 음양의 조화, 즉 태극의 상태로 만든다면 천화의 단계까지 이를 수 있다. 하지만 극음과 극양의 힘을 동시에 몸에 거두는 것은 인간의 몸으론 불가능하다고 할 수 있지."

"그렇군요."

아무리 무공으로 단련된 몸이라고 해도 극음과 극양이 상충할 때의 그 엄청난 기운을 인간이 감당할 수 없을 것이라는 건 장천 역시 짐작할 수 있었다.

"궁금한 것이 있습니다."

"말해 보거라."

"열화신공에 대적할 만한 극음신공은 무엇이 있습니까?"

"케케케. 좋아좋아. 사내라면 죽는 한이 있어도 무의 극에 도달해 보고 싶은 야망이 있어야지. 현재 본 교의 열화신공에 대적할 수 있는 극음신공은 현 강호에 존재하지 않는다."

"아!"

"그러나 한 단계 밑에서 견줄 만한 무공이라면 북해빙궁(北海氷宮)의 빙백신공(氷白神功)이나 천산신노(天山神老)의 한음공(寒陰功) 정도를 들 수 있겠구나."

두 무공에 대해선 이름을 들은 적이 있었기에 장천은 고개를 끄덕이며 물었다.

"실전되었다 하더라도 열화신공과 비등한 수준의 극음무공은 없었습니까?"

"케케케. 왜 없겠냐?"

"그렇다면?"

"지금은 사라진 무공이지만 과거 열화신공에 대적할 만한 무공이 하나 있었지."

"그것이 무엇입니까?"

"바로 소수마공이다."

"아!"

그 순간 크게 놀란 표정을 지었다. 그는 현재 소수마공을 익히고 있는 사람을 알고 있었으니, 바로 사천당가의 당세문이었다.

"하지만 소수마공을 남자가 익힌다면 주화입마에 당한다 알고 있습니다만?"

"케케케. 이 열화신공 역시 여아가 익힌다면 주화입마에 걸릴 것임을 왜 모르느냐?"

"아!"

"강호의 쓰레기들은 소수마공이 단순히 두 손에서 음공을 사용하는 무공인 줄 알지만, 실제 그 무공 역시 열화신공과 마찬가지로 타 무공을 보조하는 무공이다."

"그런가요?"

"만약 소수마공을 극성으로 익혀 한기의 내식 역시 조화의 단계까지 올린다면 비로소 화기는 천화의 단계, 한기는 천빙(天寒)의 단계까지 오를 수 있다고 하지."

"음……."

"케케케. 소수마공은 이미 강호에서 실전됐지만, 행여라도 그것을 알고 있다고 해서 익힐 생각은 꿈에도 꾸지 마라. 십중팔구 죽거나 전신불수가 되어 평생 누워 지낼 테니 말이다."

"예."

하지만 장천으로선 모르고 있으면 모를까 소재를 알고 있는 이상 한번 익혀보고 싶다는 생각이 들었다.

"그리고 보니 십대신병 중 화룡신도가 있다 하는데, 만약 제가 화룡신도를 조화의 단계에서 사용한다면 어떻게 되겠습니까?"

"케케케. 그렇다면 아마 네 녀석은 양강 계열 무인 중 고금제일의 무인이 될 것이다."

"아!"

그 말에 신이 날 수밖에 없는 장천이었지만 겉으로는 전혀 내색을 하지 않았다.

"케케케. 하지만 십대신병에는 냉혈검도 있다는 것을 잘 알아두어라."

"냉혈검이요?"

"그렇다. 현재 무당에 한 도사가 보관하고 있다고 알려져 있는데, 만약 극음의 무공을 익힌 자가 냉혈검을 잡는다면 그 역시 음한 계열의 무인 중 고금제일의 무인이 될 것이다. 네 녀석이 만약 화룡신도를 얻게 된다면 먼저 무당을 쳐 냉혈검을 없애야 할 것이다."

"알겠습니다."

"케케케. 그럼 계속 무공을 익히도록 하거라. 난 다른 암영자와 만나서 너에게 전해줄 무공을 찾고 있을 테니."

그 말과 함께 추노는 철장을 짚으며 천천히 그의 곁에서 사라져 갔다.

"무당의 도사가 가지고 있다고 한다면 그것은 분명 신검진인님이 분명할 터. 음, 공동파에서 화룡신도를 받았다면 무당에 가서 냉혈검을 받고, 거기다가 당세문에게 소수마공을 얻어서 익히면… 푸하하하하! 난 천하제일인이다!'

부푼 꿈을 안고 있는 젊은이 장천이었다. 하지만 지금 시점에서는 정파의 신분으로 외지에 나갈 수 없는지라 당세문에게 소수마공은 물론 신검진인에게 냉혈검마저 받을 수 없는 상태였기에 마음을 안정시킨 그는 계속 열화신공을 익혀 나갔다.

하지만 그의 무공 연성은 그리 오래가지 않았다. 갑자기 그가 무공을 연성하고 있는 연무장의 옆에서 큰 소란이 일었기 때문이다.

쿠궁!

"응? 무슨 일이지?"

장천은 갑작스런 소란에 그곳을 쳐다보았다. 그때 연무장으로 들어서는 문이 부서지면서 귀영당의 무사들 이십여 명의 나가떨어지니 놀라지 않을 수 없었다.

"천하의 개호로자식 두형은 어디 있는가!"

"엥?"

귀영당의 무사들이 쓰러짐과 함께 두 명의 인영이 튀어나와서는 내력을 돋워 장천을 욕하며 소리치니 그로선 황당할 뿐이었다.

장천은 그가 누구일까 안력을 돋워 쳐다보았는데, 놀랍게도 그들은 은가의 형제들인 은석영, 은조상이었다.

"은 형님과 조상이 아닌가?"

그들의 모습을 확인한 장천은 크게 놀라지 않을 수 없었다.

귀영당의 무사들과 격전을 치렀는지 그들의 몸 여기저기는 심한 부상을 입은 듯 시뻘겋게 물들어 있었다.

하지만 그럼에도 불구하고 그들은 살기를 누그러뜨리지 않고 있었으니 마치 수라와 같은 모습이라고 할 수 있었다.

두 사람이 심한 부상을 입고서는 자신을 욕하면서 나타나자 장천은 조금 당황했지만 마음을 추스르고 천천히 그들의 앞에 다가가서는 포권을 하며 말했다.

"은 형님께 인사드립니다. 한데 무슨 일로?"

"이 개자식! 죽여 버리겠다!"

장천의 인사에도 아랑곳하지 않고 은석영은 다짜고짜 그 특유의 귀곡성을 터뜨리며 공격하니 놀란 그는 급히 몸을 피했다.

쿵!

과연 엄청난 무공을 익힌 은석영답게 단 일 검에도 땅이 패일 정도의 검기를 날려 장천은 크게 놀라지 않을 수 없었다.

"도대체 무슨 일인데 저를 몰아붙이시는 것입니까?"

"이……!!"

은석영이 그 말에 분기를 참지 못하고 있자 은조상이 앞으로 나와서는 검을 내밀며 소리쳤다.

"네 녀석이 무슨 짓을 했는지 알고 있느냐?"

"무슨 말인가, 조상."

"네 녀석 때문에 영영이가… 영영이가… 자결을 했단 말이다!"

"헉!"

조상의 말에 장천은 크게 놀라지 않을 수 없었다. 자신 때문에 은영영이 자결을 했다는 것을 듣고 어찌 당황하지 않을 수 있겠는가?

"그, 그게 무슨 말인가!"

"문답무용!!"

그 말과 함께 은조상 역시 검을 들어서는 그를 공격하기 시작하니 형제와 싸울 수 없는 그로선 몸을 날려 그의 검을 피할 뿐이었다.

추노가 계속 전해주는 무공으로 인해 그의 실력은 형제들보다 높아졌기에 은조상은 단 일 검도 장천을 적중시킬 수 없었다.

"계속 이런다면 나도 가만히 있지 않겠네!"

하나 계속되는 공격에 더 이상 참을 수 없었던 장천은 검을 뽑으며 소리쳤는데, 그 모습에 오히려 은조상은 차가운 미소를 지으며 말했다.

"좋다! 네 녀석의 손에 우리 오누이가 모두 죽는 것이 좋겠지!"

"헉!"

오히려 자신을 죽이라는 듯 은조상이 검을 던져 버린 채 저고리마저 벗어 던지고 가슴을 앞으로 내밀며 소리쳤다.

"자! 날 죽여라, 두형! 네 녀석의 손에 죽어 원혼이 되어 너를 저주하리라!"

"조상……."

그 모습에 뭐라고 말을 할 수가 없는 장천이었다.

어쩌다 일이 이렇게 됐는지 답답했는데 그때 연무장으로 이십여 명의 인영들이 모습을 드러냈다.

"아!"

그들은 바로 데비드와 동방명언, 그리고 그들의 부인들이었다.

다른 형제들이 오자 장천은 안도의 한숨을 쉬고는 소리쳤다.

"데비드, 명언, 제발 조상을 말려주게!"

"흥!"

하지만 그의 말에 두 사람은 콧방귀만을 뀔 뿐이었으니 장천은 순간 크게 당황할 수밖에 없었다.

동방명언은 급히 은석영에게 뛰어가서는 말했다.

"은 형님! 영영이는 아직 죽지 않았습니다."

"무슨 소린가, 가슴에 단검이 꽂혀 있었는데!"

"다행히 심장을 비껴났다고 합니다."

"아! 정말인가?"

"방금 은가장으로 총단의 의원이 와서 확인한 일이니 틀림없는 사실입니다."

동방명언의 말에 은석영은 크게 기뻐하는 모습을 취하고는 말했다.

"알겠다. 당장 은가장으로 돌아가도록 하자."

"예!"

장천의 일보다 여동생의 일이 더 중요한지라 은석영은 급히 경공을 사용해서 연무장을 떠났다. 하지만 은조상은 살기 어린 눈으로 그를 노려볼 뿐이었다.

그런 모습에 동방명언은 다가가 어깨를 잡으며 말했다.

"조상, 이제 돌아가자."

"크으윽……."

하지만 조상은 그의 말에도 움직일 생각을 하지 않으니 동방명언은 고개를 끄덕이고는 장천의 앞으로 다가가서 천천히 검을 뽑아 들며 말했다.

"금선곡에서부터 시작된 우리의 우정은 이제 여기서 끝을 내야겠군."

"무슨 말인가, 명언!"

장천이 당황하며 그를 잡으려 했지만, 명언은 손에 들고 있던 검을 부러뜨리고는 땅에 떨어뜨리며 돌아섰고, 데비드 역시 그와 같이 검을 뽑아서는 두 동강을 내었다.

"두 형제, 당신은 나쁜 인간이다……."

"헉!"

데비드마저 자신을 버리자 장천은 좌절감에 무릎을 꿇고 자리에 쓰러질 수밖에 없었고, 은조상 역시 옆에 떨어뜨렸던 검을 들어서는 두 동강을 내 그에게 던지며 말했다.

"오늘은 이만 물러가지만, 만약 내 여동생이 죽을 시에는 너와 나 둘 중의 한 명은 죽어야 할 것이다!"

"조상……."

사라져 가는 형제들… 한참을 그들이 사라진 방향을 보던 장천은 순간 가슴에서 무엇인가가 치솟아올라 와서는 정신을 흩뜨리니 그 자리에서 혼절하고 말았다.

"으윽……."

그가 다시 정신을 차린 곳은 유능예와 살게 된 집의 침상이었고, 그의 주위로 자신의 부인이 된 유능예와 추노, 그리고 총단의 의원이 서 있었다.

"여보!"

유능예는 그가 일어나자 눈물을 흘리며 그에게 달려들었다.

"여긴……."

"집이에요."

"…그렇군……."

장천은 천천히 자리에서 일어나려 했지만 가슴에서 큰 통증이 밀려와 다시 누울 수밖에 없었다.

"아이의 상태는 어떠한가?"

추노는 장천의 모습을 보며 의원에게 물었는데, 그는 고개를 저으며 말했다.

"갑작스런 충격에 마음의 병이 걸린 것 같습니다."

"마음의 병이라……."

"다행히 크게 악화되기 전에 처방할 수 있어 아직까지는 괜찮지만, 이대로 계속된다면 그것도 몸이 상할 수 있을 겁니다."

"음… 알겠네."

의원의 말을 들은 추노는 고개를 끄덕였다.

"약을 두고 갈 터이니 하루에 두 번씩 드시고 보름간은 안정을 취해 주십시오."

"알겠습니다."

유능예의 대답에 그는 나가려 했는데, 갑자기 장천이 손을 들며 말했다.

"잠시만 기다리시오."

"무슨 일이십니까?"

"으, 은 소저는 어떻게 됐는지 알고 싶소이다."

그 말에 의원은 고개를 끄덕이며 말했다.

"은 소저께서는 자결을 시도하셨지만 다행히 칼이 심장을 비껴난지라 구사일생으로 목숨을 건질 순 있었습니다. 하지만… 근본적으로 마음의 병을 치료하지 않는다면 앞으로 한 달을 견디기가 힘들 것입니다."

"아……."

그 말을 들은 장천은 힘이 빠진 모습이었다.

"그럼 이만."

의원이 나가자 장천은 멍하니 하늘만 쳐다볼 뿐이니 유능예와 추노로선 크게 걱정이 될 수밖에 없었다.

'도대체… 왜 일이 이렇게 되었단 말인가……. 난 형제들을 위한 선택을 했을 뿐인데…….'

장천의 눈에선 닭똥 같은 눈물이 흘러나왔다. 그가 이곳 홍련교에서 사귄 세 명의 친구들을 얼마나 귀중하게 생각하고 있었는지 알 수 있는 모습이었다.

추노는 그 모습을 보다가 한참을 생각하더니 입을 열었다.

"네 녀석의 부인에게 다 들었다. 이렇게 된 바에야 그 아이를 처로 들이는 것이 어떻겠느냐?"

그는 유능예에게 은영영이 왜 자결을 하려 했는지 내막을 들었기에 장천에게 처로 맞이하는 것이 어떻겠느냐 권유를 했지만, 장천은 고개를 저을 뿐이었다.

"그럴 수 없습니다."

"도대체 무슨 이유 때문이냐."

하지만 어찌 그 이유를 말할 수 있겠는가?

홍련교에서 문파를 위해 무천무급을 훔치려 하는 그로선 형제의 여동생을 맞이할 수 없다는 이유를 말이다.

'어차피 해야 할 일이었다. 이렇게 형제들을 보내는 것이 나중을 위해서 더 좋은 일이 아니겠는가?'

하지만 머리 속의 생각과는 달리 그의 눈에선 눈물이 멈추질 않으니 유능예와 추노로선 답답할 뿐이었다.

한 달 후 은영영은 다행히 은 장로가 영약들을 계속 먹인 효과로 목숨은 부지할 수 있었지만, 단 한 마디의 말도 내뱉지 못하는 사람이 되어 있었다.

그녀가 매일 하는 일은 창문가에 앉아서 누군가를 하염없이 기다리는 것이었으니 다른 이들은 크게 마음이 아플 수밖에 없었다.

그리고 장천은 주화입마로 크게 다친 장기가 회복이 되었다고는 하지만 그날부터 과거의 그와는 다른 모습이 되어 있었다.

"크크크크……."

총단의 주점에서 하루 종일 술만 마시며 그는 하염없이 자조의 웃음만을 흘릴 뿐이었다.

"크하하하! 도대체 형제가 뭐고 문파가 무엇이란 말인가! 크하하하!"

하늘을 보며 크게 소리 지른 후 웃음을 터뜨린 장천은 손에 들려 있던 술병을 들어서 한 번에 들이키고는 땅바닥에 집어 던지며 다시 웃음을 터뜨렸다.

"저 사람이 교주님의 손녀 사위라는 두형이란 자이군."

"쯧쯧, 미쳤다는 말이 사실인가 보구먼."

지나가던 이들은 장천의 그런 모습을 보며 한마디씩 내뱉고 있었다.

장천은 연공 도중 주화입마를 당해 미쳤다고 세인들에게 알려져 있었다. 하는 일이라곤 술 마시는 일밖에 없는 개망나니가 되었으니 어찌 그런 소문이 돌지 않겠는가?

"크크크. 그래… 내가 죽어야지! 내가 죽으면 모든 것이 끝나지 않겠는가!"

하늘을 보며 한탄하던 그는 열화신공을 극성까지 올려 버렸다. 그 순간 엄청난 불길이 그의 몸을 태우기 시작했다.

"앗, 뜨거!!"

하지만 역시 뜨거운 것을 참지 못하고 순간적으로 내력을 없앤 장천이었다.

"흑흑흑… 죽을 용기도 없는 녀석……."

또다시 마음에 상처를 입었다.

장천은 낙심한 마음으로 주점을 나와 하염없이 방황을 하다 자신도 모르게 낯설지 않은 저택으로 다가서고 있었으니 그곳은 바로 은가장이었다.

'형제들이 보고 싶다…….'

장천은 형제가 보고 싶다는 생각에 익숙한 은가장의 저택 담장 뒤에 숨어 안을 바라보았다.

"이젠 미쳐 가지고 월담까지 하려 하네. 쯔쯧."

"자네도 집안 단속을 잘해야겠네. 저런 미친 것이 무슨 짓을 할지 모르니 말일세."

"그래야겠네."

지나가던 행인들은 그 모습에 한마디씩을 내뱉고 있었다. 하지만 장천은 그런 말도 들리지 않는 듯 계속 담장 안을 쳐다볼 뿐이었다. 그 순간 한 여인과 시선이 마주치고 말았다.

'은영영?'

담장 뒤에 숨어서 안을 바라보고 있는 그와 눈이 마주친 인물은 바로 창문가에서 하염없이 님을 기다리던 비련의 여인 은영영이었다.

장천은 그 순간 정신이 번쩍 들었다. 그녀가 멍한 표정으로 그를 바라보더니 천천히 자리에서 일어났던 것이다.

"아!"

그 모습에 놀란 장천은 담장에서 벗어나 한달음에 집으로 도망쳐 왔다. 그의 가슴은 벌렁벌렁 뛸 수밖에 없었다.

'내가 왜 이러지……'

도망칠 필요도 없었거늘 이런 행동을 보이는 자신이 한심하기 그지없었다.

"여보……"

한참을 그런 고심에 싸여 있을 때 방 안으로 한 여인이 들어왔다. 바로 그의 아내인 유능예였다.

"……"

하지만 그녀가 들어와도 장천은 아무 말도 안 했다. 이런 모습은 근한 달째 계속되어 왔던 일인지라 유능예는 준비해 놓은 꿀물을 올려놓고는 말없이 방을 나갔다.

'미안하군.'

자신을 계속 위해주는 유능예에게도 미안함이 밀려왔다.

일단은 가져온 것이니 꿀물을 한숨에 들이킨 장천은 천천히 고개를 돌렸다.

한편에는 그가 금선곡에서 가져온 검이 장식되어 있었는데, 유능예가 한 달 동안 계속 손질해 왔기에 검은 잘 손질되어 있었다.

천천히 검으로 다가선 장천은 장식대에서 그것을 들어 검을 천천히 꺼내어 보았다.

스르릉— 휘융!

가볍게 휘두르자 날카로운 파공음이 들려왔다.

한 달이란 시간 동안 술만 마시며 지냈지만 아직 검로에는 흔들림이 없었다.

천천히 검을 들고 방 밖으로 나온 그는 마당에서 자세를 잡으니 바로 홍련십팔검의 기수식이었다.

"차앗!"

그리고 장천은 홍련십팔검의 초식을 처음부터 끝까지 시전하고 다시 시전하기를 반복하기 시작했다.

"아!"

개운했다.

술에 취하면 아팠던 순간을 잊을 수 있었지만 점점 그 우울한 기분은 쌓여만 갔었다. 하지만 지금 검을 시전하자 정신이 맑아지는 기분이 들었다.

'이런 것이 검을 수련한다는 것일까?

예로부터 무를 수련하는 것은 마음과 몸을 건실히 하기 위함이라 했다. 이는 무를 수련함으로써 마음속에 쌓였던 것을 해소할 수 있다는 말도 될 수 있으니 장천은 옛사람의 말에 크게 깨우치는 바가 있었다.

한 달 동안의 방황이었지만 지금의 깨달음으로 과거보다 더 나아진 느낌이 있었으니 비가 온 뒤에 땅이 굳어진다는 것이 이런 것이 아닐까 한다.

챙그렁!

그때 한쪽에서 무엇인가 깨지는 소리가 들려와 장천은 수련하는 것을 멈추고는 소리가 들린 곳을 바라보았는데, 그곳에는 유능예가 두 손으로 얼굴을 가리며 오열하고 있는 것이 보였다.

"여보……."

그녀의 오열은 무슨 뜻일까?

물론 장천은 알고 있었다. 하지만 그녀를 안아주고 싶지는 않았다.

만약 그렇게 한다면 자신 안에 있는 갈등은 더욱 커질 것이라는 생각 때문이었다.

"차압!"

또다시 쌓여만 가는 아픔, 장천은 다시 홍련십팔검을 시전하며 그 아픔을 해소해 버리니 그의 검은 방금 전과는 또 다른 모습을 보이고 있었다.

그날 이후 장천은 다시 귀영당에 출입하기 시작했고, 무서각에도 출입하며 이전보다 더 많은 무공 서적을 탐독해 가기 시작했다.

"케케케. 이제야 정신을 차렸구나."

"추노 어르신."

추노는 장천의 이런 모습을 보며 크게 기뻐했다.

"케케케. 그래, 자고로 무인이라면 마음속의 잡념은 무로써 해소하는 것이지. 좋아좋아."

"어르신이 마음 쓰게 하신 점 죄송스럽게 생각합니다."

"케케케. 옛날보다 예도 한층 더 좋아졌구나. 그래, 무엇을 보고 있느냐?"

"육합권보를 보고 있었습니다."

"육합권?"

추노는 그의 말에 조금 놀라지 않을 수 없었는데, 육합권은 강호에서 삼류무사들조차 익히기를 꺼려하는 하류무공이었기 때문이다.

"예. 육합권에는 상승무공에서는 알지 못하는 또 다른 것이 보이니까요."

"음……."

그 말에 한참을 생각에 잠길 수밖에 없던 추노였다. 무서란 것은 상승무공일수록 그 검로가 복잡하게 되는 것이 보통이다. 이는 육합권과 같은 기초만을 중시하는 무공에서 크게 발전한 형태이기 때문인데, 장천이 육합권을 보며 다시 처음으로 돌아서는 것에서 추노는 그가 또다른 깨달음을 얻었다는 것을 알 수 있었다.

'아무래도 당분간은 무공서를 주어서는 안 될 것 같구나.'

깨달음을 얻었을 경우 그것을 계속 연구해 나가는 것이 중요하기 때문에 추노는 품에 넣어둔 무서를 건네주는 것을 포기할 수밖에 없었다.

"그래, 네 녀석이 옳은 방향으로 가고 있으니 내 더 이상은 말을 하지 않으마."

"알겠습니다."

장천이 다시 육합권보를 읽는 데 심취하니 추노는 고개를 끄덕이며 만족한 미소를 지었다.

한편 홍련교 내에선 이상한 바람이 불고 있었다.

첫 번째로 은 장로가 교주의 세력에서 벗어나 천마의 세력권으로 스스로 들어갔다는 것인데, 소문에 의하면 장천의 일로 교주와 은 장로의 사이가 벌어졌다고 한다.

은 장로는 홍련교 내에서 뛰어난 인품으로 많은 지지 세력이 있었기에 교주로선 그가 떠난 것이 큰 타격이 될 것이라는 말이 돌고 있었다.

둘째론 장천의 형제들이 각기 다른 방향으로 흩어졌다는 것이다.

은조상의 경우에는 부친과 마찬가지로 천마의 세력에 들었고, 그만큼 직위가 높아지면서 천마단의 부단주 직위까지 상승했다고 한다. 물론 거기에는 천마가 그에게 놀라운 무공을 전수해 주었다는 이야기도 같이 흘러나오고 있었으니 세인들은 천마가 은조상을 후계자로 삼으려는 것이 아닌가 하는 이야기도 하고 있었다.

동방명언의 경우에는 놀랍게도 천마와 앙숙지간이라고 할 수 있는 구시독인의 문하로 들어가니 그가 그의 휘하에서 받은 직함은 바로 구시독인의 오제자라는 것이다.

이는 사람들로 하여금 크게 놀라게 하는 일이었으니 구시독인의 네 명의 제자들이 모두 40세 이상의 중년이라는 것을 감안한다면 그의 결정은 크게 파격적이라 할 수 있었다.

데이비드는 홍련교에서 총단에서 벗어나 일반 교도를 보호하는 임무를 띠고 서역으로 성지 순례를 떠나게 되었는데, 그는 그곳에서 호위단의 단장을 맡게 되었다.

이렇게 형제들이 모두 뿔뿔이 흩어짐과 함께 총단 내에서도 상당한 변화가 시작되고 있었으니 사람들은 또다시 교 내에서 파벌 다툼이 벌어지지 않을까 걱정하지 않을 수 없었다.

이런 상황에서 귀영당은 그 긴 침묵을 깨며 하나의 임무를 맡게 되었다.

"두형! 두형!"

"무슨 일인가?"

연무장에서 검법을 수련하고 있는 그때 한 청년이 뛰어와서는 그를 부르고 있기에 장천은 수련을 멈추고는 물어보았다.

그 청년은 귀영당에서 사귀게 된 친구인데, 이곳에서 더 이상 친구를 사귀면 안 된다는 생각에 그냥 얼굴만 아는 정도에 지나지 않았다.

하지만 그 청년 역시 외지에서 혼자 온지라 장천과는 달리 그를 절친한 친구로 생각하고 있어 언제나 교 내에서 소식을 들으면 제일 먼저 장천에게 알려주고 있었다.

"헉헉. 귀, 귀영당에 임무가 떨어졌다고! 임무가!"

"응? 임무?"

교주 직속의 무사단인 귀영당은 생긴 이래 단 한 번도 임무가 떨어진 적이 없었던지라 장천으로선 귀가 솔깃하지 않을 수 없었다.

잠시 후 귀영당의 부당주인 임상에 의해서 무사들을 모으라는 소리가 들렸는데, 장천은 귀옥각 소속이었기에 그들과 함께 행동을 하진 않았다.

"귀옥각 소속의 무사들은 구 당주님의 처소로 가시랍니다."

얼마 지나지 않아 귀옥각의 무사들에게도 명령이 떨어졌고, 장천들은 다른 무사들과 함께 구엽이 거처하고 있는 처소로 걸음을 옮겼다.

구 당주가 있는 곳으로 가자 이십여 개의 의자가 놓여져 있는 모습이 보였기에 장천은 천천히 자리에 앉았다.

중앙 위쪽의 의자에 앉아 자리에 앉은 귀옥각의 무사들을 잠시 바라본 구엽은 헛기침을 한 번 하고는 지금의 상황을 설명하기 시작했다.

"이번에 귀영당에 임무가 떨어진 것은 총단의 외부에 일이 생겼기 때문이오."

"총단 외부라면?"

"현재 총단 남쪽에 위치한 마을에서 구파일방의 무사 오십여 명이 머물러 있다고 하오."

"구파일방!"

정파의 중심이라고 할 수 있는 구파일방의 무사들이 총단과 가까운 마을에 있다는 말을 들은 귀옥각의 무사들은 놀란 표정을 지을 수밖에 없었다.

"본 교의 총단 위치를 정파에게 알릴 수 없는 입장이기에 귀영당의 정예 요원을 선출하여 녀석들의 주의를 딴 곳으로 돌리라는 임무를 맡게 되었소."

그 말에 무사들은 고개를 끄덕이고는 수궁하는 표정을 지었다. 일단 총단에서 뛰어난 무사들이 모인 곳이 귀영당인만큼 이런 일은 맡기에는 제격이라고 할 수 있었던 것이다.

"이런 이유로 귀옥각의 여러분들 중에서 다섯 명 정도를 선발하여 임무에 투입하고자 하는데, 이번 일에 나서고 싶은 분이 있으면 말씀하시오."

장천은 그 말을 듣고 한참 생각하는 표정을 짓다가 자리에서 일어나 포권을 하며 말했다.

"귀옥각의 두형, 이번 임무를 맡아보도록 하겠습니다."

"두형 자네가?"

"예?"

"음. 알겠네."

두형의 말에 조금 생각하는 듯한 표정을 지은 구엽은 고개를 끄덕였는데, 두형이 일어서자 그의 오른쪽에서 한 명의 사내가 자리에서 일어나서는 말했다.

"나도 가겠다."

"귀대인 율명!"

장천에 이어 자리에 일어선 이는 바로 귀대인 율명이었으니 그가 암영자의 일 인이라는 것을 아는 구엽은 크게 놀란 표정을 지으며 소리쳤다. 하지만 이내 마음을 가라앉힌 그는 가볍게 고개를 끄덕이며 승낙의 표시를 했고, 귀대인 율명에 이어 세 명의 무사들이 자리에서 일어나 이번 임무에 참여할 뜻을 밝혔다.

이렇게 해서 두형과 율명을 포함한 세 명의 귀옥각 무사들이 남쪽의 마을에 모여 있는 정파의 무사들을 유인하는 임무를 맡게 되었다.

"저 때문에 율 대협이 귀찮은 일을 맡게 되시는 것이 아닌가 생각되어 죄송스럽군요."

당주의 방에서 나온 장천은 율명에게 포권을 하며 말했는데, 그는 긴 손으로 그의 머리를 쓰다듬어 주며 말했다.

"우리들 암영자의 일이니 그리 신경 쓸 것 없다."

"…알겠습니다."

귀옥각의 무사들과 함께 귀영당에서도 스물다섯 명의 무사들이 선발되었다.

장천은 다섯의 귀영당 무사들과 산을 내려가게 되었는데 이들을 총괄적으로 지시하는 인물은 부당주 임상이었다.

총단에서 빠져나온 무사들은 각자 변장을 한 후 마을이 보이는 산에 모여 각자의 임무를 맡아 움직이기 시작했다.

장천은 다른 무사들과 함께 마을의 촌민으로 변장하여 안으로 들어서게 되었는데, 그와 함께 가는 귀영당의 무사들 중에는 여인들의 무리에서 우두머리를 맡고 있는 민소희도 끼어 있었다.

시골 아낙의 모습으로 변장을 하고 있었지만 본래의 미모는 그리 가려지지 않았기에 자연히 사람들의 시선을 끌 수밖에 없었으니 장천으로선 조금 난처했다.

"휴… 민 여협께선 문진과 함께 이곳에서 야채를 파는 아낙으로 위장을 하십시오."

"알겠습니다."

민소희도 사람들의 시선을 느끼고 있었던지라 장천의 말에 따라 다른 한 사람의 청년과 함께 자리에 남았다.

나머지 세 사람과 함께 장사꾼의 모습을 하고 주점 안으로 들어선 장천은 그곳에서 정파의 젊은 무사 일곱 명이 술을 마시고 있는 것을 볼 수 있었다.

'젠장!'

장천은 그중 한 사람의 모습을 확인하고는 난처할 수밖에 없었으니 정파의 젊은 무사들 틈으로 익히 알고 있는 사람의 모습을 볼 수 있었기 때문이다.

바로 공동파의 고도리였으니, 화산파 여인의 옆에서 특유의 거만한 자세를 보이고 있는 그를 보며 장천은 고개를 돌릴 수밖에 없었다.

[두 소협, 무슨 일이라도?]

장천의 모습에 한 무사가 이상한 생각이 들었는지 전음을 통해 물어보았다.

[저와 면식이 있는 자가 있군요. 인피면구를 쓰도록 하겠습니다.]

[예.]

장천은 급히 인피면구를 쓰는 척하며 변태변골술을 사용하여 얼굴을 다소 변형을 시키니 그가 고개를 들자 아까와는 전혀 다른 얼굴이 되어 있었다.

하지만 변태변골술은 그리 오래가지 않는 수법임을 알기에 계획을 조금 빨리 진행시킬 수밖에 없었다.

"주인장, 여기 소면과 만두를 가져오게."

"예, 예."

간단하게 음식을 시킨 귀영당의 무사들은 서로를 보며 조용히 이야기를 나누기 시작했다.

"그것참 큰일 날 뻔했구려."

"다행이지요. 그곳에서 마교의 무리를 만날 줄 누가 알았겠습니까?"

"그렇고말고요."

조용히 이야기를 나눈다고는 하지만 무공을 익힌 사람들에게는 작은 소리도 또렷하게 들리므로 건너편에서 술을 마시고 있는 정파의 무사들에게 그 소리가 들릴 수밖에 없었다.

"사형, 들으셨습니까?"

"음… 우 사제는 저들에게 한번 가보도록 하게."

"예."

사형이란 사람의 명령을 받은 청년 무사는 이야기를 나누고 있는 귀영당의 무사들에게 다가왔다.

"헉!"

청년 무사가 자신들의 곁으로 다가오자 장사꾼으로 위장한 귀영당의 무사들은 크게 놀란 표정을 짓고는 몸을 떨며 물었다.

"무, 무사님, 무슨 일이십니까?"

"너희들의 이야기에서 마교의 무리들이 나타났다는 말을 들었는데, 그것에 대해서 자세히 말해 보도록 하거라."

"아이고!"

그 말에 크게 놀란 이들은 그 자리에서 무릎을 꿇고는 소리치기 시작했다.

"아이고, 무사님! 집에서 처와 자식들이 기다리고 있습니다요!"

"지금 무슨 말을 하는 겐가?"

"아이고, 살려주십시오!"

정파무사의 말에 그가 크게 두려워하는 표정을 지으며 소리치니 젊은 무사는 도저히 말을 잇지 못하고 있었다. 그때 정파무사들 중에서 또 한 사람이 다가오더니 그들을 보며 말했다.

"우린 마교의 무사들처럼 양민에게 해를 끼치는 사람이 아니니 걱정 마시구려."

"예? 마교의 무사님들이 아닙니까?"

"그렇소이다. 본인은 공동파의 고도리라 하오."

"아이고, 그렇습니까요."

마교의 무사가 아니라는 말에 장사치들이 크게 안도의 한숨을 내쉬고는 자리에서 일어나자 고도리는 미소를 지으며 물었다.

"도대체 무슨 일이 있었길래 마교의 무사들을 그렇게 무서워하십니까?"

"휴… 그것이 말입니다."

고도리의 물음에 장사치들은 그간에 있었던 일들을 이야기해 주었다.

이곳에서 삼십 리 정도 떨어진 곳에서 사람들이 싸우는 것을 볼 수 있었는데, 그들이 마교의 무리들인지라 급히 도망왔다는 이야기였다.

"음… 서쪽으로 삼십 리 정도 떨어진 곳이란 말입니까?"

"예, 예, 그렇습죠, 무사님."

"이만 자리를 접고 일어나도록 하지요."

"네."

고도리와 이야기를 나누던 무사는 같이 온 사람들에게 장사꾼들에게 얻은 정보를 전하기로 하고는 자리에서 일어났다.

겁에 질린 장사꾼을 보며 품에서 은원보 하나를 꺼내 그의 손에 건네준 고도리는 미소를 짓고 말했다.

"작지만 감사의 표시입니다. 그럼."

"아이고… 감사합니다요."

정파의 젊은 무사들이 사라지자 연신 고맙다는 인사를 하던 장사꾼들은 다시 무표정한 모습으로 바뀌어갔다.

"첫 번째 작전은 성공한 것 같습니다."

하지만 그의 말에 장천은 고개를 저었다.

"젊은것들이라면 속겠지만 정파의 늙은 생강들이 이런 간단한 계략에 속을 리가 없소이다. 잠시 마을에서 기다려 보도록 합시다."

"예."

아직 결과가 나왔다고는 볼 수 없었기에 장천은 주점에서 녀석들의 동태를 살피기로 결정했는데, 그때 민소희와 함께 길거리 장사꾼으로 변장을 했던 자가 와서는 크게 놀란 얼굴로 소리쳤다.

"큰일 났습니다!"

"뭔가?"

"그것이… 민 여협이 정파의 무사들에게… 잡혀 있습니다……!"

"칫!"

아직 일이 잘못됐다고 볼 수는 없었기에 장천은 자리에서 일어나서는 말했다.

"내가 가보도록 할 테니 다른 이들은 이곳에서 기다리고 있으시오."

"예."

귀영당의 무사들에게 주점에 남아 있으라고 지시한 후 장천은 민소희가 있는 곳에 도착했는데 그곳에는 세 명의 젊은 무사들 손에 잡힌 그녀의 모습이 보였다.

"무사님들, 왜 그러십니까?"

"잠시 차나 한잔하자는데 뭘 그리 무서워하십니까?"

젊은 무사들은 그녀의 미모에 반했는지 다점으로 가자고 말하고 있었던 것이다.

썩어 빠진 정파의 무사들을 보며 욕이라도 해주고 싶었지만, 지금은 그럴 때가 아닌지라 급히 얼굴을 흙칠을 하고는 그들에게 달려가서 다리를 잡고는 소리 질렀다.

"으앙! 우리 누나 내버려 둬요! 앙!"

"끄악!"

장천이 무사의 다리를 잡고서는 바동거리며 다리를 물어버리자 아픔을 느낀 무사는 크게 놀라 장천을 발로 차버렸다.

"아이고, 민아야!!"

그 모습에 민소희가 크게 놀라며 장천에게 달려가서는 급히 들어 올리니 장천은 기절이라도 한 듯 꿈쩍도 하지 않았다.

장천이 움직이지 않자 무사들은 크게 당황하는 표정을 짓다가 이내 천천히 그들의 곁에서 뒷걸음질치기 시작했다.

그들의 모습이 사라지는 것을 확인한 장천은 천천히 눈을 뜨고는 민소희를 안으며 말했다.

"누나⋯⋯."

"민아야!"

"와아!"

"다행이다!"

장천이 깨어나자 그 모습을 구경하고 있던 많은 사람들이 박수를 치며 다행이라 소리치고 있었다.

[일단은 물러나도록 하지요.]

[예.]

장천의 말에 민소희는 전음으로 대답한 뒤 천천히 자리에서 일어나 장천을 등에 업고는 말했다.

"우리 이쁜 동생, 집에 돌아가서 좀 쉬자꾸나."

"응… 누나……."

두 사람이 이렇게 물러가려 했는데, 사람들은 그 모습을 보며 다가 와서는 말했다.

"아이 약이라도 지어야 할 것 아니겠소. 거기 야채를 좀 파시오."

"청경채 한 단만 주시구려."

이렇게 해서 길거리에 두고 있던 야채는 다 팔 수 있었으니 의외의 소득이 생겼다고 할 수 있었다.

[이것도 꽤 쏠쏠한 재미가 있군. 다른 곳에서 한 번 더 해볼까?]

그런 사람들의 모습에 미소를 지으며 전음을 날린 장천은 그 순간 아직 강호에 인심이 사라지지 않았다는 생각을 하고 있었다.

민소희와 함께 마을 밖으로 벗어난 장천은 얼굴의 변태변골술을 풀 고는 말했다.

"정파의 무사들이 어떻게 움직일지 알 수 없으니 일단 이곳에서 상 황을 파악하도록 하지요."

"네. 그나저나 두 소협님은 참 재밌는 분이시군요. 한순간에 그런 생각을 다 하시고 말입니다."

"별말씀을 다 하십니다."

그녀로선 장천의 빠른 임기응변에 크게 탐복했다.

얼마 지나지 않아 홍련교의 표식을 보고 마을에 있던 문진이 와서는 정파들의 움직임에 대해서 보고해 왔다.

"정파무사들의 움직임은 아직 없습니다. 아무래도 확실한 정보를 듣고 이곳으로 온 것 같습니다."

"그 수가 40명이 넘으니 당연하다 할 수 있겠지요. 음."

처음부터 이 정도에 움직이지는 않을 것이란 걸 알고 있었기에 그리 당황하지 않은 장천은 무엇인가를 골똘히 생각하는 듯하다 민소희를 보며 말했다.

"민 여협."

"네."

"나를 검으로 찔러주시오."

"예?"

그녀가 크게 놀란 듯하자 장천은 그 이유를 설명하기 시작했다.

"녀석들을 다른 곳으로 유인하기 위해서 내가 정파의 사람으로 위장하여 녀석들을 다른 곳으로 가게 할 생각이오.

"하지만……."

"생명에 위험이 없을 정도만 하면 되니 걱정 마시오."

그 말에 한참을 고민하던 민소희는 고개를 끄덕이며 말했다.

"알겠습니다."

장천은 부하들에게 시켜 다른 옷을 가져오게 하여 갈아입고는 자세를 잡았고, 민소희는 검을 들어 그의 옆구리를 찔렀다.

"크윽!"

옆구리를 찔리자 고통이 밀려왔기에 장천으로선 신음을 내지를 수밖에 없었지만, 이내 입술을 깨물며 참아내고는 떨리는 음성으로 말했다.

"크윽… 이제… 가보도록 하시오……."

장천의 말에 민소희의 얼굴에는 걱정이 가득했지만 이내 고개를 끄덕이고는 문진과 함께 경공을 사용하여 물러났다.

"이제 시작해 볼까……."

옆구리에서 피를 흘리며 장천은 자주 변태탈골을 쓸 수 없는지라 마교에서 준비해 놓았던 정교한 인피면구를 쓰고는 마을로 걸음을 옮기기 시작했다.

"까아악!"

피를 흘리며 고통스럽게 장천이 마을로 들어서자 금세 큰 소란이 일어났다.

"무슨 일이오!"

얼마 지나지 않아 정파의 무사들이 뛰어왔고, 장천은 고통스러운 얼굴로 그들에게 다가가서는 떨리는 목소리로 말했다.

"크윽… 빠, 빨리… 마, 마교의……."

그 말과 함께 장천이 땅에 쓰러지자 정신을 잃은 척했고, 정파의 무사는 크게 놀라서는 그의 옷을 찢어 금창약을 뿌려주고는 다른 이에게 소리쳤다.

"사제는 빨리 사숙님에게 이 사실을 알리도록 해라!"

"예!"

이들은 장천을 마을의 객점으로 데리고 갔다.

장천이 눈을 뜨자 근처에 소림의 무승과 대여섯 명의 정파 무인들 모습을 볼 수 있었다.

"시주, 정신이 드십니까?"

"으윽……."

장천이 힘을 다해 자리에서 일어나려 하자 소림의 무승이 그를 다시 눕히고는 말했다.

"시주께선 몸이 크게 상한 상태이니 안정을 취하셔야 합니다."

"이, 이럴 때가 아닙니다……. 다른 표, 표사들이… 마교의 악적에게 기습을……."

"마교도!"

사람들은 장천의 말에 크게 놀라지 않을 수 없었다. 소림 무승은 당황하는 표정을 감추고는 급히 물어보았다.

"시주, 힘드시겠지만 자세히 말씀해 주시겠소이까?"

"크윽… 전 형북의 은창표국의 표사인데… 물건을 이송하던 중 마교의 악적들을 만났습니다. 이 사실을 알리기 위해 표두님의 지시로… 도망왔으나 마교 녀석들의 추적에… 끄윽……."

은창표국은 마교에서 흡수한 표국으로 대외적으로는 정파에 속한 무사들이 만든 표국이라 알려져 있는 곳이다.

"시주, 그 장소를 우리에게 가르쳐 주실 수 있겠습니까?"

"끅. 자세히 기억은 나지 않지만… 동쪽으로 십 리는 달려온 듯합니다."

"음……."

그 말에 신음 소리를 내던 무승은 뒤로 돌아서는 다른 이들을 보며 말했다.

"아무래도 화산파의 제자들이 말한 정보가 사실인 것 같습니다."

"일단 그곳으로 가보도록 합시다."

"예."

이야기를 나누던 정파의 무사들은 장천이 의도하고 있는 곳으로 움직일 것을 결정하니 누워 있는 그는 회심의 미소를 지을 수 있었다.

소림의 무승은 다른 이들과 이야기를 나누고는 장천을 보며 말했다.

"시주께선 이곳에서 잠시 몸을 돌보도록 하십시오. 마을의 의원에게 말해 놓도록 하지요."

"대사의 배려에 감사드릴 뿐입니다."

"부처님의 가호가 있기를 빕니다. 아미타불."

그 말과 함께 정파의 무인들이 방에서 나가기 시작하자 장천은 자신의 계략이 먹혀들었음을 알 수 있었다.

'그나저나 더럽게 아프네. 끄윽.'

장기에는 큰 손상이 없었지만 역시나 상당한 부상이라고 할 수 있었다.

정파의 무사들이 사라진 후 얼마 지나지 않아 방으로 다섯 명의 무사들이 들어왔다. 그들은 바로 귀영당의 무사들이었다.

"몸은 괜찮으십니까?"

"버틸 만합니다. 그나저나 정파의 무사들은 어떻게 되었습니까?"

"두 소협의 계략대로 마을을 벗어났으니 안심하십시오."

"다행이군요."

"그나저나 두 소협의 교를 위한 살신성인(殺身成仁)에 탐복할 뿐입니다."

"이번 일이 성공한다면 모두 두 소협의 공이라 할 수 있을 겁니다."

"별말씀을 다 하십니다. 모두 귀영당의 동도들이 힘을 다한 때문이지요."

그들의 말에 포권하며 겸손함을 표하는 장천이니 다른 이들은 크게 탐복할 뿐이었다.

정파의 무사들은 장천의 계략대로 서쪽으로 물러갔고, 그곳에서 다른 귀영당 무사들의 활약으로 인해 그들이 총단의 위치를 전혀 다른 곳으로 파악하게 만드는 데 성공했다.

장천은 그 후 한 달간 요양하며 지내게 되었지만, 상처가 나은 후에는 이 일에서 공을 세운 대가로 크게 직급이 오를 수 있었다. 홍련교에 가입한 지 오 년도 되지 않은 그가 귀옥각의 각주 직을 받게 된 것이다.

물론 귀옥각의 각주라는 직위는 그전까지는 없었던 직위였는데, 장천의 직급을 올려주고는 싶으나 그럴 경우 다른 곳으로 자리를 옮겨야 하기 때문에 교주의 지시에 의해서 새로운 직급을 만들게 되었다.

귀옥각 각주의 자리는 조금은 어정쩡한 자리라고는 할 수 있었지만, 교주의 명령에 의해 특일급의 무서까지 관람할 수 있는 자격이 주어졌으니 교 내에서는 작은 논란이 있을 정도였다.

하지만 직급이 높아졌다고 해서 장천에게 다른 일이 주어지는 것은 아니었고, 또다시 화련무전에서의 생활이 계속되어질 뿐이었다.

"케케케. 각주 어르신이 오셨군."

"추노 어르신, 오셨습니까?"

"케케케. 직급도 낮은 이에게 어찌 존댓말을 다 하십니까?"

"하하하, 그만 놀리시지요."

또다시 책을 보며 무공을 정리하던 그에게 다가선 추노는 미소를 지으며 농을 건네었고, 두 사람은 한동안 크게 웃음을 터뜨렸다.

"그나저나 특일급의 무서까지 익힐 자격이 주어졌구나."

"예."

"교주의 손녀 사위라곤 해도 파격적인 대우로구나."

"전의 일로 생각보다 큰 인정을 받았으니까요."

"요즘같이 자기 몸을 보신할 줄만 아는 녀석들이 판을 치는 곳에서 네 녀석이 스스로 몸에 상처를 입고 임무를 수행한 것이 크게 인정을 받은 게지."

"그렇군요."

"그나저나 몸의 상처는 어떻느냐?"

"어르신께서 보살펴 주신 덕에 이제 작은 흉터만이 남았을 뿐입니다."

"보살펴 주긴. 케케케."

장천의 공손함에 추노는 연신 기분이 좋은 듯 웃음만을 터뜨릴 뿐이었다.

제20장
무천무급

"추노 어르신께 한 가지 물어볼 것이 있습니다."

"말해 보거라."

장천은 분위기가 만들어졌다는 생각을 했기에 드디어 목적하던 바를 물어보았다.

"저번에 추노 어르신께선 본 교의 교주 중 감양 교주님과 천마 교주님, 그리고 현 교주만이 다른 무공을 익혔다고 하셨는데, 천마 전 교주님은 천마신공(天魔神功)을, 현 교주님은 추혼귀수공(追魂鬼手功)을 익혔다는 것은 알고 있으나 감양 교주님은 무슨 무공을 익히셨는지 알 수가 없습니다."

"음……."

장천의 말에 추노는 한참을 고민하는 표정을 짓다가 말했다.

"솔직히 너에게 이 이야기는 하고 싶지 않구나."

"예? 무슨 연유라도?"

"휴……."

하지만 추노는 지금의 상황에서 말해 주지 않으면 역효과가 날 수도 있다는 생각을 했기에 이야기를 해주기 시작했다.

"너도 알다시피 무천마성 감양 교주님은 마교 역사상 다섯 손가락 안에 드는 고수였다."

"예, 알고 있습니다."

"하지만 나머지 다섯 손가락에 드는 인물들이 모두 교주의 신분으로 화의 무공을 익혔다는 것을 감안한다면 화의 무공을 제외하고 교 내에서 제일의 무공을 지니셨던 분은 바로 감양 교주님이라 할 수 있지."

"아!"

"이런 이유로 많은 영재들이 교주가 되지 못한다면 감양 교주님의 무공을 익히는 것도 나쁘지 않을 것이라 생각하며 도전했지만, 애석하게도 그들 대부분은 평생 이류에 머무르고 마는 불상사가 생기고 말았다. 충분히 교 내에서 내로라할 수 있는 고수가 될 아이들이었음에도 말이다."

"그런!"

기문숙에게 이야기를 들어 무천무급의 전반부를 익히지 못한다면 그것을 익히지 못할 것이라는 건 알고 있었지만, 마교 내에서 이런 소란까지 있으리라고는 생각하지 못했다.

"그런 이유로 교 내의 수뇌부들은 더 이상 기재들이 이런 순서를 밟지 않게 하기 위해서 감양 교주님이 남기신 무서를 교 내의 특급 비서로 지정하게 했느니라."

"특급 비서라 하심은?"

"교 내에서 교주를 제외하고는 어느 누구도 관람할 수 없는 책을 말하느니라."

"아!"

추노의 말에 장천은 좌절감을 느낄 수밖에 없었다.

겨우 특급 무서까지 읽을 수 있는 자격이 주어졌는데, 그것이 교주만이 볼 수 있는 특급 비서의 자리에 있을 줄 어찌 예상할 수 있었겠는가.

"그렇군요. 그런데 그 무서의 이름을 알 수 있겠습니까?"

"음… 감양 교주께서 남기신 무공서의 이름은 무천무급이라 한다."

"무천무급……!"

자신이 찾고 있는 책이라는 것을 알게 됐지만 지금은 그것을 볼 수 없다는 것이 아쉬울 뿐이었다.

무천무급을 자신의 손에 넣는다면 홍련교에서의 사명을 완수하게 되는 것이기 때문이다.

"요즘 들어 무공의 진전이 느려서 한번 그 무서를 보고 싶은데… 어르신, 방도가 없을까요?"

"절대 안 된다."

추노는 손을 내저으며 강경하게 반대를 했다. 장천에게 크게 기대를 걸고 있는 그는 또다시 수많은 기재들이 해왔던 것처럼 그가 무공을 망치는 것을 바라지 않았기 때문이다.

"네 녀석은 화의 무공을 익히는 것으로 만족하도록 하거라."

"하지만 화의 무공을 모두 익히기 위해선 십 년의 시간이 필요하다 하시지 않았습니까? 전 그전에 무천무급이라는 희대의 무서를 한번 읽어보고 싶을 뿐입니다."

"절대 안 된다."

"추노 어르신!"

추노가 절대 들어주지 않겠다는 표정을 지으며 뒤돌아서니 장천은 더 이상 참지 못하고 그의 다리를 붙잡고는 매달렸다.

"추노 어르신, 한 번만 보게 해주세요."

"안 돼."

"앙! 할아버지. 한 번만요. 응? 쪽쪽."

장천은 이제 모든 것을 버릴 모양인지 애교를 떨며 추노에게 붙어 뽀뽀까지 하고 있었다.

"큭……."

추노로선 귀여운 녀석이 들러붙어서 아양까지 떠니 조금 마음이 흔들렸다. 하지만 장천을 위해서라도 보여줄 수 없는지라 참을 수밖에 없었다.

'인내, 인내…….'

"칫! 저 그럼 화의 무공을 안 익힐랍니다."

"무슨 말이냐!"

"한번 읽어보고 싶을 뿐인데도 못 읽게 하시니까 그렇잖아요."

"휴… 아까 말했잖느냐, 특급 비서라고 말이다."

"교주만이 익힐 수 있는 화의 무공마저 가져오는 사람이 아무도 읽지 않는 비서를 못 가져올 리가 없잖아요."

"휴… 내가 괜히 말을 꺼냈지."

장천의 말이 틀리지는 않는지라 추노로서는 한숨만 내쉴 뿐이었다.

장천은 잠시 추노의 얼굴을 힐끔 보고는 기회가 되었다는 듯이 다시 들러붙어 미소를 지으며 말했다.

"추노 할아버지, 저도 화의 무공이 그 무천무급인가 뭔가 하는 것보다 높은 무공이라는 것은 알고 있어요. 교 내에서 다섯 손가락에 드는 무인 중에서 화의 무공을 익힌 분이 네 명이나 들어 있는걸요."

"음."

"단지 화의 무공을 익히기 전에 무천무급이란 것을 한번 보고 싶어서 그러는 거예요. 할아버지도 잘 아시다시피 제가 무공에 대한 관심이 좀 커요?"

"휴, 알겠다. 하지만 반드시 약속해야 할 것이 있다."

"와! 예, 반드시 지킬게요."

그 말에 추노는 헛기침을 한 번 하더니 말을 이었다.

"절대 무천무급을 익혀서는 안 된다는 것이다. 그것을 읽은 후 아예 기억에서마저 지워 버리도록 하거라."

"예!"

추노의 말에 힘차게 대답하는 장천이었다.

"무천무급은 근시일 안에 볼 수 있을 터이니 넌 오늘부터 이것을 보도록 해라."

추노는 장천에게 두 권의 책을 건네주었는데, 제목을 읽은 순간 그는 놀란 표정을 지을 수밖에 없었다.

"어르신, 이것은 천마신공과 구시독공이 아닙니까?"

"그렇다."

장천은 천마와 구시독인의 무공서를 추노가 건네주자 조금 의아하지 않을 수 없었는데, 잠시 후 추노는 그 이유에 대해서 설명해 주기 시작했다.

"알다시피 현재 교의 권력을 잡고 있는 인물은 현 교주가 아니라 천마와 구시독인이라 할 수 있다. 이들은 네가 화의 무공을 익혔을 때 가장 걸림돌이 될 수밖에 없는 인물이니, 네가 교의 좌를 차지하기 위해선 반드시 염두해야 할 것이 바로 이 두 가지의 무공인 것이다."

"음······."

"너에게 천마신공과 구시독공을 익히라는 것이 아니다. 그 무공서를 통해 상대의 무공에 대한 파훼법을 스스로 발견하라는 것이다."

"파훼법이라."

파훼법을 찾는다는 것은 무공을 익히는 것보다 어렵다고 할 수 있었다.

수많은 세월 동안 다듬어진 무공의 파훼법을 찾는 것이 어찌 쉬울 수 있겠는가? 하지만 자신 역시 두 사람에 대해서 두려움을 느꼈기 때문에 고개를 숙이며 대답했다.

"알겠습니다."

"그리고 네 녀석이 가지고 있는 혈비도 무량의 무공을 더욱 정진시키도록 하거라."

"예? 그 무공은 무림공적의 무공이잖아요."

"알고 있다. 하지만 들키지만 않는다면 그 무공은 너의 한 몸을 보호하는 가장 좋은 무공이 될 것은 분명할 터. 만약 상대하기 어려운 강적을 만난다면 아무도 없는 곳으로 유인하여 혈비도의 무공을 사용해서 몸을 보존하거라."

"예."

"하지만 혈비도의 무공을 사용할 때는 반드시 지켜야 할 것이 있다.

바로 일격필살이라는 것이다."

"적이 도망쳐서 무공을 들키게 하지 말라는 말씀이군요."

"그렇다."

"알겠습니다."

무림에서는 진면목을 모두 보이는 것이 아닌 삼 할 정도는 감추라는 말이 있었다.

추노는 오랜 시간 동안 그런 것을 몸으로 겪어온 인물이었기에 장천이 가지고 있는 혈비도 무랑의 무공은 긴요할 때 가장 잘 써먹을 수 있는 무공이라는 것을 알고 있었던 것이다.

그날부터 장천은 혈비도 무랑의 무공을 익히면서 천마신공과 구시독공의 파훼법을 찾는 데 주력하기 시작했다.

하지만 천마신공이나 구시독공은 교 내에서도 최고위급에 속하는 상승무공인만큼 그 파훼법을 찾는 것은 상당히 힘든 일이라고 할 수 있었다.

"음… 역시 비도문의 무공뿐인가."

아직 화의 무공을 알지 못하는 장천으로선 천마신공이나 구시독공에서 보이는 작은 틈을 공략하기 위해선 눈에 보이지 않을 만큼 빠른 비도문의 무공이 가장 효과적이라는 것을 알 수 있었다.

비도문의 무공은 철저하게 상대의 틈을 파고드는 무공, 어떠한 상승의 무공이라도 완벽할 수는 없는 법이기에 비도문의 무공은 무적을 자랑할 수 있었던 것이다.

수많은 세월 동안 혈비도 무랑이 무림의 공적으로 자리를 잡았음에도 살아남았다는 것은 그만큼 뛰어난 무공이라는 뜻이기 때문이다.

하지만 이런 비도문의 무공에서도 한 가지 이상한 점이 있었다.

'공적이다, 공적⋯⋯. 그렇다면 어떻게 비도의 수법만으로 수많은 군웅을 죽이며 사라질 수 있었던 거지?'

책에 나온 바에 따르면 분명 혈비도 무랑은 이천이 넘는 정사마의 군웅들을 뚫고 탈출한 적이 있다고 했다.

하지만 비도의 수법상 한 번 던지면 회수하기는 그리 용의치 않을 것은 분명할 터. 사람의 몸에 지니고 있는 비도의 숫자가 한정되어 있다는 것을 생각한다면 이상하지 않을 수 없는 것이다.

'단순히 이기어도의 수법으로는 불가능하다. 그렇다면 비도에 도강의 위력과 함께 이기어도의 수법까지 가미되어야 할 것은 분명할 터. 비도가 사람의 몸을 꿰뚫고 다시 손으로 돌아와야 한다는 것은 엄청난 내공과 함께 기교가 필요한 것은 분명할 것이다.'

하지만 말이 쉽지 사람의 몸을 꿰뚫는다는 것은 그리 쉬운 것이 아니었다.

많은 내력과 빠른 속도를 자랑하는 섬광비도의 수법마저도 사람의 몸에 적중한다면 장천의 능력으로선 꽂히는 것이 고작이기 때문이다.

내공에 한해서만은 무림의 초고수에 버금가는 장천이 불가능한 것은 혈비도 무랑의 경지까지 올라가려면 지금보다 몇 단계 위의 무공이 있어야 가능한 일이었다.

"깨달음이 아직 부족하다는 말인가."

장천은 깨달음에 대해서 생각해 보았다.

과거 아버지의 말에 따르면 쌍도문 사상 최고의 무공을 가지고 있는 이는 우인 도문성이었다.

내공심법마저 땔감으로 사용한 바보가 그 당시 강호의 고수들 사이에선 최고의 고수로 이름을 떨쳤다는 것은 그만큼 깨달음이 있었다는 것이다.

홍련교의 서적에 보면 이러한 경우는 가끔 보이고 있었다.

어떠한 천재들도 이루지 못한 경지의 깨달음을 우둔한 자가 깨달아 교 내 제일의 고수가 되었다는 것이다.

'천하가 알아주는 바보와 천하가 알아주는 기재와의 사이에는 무엇이 있단 말인가.'

하지만 그것은 수백 년 동안 강호에서 내려오는 하나의 풀리지 않는 수수께끼와 같은 물음, 장천으로선 도저히 그것을 알아낼 방도가 없었다.

만약 깨달음에 대한 열쇠만 알아낼 수 있다면 천하제일의 자리에 오르는 것도 그리 어려운 일이 아닐 것이다.

그에게는 비도문의 무공뿐 아니라 앞으로 홍련교 제일의 무공인 화의 무공과 무천무급이라는 희대의 무서가 들어올 것이다.

하나 깨달음이 없다면 최고의 상승무공도 하류의 잡배들이 쓰는 박투술보다 못하다는 것을 장천을 알고 있었다.

하지만 지금 당장은 그러한 것을 생각하는 것이 시간 낭비라는 것을 알고 있는 장천은 추노가 가져온 천마신공과 구시독공의 파훼법을 찾는 데 주력했다.

"그래, 진전은 있느냐?"

사흘 동안을 두 개의 무공에 대한 비법을 공부하느라고 정신이 없던 장천에게 또다시 추노가 다가왔으니, 장천은 고개를 끄덕이며 말했다.

"과연 홍련교가 자랑하는 무급이더군요. 좀처럼 두 개의 신공에 대한 약점을 찾을 수가 없습니다."

"그럴 테지."

대충 예상을 하고 있던 추노였는지라 고개를 끄덕이며 장천에게 다시 한 권의 책을 건네주었다. 그 책의 제목을 읽은 장천은 그 순간 크게 놀라지 않을 수 없었다.

"이건 무천무급이 아닙니까!"

"케케케. 암영자의 힘으로 본 교에서 얻지 못할 것이 어디 있겠느냐."

"아! 감사합니다, 추노 어르신!"

"감사할 것은 하지만 명심해야 한다. 읽어보는 것은 뭐라 하지 않겠지만 절대 익혀서는 아니 되느니라."

"예."

하지만 장천이 무천무급을 익히지 않을 리가 없었으니, 추노는 조금 걱정이 되기는 했지만 할 수 없다는 듯이 고개를 저으며 화련무전을 나갔다.

장천은 드디어 꿈에 그리던 무천무급을 손에 넣게 되자 감격에 온몸을 떨고 있었다.

"크흐흑… 드디어 무천무급을 손에 넣었구나. 푸하하하!"

홍련교에 가입한 가장 큰 목적을 이루게 된 장천은 큰 소리로 웃음을 터뜨릴 수밖에 없었다.

한참을 그렇게 웃음을 터뜨리고 있던 장천은 드디어 무천무급의 첫 장을 펼치니 그곳에는 감양이 직접 친필로 쓴 글이 쓰여 있었다.

무천무급을 익힐 수 있는 자는 오직 철군성의 후예뿐이니, 철군성의 후예 만이 하늘조차 겁탈할 수 있는 파천의 무공을 손에 넣을 수 있으리라.

"파천의 무공이라⋯⋯."

조금 거창하기는 했지만 감양의 생전 무공을 생각한다면 그 말은 그리 틀리지는 않다고 생각하는 장천이었다.

두 번째 장에서는 심법이 적혀 있었는데, 이상하게도 중간중간의 흐름만 적어놓았을 뿐이니 이 방법으로는 도저히 운기조식이 이루어지지 않을 듯했다.

"음⋯⋯."

하지만 장천은 얼마 지나지 않아 심법의 의문을 알아낼 수 있었다. 그것은 바로 그가 태극일기공을 익히고 있었기 때문이다.

"아!"

태극일기공은 상당히 뛰어난 심법이긴 했지만 기를 정순하게 하는 대신 그것을 내력으로 바꾸는 힘은 조금 떨어졌다.

이것은 일주천을 하는 혈도 중에 몇 군데 흐트러지는 곳이 있기 때문인데, 무천무급에 적힌 것으로 태극일기공을 보완한다면 그것을 완전하게 만들 수 있을 듯했다.

"역시나! 그래서 마교의 기재들이 이 무공을 익힐 수 없었던 것이군."

이것에 적혀 있는 대로 심법을 행할 경우에는 태극일기공을 제외한 다른 심법에선 내력이 늘어나지 않을 것은 뻔한 일이었다.

계속 읽어 나가던 장천은 얼마 지나지 않아 쌍도문의 입문 무공인 쌍용승천도법과 비슷한 도법을 찾을 수 있었으니, 사부인 기문숙의 말대로 그 도법의 원래 명칭은 패룡도법이었다.

"음……."

무천무급의 패룡도법은 쌍용승천도법에 비해 한 단계 높은 무공이라 할 수 있었기에 장천은 이것을 통해 쌍도문의 쌍용승천도법을 진정한 상승무공으로 만들어야겠다는 생각이 들었다.

그날 이후 장천은 무천무급의 수련을 시작했다. 물론 다른 이들에게 들킬 수는 없는지라 밤중에만 무천무급을 익혔고.

일주일 정도 후, 드디어 무천무급을 모두 암기할 수 있게 되어 추노에게 그것을 돌려준 장천은 그 후 화의 무공마저 얻게 되어 자신의 집에서 폐관 수련을 하며 온 신경을 무공 수련에만 기울이게 되었다.

그리고 두 달 후 다시 사람들에게 모습을 드러낸 장천은 전과는 크게 다른 모습이었다.

물론 그 외형이 크게 변한 것은 아니지만 느껴지는 기도는 전과는 크게 달랐던 것이다.

두 달의 시간으로 추노가 전해준 화의 무공을 완전하게 익히는 것은 불가능하다는 것을 알고 있는 장천은 무천무급을 참고 삼아 자신이 가지고 있던 쌍도문 무공의 결점을 보완하는 데 그 모든 힘을 기울였고, 그만큼의 성과를 얻을 수 있었다.

이제 장천은 홍련교에서의 생활을 끝내고 떠나가야 할 시간이 왔다는 것을 알 수 있었다. 하지만 그의 계획에 큰 장애가 생기고 말았다.

"음……."

어느 날 장천은 유능예가 만들어준 용정차를 마시고 있었다.

"무공에는 큰 성과가 있었나요?"

"별로."

"……."

차가운 장천의 반응에 그녀는 시무룩해졌다. 평소라면 그 성질로 미루어볼 때 뭐라고 한마디라도 해야 하는데 아무 말 없이 끝내는 것을 보자 조금 이상하지 않을 수 없었다.

'이상한데……?'

그녀의 분위기가 조금 이상했기 때문에 장천 역시 긴장하지 않을 수 없었는데, 유능예는 조심스럽게 주전자를 들어 장천의 빈 찻잔에 차를 채워주면서 조심스럽게 입을 열었다.

"저기……."

"응."

"…저… 임신했어요."

"…응?!"

그녀의 말을 듣는 순간 장천으로선 크게 놀라지 않을 수 없었다.

"임신?"

"…예."

장천의 되물음에 그녀는 쑥스러운 듯 얼굴이 새빨갛게 변하고 말았다.

그로서는 큰 충격에 빠질 수밖에 없었다.

'젠장!'

그는 지금까지 언젠가는 유능예를 버리고 교를 떠나야 한다고 생각하고 있었다.

교주의 손녀인 그녀라면 자신의 정체가 발각되더라도 별 문책은 받지 않으리라 생각하고 있었는데, 그녀가 임신을 했다고 한다면 문제가 될 수밖에 없었다.

"이런 젠장!"

갑작스러운 일에 장천은 더 이상 앉아 있지 못하고 자리에 일어나 방을 나가 버리니 그 모습을 본 그녀는 서글픔에 눈물을 흘릴 수밖에 없었다.

"흑흑……."

밖으로 나간 장천은 머리를 감싸 쥐고 고민에 휩싸였다.

"젠장! 어떡하지?"

자신을 버린 부모에 대한 기억조차 없는 그를 받아준 사람은 쌍도문의 장춘삼 내외. 장천은 그 고마움을 가슴속 깊이 간직하고 있었기에 의형제를 버리면서까지 쌍도문을 위해 살아오고 있었던 것이다. 하지만 유능예가 자신의 아이를 배고 있다는 것을 들은 그로선 쉽게 이곳을 버릴 수가 없었다.

그런 짓을 한다면 자신을 버린 부모와 다를 바가 없기 때문이다.

자신을 길러준 부모와 지금 뱃속에 있는 자신의 아이로 인해 장천은 갈등을 겪을 수밖에 없었는데, 그때 방 안쪽에서 여인의 흐느끼는 소리가 들려왔다.

'미치겠군!'

자신이 나가 버리자 유능예가 가슴에 큰 상처를 입었다는 것을 알 수 있었지만 들어가서 그녀를 토닥여 줄 수가 없었다.

'뭐가 이렇게 꼬이는 거지……. 난 이런 것을 바란 것은 아니란 말이야!'

하늘을 보며 탄식한 장천은 어떤 길을 선택할지 결정할 수가 없었다.

만약 홍련교에서 계속 살아간다면 암영자의 도움으로 교주의 좌까지 차지할 수 있을 것이다. 하지만 그렇게 되면 자신의 원래 문파인 쌍도문과는 적이 될 수밖에 없는 입장이었다.

그렇다고 떠나간다면 유능예와 자신의 아이는 영원히 홍련교 내에서 배신자의 낙인찍혀 살아갈 것이 분명했다.

교를 배신한 자의 아이로 수많은 사람에게 모욕과 고통을 받을 아이.

그런 고민에 휩싸여 있을 때 한 사람이 그에게로 다가왔다.

"각주님."

"아, 무슨 일인가?"

그에게 찾아온 이는 귀영당에 속한 무사였다.

"당주님께서 각주님을 찾으십니다."

"당주님이?"

"예. 응조수 이진천 대협이 오셨는데, 각주님을 뵙고 싶어한다 하시더군요."

"……!!"

그 순간 장천은 하늘이 무너지는 듯한 느낌을 받았다.

응조수 이진천. 유일하게 홍련교에서 그의 얼굴을 아는 인물이었기 때문이다.

"아, 알겠다. 간다고 전하게."

"예."

그가 고개를 끄덕이고 자리를 물러난 후 장천은 또 다른 고민에 빠질 수밖에 없었다.

"젠장……."

변태변골술로 얼굴 모양을 바꿀 수는 있지만 당주가 자신의 얼굴을 알고 있으니 어려운 일이었다.

'일단 이 모습으로 가야 하겠군.'

응조수 이진천과 장천이 만난 후 많은 시간이 흘렀고 자신의 외모도 어느 정도 변해 있었기에 그가 자신의 모습을 기억하지 않기를 바랄 뿐이었다.

장천이 방 안으로 들어서니 유능예는 흐느끼던 것을 멈추곤 고개를 돌렸다.

"일이 있어 나가봐야겠소."

"예."

뭐라고 할 말이 없었던 터라 장천은 간단하게 그렇게 말하곤 검을 챙겨 들고 도망치듯이 방을 나왔다.

'만약 이진천이 나를 알아본다면… 떠나야 한다.'

귀영당 안으로 들어선 장천은 당주의 처소 앞에서 조금 망설일 수밖에 없었지만, 도망 다닐 수는 없는지라 크게 숨을 몰아쉬고는 문 앞에서 말했다.

"귀옥각주 두형입니다."

"아! 들어오시게."

당주의 말에 장천은 문을 열고 안으로 들어섰는데, 탁자를 사이에 두고 당주 구엽과 응조수 이진천이 차를 마시며 이야기를 나누고 있는 것을 볼 수 있었다.

"구 당주님과 이 당주님께 인사드립니다."

"자, 자리에 앉게나."

"오랜만입니다, 두 각주님."

응조수 이진천이 암혈당의 당주라고는 하지만 교주의 친위대라 할 수 있는 귀영당의 귀옥각 각주와는 비슷한 등급이라 할 수 있었기에 그는 어린 장천에게 존대를 해주고 있었다.

장천이 예를 취하고 자리에 앉자 이진천이 그의 모습을 한 번 보고는 미소를 지으며 말했다.

"전에는 각주께서 얼굴을 다치신 관계로 얼굴을 볼 수 없었는데, 오늘 보니 탄복할 따름입니다."

"하하하. 귀옥각주의 외모야 총단에서 알아주는 것인데, 오늘에야 보시게 되었구려."

"그렇습니까? 이거 외지에만 있었더니 총단의 소식에는 조금 어두웠던 것 같습니다."

두 사람은 친한 친구이지만 서로 간에 존대를 해주는 것을 볼 수 있었다.

"그나저나 제가 귀영당에 추천한 지가 엊그제 같은데, 벌써 각주의 직위에 오르셨다니 저의 눈이 틀리지는 않았던 모양이군요."

"모두가 이 당주님의 배려 덕분입니다."

"하하하. 별말씀을 다 하십니다. 그런데… 이상하게도 각주의 얼굴이 낯설지 않다는 생각이 드는군요."

이진천이 자신을 보며 무엇인가 생각하는 표정을 짓자 가슴이 철렁한 장천은 급히 그의 생각을 막으며 말했다.

"하하하. 얼굴에 붕대를 감기는 했지만, 목소리를 들으셨으니 낯설지 않다 생각하시는 것이겠죠."

"음… 그럴 수도 있겠군요."

자신의 말에 그가 수긍하자 속으로 안도의 숨을 내쉬는 장천이었다.

"그나저나 이번에 폐관 수련을 마치셨다고 하는데, 진전이 있소이까?"

장천의 폐관 수련은 총단에서도 유명한 일이기에 구엽은 궁금한 얼굴로 물어보았다.

"두 달 정도의 짧은 폐관 수련인지라 그리 큰 성과는 거두지 못했습니다. 약간의 검로만을 깨달았을 뿐이지요."

"오오!"

검법을 수련함에 있어서 검로라는 것은 정해져 있는 것이다.

하지만 무서로도 표현할 수 없는 검로가 존재하고 있었으니 한 무공이 극성에 달한다는 것은 바로 그런 검로를 깨달아야만 얻을 수 있는 것이었다.

장천이 약간의 검로를 깨달았다는 말에 이진천과 구엽이 놀란 표정을 지은 것은 바로 이 때문이다.

"이거 축하의 인사를 드려야겠군요."

"부끄러울 따름입니다."

이진천에게 인사를 받은 장천은 고개를 숙일 뿐이었다. 이런 장천과는 달리 두 사람은 외부의 상황에 대한 이야기와 함께 술을 나누었고, 장천은 사이에 끼여 가슴을 졸이고 있었다.

"이번에 감숙성에 가볼 일이 있었는데, 아무래도 그쪽에선 본 교의 무사들이 움직이기가 상당히 힘든 것 같습니다."

"그럴 테지요. 구파일방의 하나인 공동파와 함께 대문파로 성장한 쌍도문이 있으니까요."

"예. 과거에 쌍도문의 무사들과 한번 부딪친 적이 있었는데, 암혈당의 무사들이 상당한 고전을 면치 못했었지요."

"그 이야기는 들은 적이 있습니다. 과거 사파 십대거두의 일 인이었던 흑철돈녀 무삼랑이 모습을 드러냈다지요?"

"예. 쌍도문의 소주라는 꼬마 녀석이 흑철돈녀 무삼랑님을 끌어들이는 바람에 저로선 부득이 물러설 수밖에 없었지요."

"강호는 은원을 중시하는 곳. 평소라면 목숨을 걸고서라도 싸우실 이 당주께서 물러서심은 강호에 몸담고 있는 무인으로서 당연한 일일 것입니다."

"교에 속한 몸으로 해서는 안 되는 일이었지요. 음……."

그 순간 이진천은 무엇인가 생각이 난 듯한 표정을 짓다가는 외쳤다.

"아! 그렇군요!"

"무슨 일이라도?"

이진천이 갑자기 크게 깨달았다는 표정을 지으며 외치자 구엽은 의아해하지 않을 수 없었다. 그러나 장천은 그 깨달음이 무엇인지 짐작할 수 있었기에 크게 당황되었다.

"두 각주님, 이제야 각주님을 뵌 적이 있다는 생각이 드는 이유를 알수 있겠군요."

"말씀하십시오."

"음… 얼굴 윤곽은 달라지긴 했지만, 두 각주님의 외모가 당시 흑철돈녀를 끌어들인 쌍도문의 소문주인 장천이란 녀석과 크게 닮았습니다."

"하하하. 쌍도문의 소문주를요?"

"그렇습니다."

"이거 재밌는 일이군요."

장천은 대충 얼버무리고 넘어가려고 했지만 이진천의 표정은 그것이 아니었다.

눈썰미가 날카로운 그가 다시 한참 장천을 훑어보기 시작한 것이다.

하지만 총단에서 간부라 할 수 있는 각주를 대놓고 의심한다는 것은 예의에 어긋난 일인지라 그는 미소를 지으며 말했다.

"나중에 한번 쌍도문의 소주를 만나면 자네와 대면시키고 싶을 정도라네."

"그렇습니까. 하하하."

장천으로선 이마에 식은땀이 흘러내리지 않을 수 없었다.

"그리고 보니 쌍도문의 소주가 몇 년 전부터 그 모습을 드러내지 않고 있다 하더군요."

"몇 년 전부터요?"

"예. 흑철돈녀님과의 일 이후 쌍도문의 움직임을 예의 주시하고 있는데, 지금쯤이면 청년의 나이가 되어 쌍도문의 소문주로서 다른 정파에 얼굴을 알릴 때가 됐는데 틀어박혀 있으니 이상하다 생각될 수밖에요."

"그렇군요."

그 말과 함께 이진천의 눈은 다시 한 번 장천을 노려보고 있었으니 더 이상 앉아 있을 수가 없었다. 하지만 지금 일어난다면 자신이 쌍도문의 소문주인 장천이라는 것을 드러내는 꼴인지라 엉덩이엔 땀이 날 지경이었다.

시간이 지나기만을 초조하게 기다리던 장천은 약간의 시간이 지난 후 자리에서 일어나 두 사람에게 포권을 하며 말했다.

"저는 이만 물러갈까 합니다."

"오, 가시겠습니까?"

"두 각주, 다음에 뵙도록 하지요."

이진천은 다음에 보자는 말을 하고 있었지만 그의 말에는 다소 묘한 억양이 있었던지라 장천으로선 위기를 느꼈다.

"그럼."

당주의 처소에서 빠져나온 장천은 하늘을 보며 탄식할 수밖에 없었다.

"휴… 도망가야겠군."

그 순간 유능예의 얼굴을 떠올랐다. 하지만 장천으로선 고개를 저을 수밖에 없었다.

'젠장…….'

다시금 생각에 잠긴 그가 걸음을 옮긴 곳은 총단 내에 위치한 상점이었다.

"물어보세나."

"예, 예."

"음… 아이를 밴 여인에겐 무엇이 좋겠는가?"

"일단은 신맛이 나는 과일이 좋으니 이것을 하시지요."

"이건?"

"탱자와 비슷한 과일인데, 남쪽에서 올라온 과실입죠. 신맛과 단맛이 어울려져 있는지라 황궁으로 올라가는 극상의 과일입니다."

"음… 그것으로 주게나."

"예, 예, 은 한 냥입니다요."

과일을 산 장천은 그것을 들고 가며 생각했다.

'그래, 떠날 때까지만이라도 잘 대해주자.'

아무리 사랑 없는 혼인이라고는 하지만 자신의 처임은 틀림이 없기에 장천은 이진천의 손에서 도망가기 전에 유능예에게 잘 대해주리라 마음을 먹었다.

집으로 돌아온 장천은 문을 열고 안으로 들어섰는데, 그때 여종 한 명이 급히 뛰어와서는 그를 보며 소리쳤다.

"주인마님, 큰일 났습니다!"

"응? 무슨 큰일?"

"마님께서… 마님께서 독을……!"

"뭐!!"

그 말에 크게 놀란 장천은 들고 있던 물건을 팽개치고는 문을 박차고 안으로 들어섰다. 그곳에서 의원이 유능예에게 침을 놓고 있는 것을 볼 수 있었다.

"아!"

뭐라 소리치고 싶은 그였지만 지금은 치료 중이었기에 마음을 가라앉히고 침술이 끝나기만을 기다렸다.

반 시진 후 모든 치료가 끝나자 장천은 침을 챙기는 의원을 보며 물었다.

"의원어른, 제 처의 상태는 어떻습니까?"

"음… 다행히 발견한 것이 이른지라 여인과 아이 모두 생명에는 지장이 없습니다."

"아… 휴……."

크게 안도의 숨을 내쉬는 장천이었다.

"하지만 몸보다 마음의 쇠약이 문제이니 앞으로 한 달 정도 몸을 보양함에 여인에게 근심이 없어야 할 것입니다."

"그렇습니까? …알겠습니다. 명심하도록 하지요."

장천은 의원의 말에 고개를 끄덕이고는 인사를 했다.

의원이 나간 후 장천은 그녀의 땀을 닦아주는 여종을 내보낸 후 혼자 남아 누워 있는 유능예의 이마를 닦아주었다.

'나 때문이구나.'

보통 사람이라면 아이를 배었다고 하면 크게 기뻐했을 텐데… 자신의 차가운 모습에 크게 마음의 상처를 입었던 것이 분명했다.

그런 이유로 죽음을 선택하려 했다 생각하니 어찌 장천의 마음이 아프지 않을 수 있겠는가?

'앞으로 한 달인가……'

이진천이 자신을 조사하는 데 걸리는 시간은 적어도 한 달 이상이라라 생각한 장천은 그동안 유능예를 간호하며 그녀와의 마지막 시간을 보내리라 마음먹었다.

"아…….."

그렇게 하룻밤을 꼬박 세운 장천은 아침이 되자 그녀가 눈을 뜨는 것을 바라보며 말했다.

"정신이 드는가?"

"당신……."

장천이 머리맡에 앉아 있는 것을 본 유능예가 자리에서 일어나려 했다. 손을 들어 그녀를 다시 눕힌 장천은 고개를 저으며 말했다.

"아직 몸이 온전치 않으니 누워 있구려."

“…….”

자상한 목소리. 순간 그녀는 자신이 잘못 들은 것이 아닐까 하는 생각이 들었다.

“아! 그렇군.”

장천은 상인이 과일을 담아주었던 바구니에서 과실을 들어 유능예에게 건네주었다.

“남쪽에서 온 과실이라는데… 주인 말로는 신 것 같으면서도 달콤하다 하는데, 어떻게 먹어야 하는지 모르겠더군.”

감귤을 손에 들고 안절부절못하는 모습을 보이는 그를 본 유능예는 미소를 지으며 그것을 손에 가져가서 껍질을 까기 시작했다.

“아.”

장천은 그녀의 유려한 손놀림을 보며 쑥스러운 미소를 지을 뿐이었다.

감귤의 껍질을 벗긴 그녀는 알맹이를 깨끗이 손질해 준 후 그것을 들어서는 장천의 입에 넣어주었다.

“음…….”

장천은 그 순간 신맛 때문에 얼굴을 조금 찡그렸지만, 그 뒤로 달콤한 맛도 느껴지는지라 고개를 끄덕이며 말했다.

“괜찮은 것 같군. 자, 당신도 한번 들어보시구려.”

장천은 그녀의 손에 든 귤을 뺏어서는 잔손질을 한 후 입에 넣어주었다.

“어떻소?”

“맛있어요… 흑흑…….”

장천이 입에 넣어주는 귤을 먹으며 그녀는 미소를 짓다가 참지 못하고 눈물을 흘렸다. 그는 근처에 있던 천을 들어서는 그녀의 눈물을 닦아주며 말했다.

"혼인 전엔 그렇게도 당차던 여인이 무슨 눈물이 그렇게 많소."

"죄송해요."

"죄송하기는."

장천은 그녀의 모습을 보며 자신이 심했다는 것을 느낄 수 있었다. 작은 관심을 보였을 뿐인데도 이렇게나 기뻐하는 것을 왜 냉혹하게 대했는지… 마음이 아파왔다.

그날 이후 장천은 그녀의 곁에서 벗어나는 일이 극히 드물었다.

언제나 그녀의 곁에서 간호를 하던 장천은 조금 시간이 남을 때면 지필묵을 가져와서 책을 쓰는 일에 전념을 했다.

그가 쓰고 있는 것은 무천무급해본(無天武笈解本)이란 책이었다.

'내가 떠나지 않는다 하더라도 언젠가는 이진천에 의해 정체가 발각된다. 능예는 교주의 손녀, 그렇다면 목숨을 잃지는 않을 것이니 난 떠나지만 이것을 통해 내 모든 것을 아이에게 전해주리라.'

점점 더 다가오는 위기에서 장천은 하루하루 침착한 성격으로 변해가고 있었다.

그가 쓰는 무천무급해본에는 그가 비도문에서 얻었던 깨달음과 함께 무천무급 등 여러 가지를 써놓고 있었기에 만약 이것이 다른 이의 손에 넘어가게 된다면 큰일이 일어날 수도 있는 것이었다.

그런 위험을 감수하고도 책을 쓰는 것은 그만큼 장천이 태어날 아이가 잘되기를 바라고 있다 할 수 있었다.

시간은 점점 흘러가 의원이 말한 한 달의 시간이 거의 다가왔다.

'완성인가……'

한 달에 가까운 시간 동안 적었던 무천무급해본은 이제 완성되었고, 장천은 마지막 한 장을 남겨놓고 천천히 태어날 아이에게 해주고 싶은 말을 적기 시작했다.

나의 아이여, 못난 아비로 인해 넌 고에서 많은 고통을 겪게 될 것이다. 하지만 이 아비는 그런 것을 알면서도 떠날 수밖에 없구나. 고아인 나를 따뜻하게 감싸준 양부의 은혜를 재비릴 수가 없구나. 하지만 배신자의 아들이란 말을 들을 너를 알기에 이 아비는 그동안 얻었던 무공을 모아 이렇게 너를 위하여 남겨놓는다. 네가 이 책으로 한 사람의 남아로서 살아가기를 바라는구나.

마지막 글을 마칠 때 장천의 눈에선 눈물이 떨어지며 글씨를 흐리고 말았다.

천천히 책을 덮은 장천은 준비해 둔 기름종이에 책을 싸서는 밖으로 나왔다.

'과연 이것이 아이에게 전해질는지……'

저택의 한구석엔 큰 오동나무 한 그루가 서 있었는데, 장천은 오동나무 뒤편을 파고는 무천무급해본을 묻었다.

흙을 다독인 후 낙엽을 덮은 장천이 다시 방으로 돌아가니 유능예가 머리를 정리하고 있는 모습을 볼 수 있었다.

"일어났소?"

"…예."

슬픈 눈빛을 한 유능예는 더 이상 아무 말도 하지 않았다.

'본 것일까?'

방금 그가 마지막으로 책을 적을 때의 모습을 본 것이 아닐까 하는 생각이 들었지만 그녀는 그 이상 아무런 내색도 하지 않았다.

장천은 천천히 다가가서는 침상에 걸터앉아 그녀의 손을 잡고는 말했다.

"미안하오……."

"……."

그의 말에 아무 말 않고 눈물만 흘리는 그녀였다.

"다, 다시 돌아오실 건가요?"

"당신과 나의 자식을 두고 어찌 마음 편히 있을 수 있겠소."

"……."

확실한 대답을 할 수가 없는 장천이었다.

"아이가 글을 읽을 때가 된다면 마당의 오동나무 뒤를 파보시오."

"……."

그 말과 함께 장천은 천천히 유능예를 가슴에 안아주었다.

무천무급을 모두 쓴 후 장천은 아무도 모르게 홍련교를 떠날 준비를 했다.

비영당에 속해 있는 만큼 다행히 직무가 그리 많지 않았기에 준비하는 것은 그리 어렵지 않았다.

문제는 이진천이 자신의 저택으로 배치한 무사들에 있었는데, 아무래도 그는 장천을 확실히 쌍도문의 소문주라 믿고 있는 듯했다.

그도 그럴 것이 장천이 모습을 감추었을 시기 정도를 생각한다면 딱 들어맞기 때문이다.

문제는 그가 교주의 손녀 사위인만큼 확실한 물증이 있어야 한다는 것이기에 이렇게 사람을 배치해 놓고 있을 뿐이었다.

장천은 그것을 알고 있음에도 구태여 그들을 쫓아내지 않았다. 그럴 경우 더 의심을 받을 수 있다는 생각을 했기 때문이다.

그로부터 삼 일 후, 장천은 모든 것을 정리하고 드디어 짐을 챙겨 들고는 야밤을 틈타 자신의 방에서 조심스럽게 나와 지붕으로 몸을 날렸다.

"음……."

자정이 넘은 시간에도 사방에는 이진천이 깔아놓은 자들의 모습이 느껴지고 있었다.

하지만 이날을 위해 녀석들의 움직임을 정확히 파악해 놓은 그였기에 집을 빠져나가는 것은 그리 어렵지 않았다.

문제는 총단의 정문을 빠져나가는 것이었다.

총단은 계곡으로 감추어진 분지에 만들어져 있었기에 외부로 나갈 수 있는 통로는 단 한 곳밖에 없었던 것이다.

밤에는 교의 긴급 사항이나 교주의 허가를 받은 이를 제외하고는 함부로 드나들 수 없는 것이 총단이기에 장천은 사람들에게 들키지 않게 조심스레 문 쪽으로 다가갔다.

장천은 마음을 다시 다져 먹고는 천천히 앞으로 걸어나갔다.

"누구냐!"

아니나 다를까, 총단의 입구를 지키는 무사가 소리쳤다. 장천은 잠시 변태변골술로 교주의 모습으로 위장했다.

"어험!"

무사가 다가서 보니 교주인지라 깜짝 놀라는 표정을 했다.

"교주님께 인사 올립니다."

"험험… 밤늦게 수고하는구나."

"송구스럽습니다."

"그럼 열심히 지키도록 하여라."

"예."

무사들을 따돌린 후 거만한 자세로 천천히 총단을 나선 장천은 무사들의 눈에서 벗어나자 급히 변태변골술을 풀고는 경공을 사용하며 앞으로 뛰어나갔다.

기문숙 사부가 가르쳐 준 변태변골술이 상당히 도움이 되는 순간이었다.

근처에 대로가 있기는 했지만 도망치는 몸으로 대로로 나갈 수는 없는지라 장천은 서둘러 경공을 사용하며 움직이고 있었는데, 그때 사방에서 인기척이 느껴지는 것을 알 수 있었다.

"응!"

"귀옥각주는 잠시 멈추어 서시오!"

"헉!"

그가 귀옥각주란 이름을 부르자 장천은 크게 놀랄 수밖에 없었고, 한두 명씩 무사들이 그 모습을 드러내기 시작했다.

'역시나 암혈당인가……'

이미 예상을 하고 있었던지 외지에서도 암혈당의 무사들이 나와 있었던 것이다.

"자네는 누구인가?"

"암혈당 제3당의 부당주 소천권이라 합니다."

"흠, 그런데 본 각주를 세우는 이유는 무엇인가?"

"제가 묻고 싶군요. 밤늦게 각주께선 어딜 그렇게 급하게 나가십니까?"

　"흠흠, 교주님의 특명을 수행 중이네."

　"특명이라 하셨습니까?"

　쉽게 물러나지 않을 녀석이었다.

〈3권 끝〉

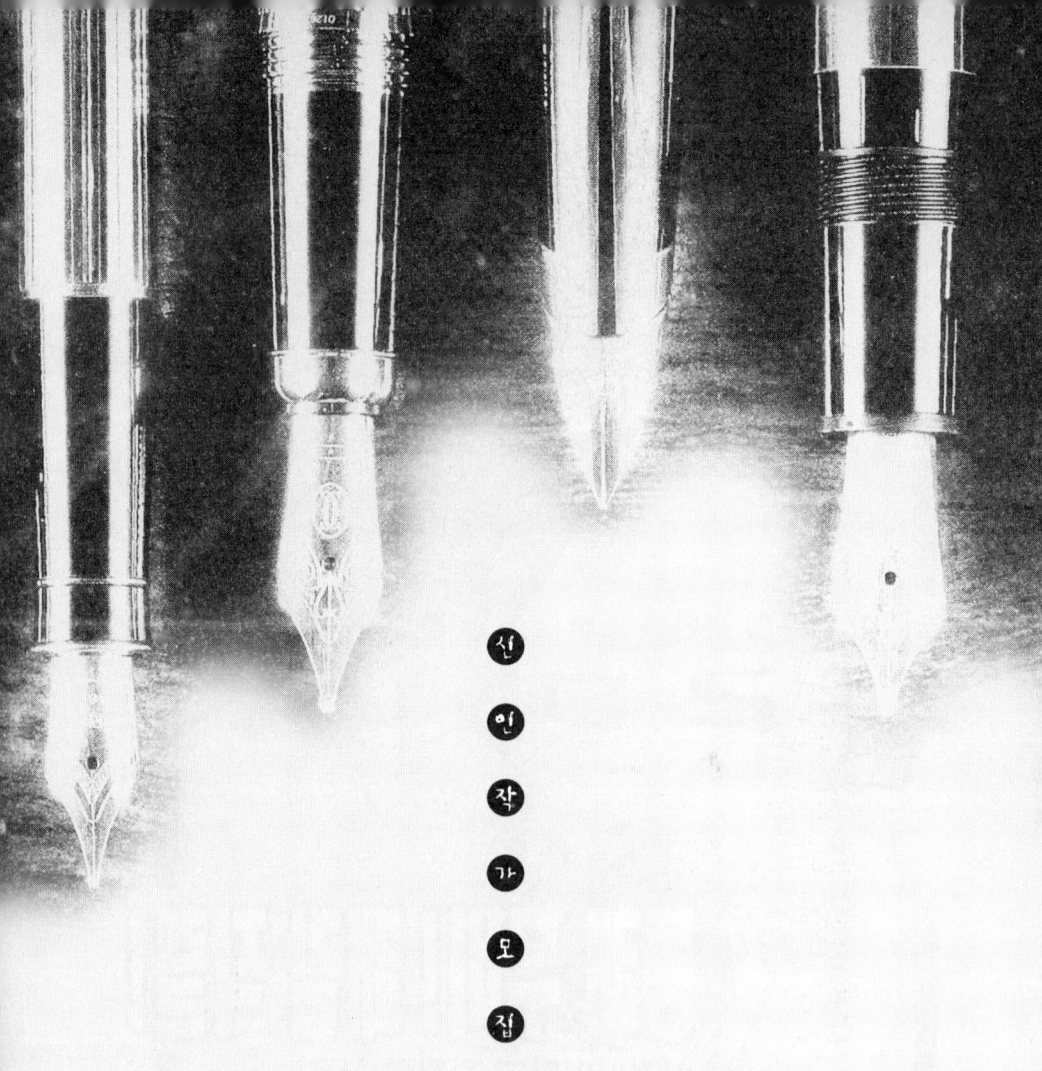

신
인
작
가
모
집

시작이 반이라고 했습니다.
작가의 길에 대한 보이지 않는 벽을 과감히 깨뜨리십시오!
청어람은 작가 지망생 여러분들의
멋진 방향타가 되어드리겠습니다.

저희 도서출판 청어람에서는
소설 신인 작가분들을 모집합니다.
판타지와 무협을 사랑하시는 분들의 많은 참여를 바랍니다.
소정의 원고(A4용지 150매)를 메일이나 우편으로 보내주시면
검토 후 출판 여부를 알려드리겠습니다.

주소:경기도 부천시 원미구 심곡1동 350-1 남성B/D 3F 우편번호420-011
TEL:032-656-4452 · **FAX**:032-656-4453
http://**www.chungeoram.com**
e-mail:chungeoram@chungeoram.com